实用对联全鉴

全鉴

东篱子◎编著

中国纺织出版社有限公司

国家一级出版社
全国百佳图书出版单位

内 容 提 要

对联作为一种独特的文学艺术形式，虽然篇幅短小，却文辞精练，生动活泼，韵味无穷，既可登大雅之堂，也为老百姓所喜闻乐见。本书以弘扬优秀的中华传统文化为主旨，以广大对联爱好者为对象，在介绍对联知识之余，精心选编了近6000副有实用价值和文化传承意义的对联，集知识性、实用性和趣味性于一体，内容丰富，风格多样，贴近生活。相信会给读者带来便利的使用体验和非凡的艺术享受。

图书在版编目（CIP）数据

实用对联全鉴 / 东篱子编著. --北京：中国纺织
出版社有限公司，2020.11
　ISBN 978－7－5180－7982－7

　Ⅰ．①实…　Ⅱ．①东…　Ⅲ．①对联—鉴赏—中国
Ⅳ．①I207.6

中国版本图书馆CIP数据核字（2020）第196593号

责任编辑：段子君　　责任校对：高　涵　　责任印制：储志伟

中国纺织出版社有限公司出版发行
地址：北京市朝阳区百子湾东里 A407 号楼　邮政编码：100124
销售电话：010—67004422　传真：010—87155801
http://www.c-textilep.com
中国纺织出版社天猫旗舰店
官方微博 http://weibo.com/2119887771
佳兴达印刷（天津）有限公司印刷　各地新华书店经销
2020 年 11 月第 1 版第 1 次印刷
开本：710×1000　1/16　印张：20
字数：268 千字　定价：48.00 元

对联是中国传统文化中的精粹之一。它集语言艺术、文学艺术、书法艺术、装饰艺术等各种艺术形式于一身，是中华文化百花园中一枝精致夺目的奇葩。

对联深深扎根于中国传统文化的肥沃土壤中，它具有辞赋的修辞文采、骈文的对仗声律、诗词的节奏音韵，修辞瑰丽，言简意深，虽寥寥数语，却高度概括，意境深远，是独具中国文化特色的文学形式，是中国文化当之无愧的瑰宝。

对联不仅有极强的文学性，而且应用极为广泛。其雅俗共赏的独特艺术特征，为社会各阶层所喜闻乐见。逢年过节、婚丧嫁娶、寿诞生辰、营建修造、落成迁徙、入学考第、励志抒怀、修身养性，以及各行各业开业、庆典、庆功，甚至国家大典、政局纷争等，一应大小事务，对联都有用武之地。即使无事发生，人们也喜欢在茶余饭后咏联凑趣逗乐。可以说，在众多的文学艺术形式中，对联是应用范围最广泛，生命力最强，也是最经济实用的一种。

也正因为如此，早在 2005 年，国务院就把对联艺术列为第一批国家非物质文化遗产名录。

为了使广大读者能够更好地认识对联、运用对联，也为了弘扬中华对联文化、传承祖国韵律瑰宝，我们精心编纂了这部《实用对联全鉴》。

本书从实用的角度出发，分门别类地介绍了对联在十多个领域的运用，精选了近 6000 副贴近大众的对联，集知识性、实用性和趣味性于一体，内容丰富，风格多样，贴近生活。

因篇幅有限，本书并未收录那些与时代特色不相符的对联，也未收录实用性不强的对联，如名胜古迹联。

本书在内容编排上，同一类别的对联，总体上按字数从少到多的顺序排列，字数相同的则按音序排列，以方便读者查阅使用。

在编写过程中，我们进行了严格的考证，同时也参考了一些专家学者的著作和观点，在此特申明致谢。因编者水平有限，书中若有错谬之处，欢迎各界朋友批评指正。

编著者

2020 年 8 月

目录

第四章　节日对联

第五章　结婚对联

第六章　庆生贺寿对联

第七章 庆贺庆典联

第八章 丧祭挽联

第九章 励志述怀对联

第十章　修身治家立世联

第十一章　实用横批集萃

第十二章　古今妙趣联和对联趣事

第一章

小对联里的大学问

对联是一字一音的中华语言独特的艺术形式，是举世无双的国粹，具有无穷的魅力。对联历史悠久，分类复杂，要求严格，就连张贴都很有讲究。可以说，虽然它篇幅极为短小，里面却深藏着极大的学问。

一、对联的起源和发展

说起对联，大家都不陌生，我们过年所贴的春联便是对联的一种。但是，要把对联说清楚，却并不那么容易。

对联雅称楹联，又称门对、对子、联语等，是由两串字数相等、句式相同、平仄和谐、语意相关的汉字序列组成的一种独特的文学形式，多用来悬挂或粘贴在墙壁和楹柱上，表达人们的思想感情。它短小精悍，韵味无穷，可庄可谐，可登大雅，可进茶坊，因而雅俗共赏，备受欢迎。

由于中国古代文学史中并未涉及对联文体，后人从诗文、方志、掌故等资料中获得的涉及对联的信息少得可怜，而且零散孤立，因而对于对联的起源，目前尚无定论。总体上说，对联界有以下三种观点：

第一种观点认为，对联起源于桃符。这一观点出自清代大学者纪晓岚之口，他的弟子梁章钜又大力肯定和宣扬，使得这一观点盛行几百年，时至今日，仍处于统治地位。

古时迷信，以为桃木能驱鬼辟邪，周朝时期，人们就把传说中镇邪除妖的神荼、郁垒神像刻画在桃木板上，称为桃符，也叫仙木，悬挂在门两边，每年除夕更换一次。后来，桃符上开始出现诗句。据史书记载，五代时期后蜀的君主孟昶，在公元964年的除夕之夜，于桃木板上题写"新年纳余庆，佳节号长春"，其被认为是中国最早的一副对联。

第二种观点认为对联起源于骈文、律诗。有学者提出，五代时期除夕题联已成习俗，因而对联产生的年代应该更早。从文学史上看，骈体文产生于东汉的辞赋，兴于魏晋，盛行于南北朝；律诗始于魏晋，到了唐代正式形成。而律诗的句式对仗与对联相同。他们认为，对联是骈文的后裔，是律诗的衍生品。

第三种观点认为对联起源于偶文。偶文即对称性的文句。先秦的诗文，如《诗经》《楚辞》《尚书》《易经》《论语》中已经频繁地出现对偶句，后来逐渐发展为民谣、谚语、对联、骈文等形式。所以有学者认为，偶文是对联的直接母体。

虽然对于对联的起源没有统一的说法，不过对于它的发展，大家的观点比较一致。

宋朝时，对联中的春联已经在民间相当流行，彼时，写春联已被人们看作是文雅之事，逐渐在文人中流传开来，甚至被当作一种礼品来相赠。而人们也从在桃木板上写对联演变为在纸上书写。

明清时期是对联的鼎盛时期。统治阶级对对联非常看重。

明太祖朱元璋十分喜爱作联，"春联"这个名称，据说就是由朱元璋首创的。他在位时，大力提倡对联，人们相互赠联，自勉、喜庆、哀挽之联也层出不穷。

清朝时，对联艺术已经日臻完美，不论是在内容还是在艺术上都

达到了前所未有的高度。在这一时期，对联的题材范围逐渐扩大，凡是记述、抒情、议论都可入联，对联的应用已遍及社会的每个阶层，还出现了前所未有的长联形式，最长的"拟题江津临江楼"联，长达1612字。

到了今天，传统文化得以复兴。改革开放的大潮给对联这一古老的文体注入了新的思想内容。随着各国文化交流的发展，我们的对联还传到了越南、朝鲜、日本、新加坡等国。这些国家也像中国一样，有了贴对联的习俗。

二、对联的分类

对联在我国虽然有着悠久的历史，但是关于它的分类问题，一直以来众说纷纭，莫衷一是。应该说，这个现象是有违科学分类的基本要求的。从理论上看，对联的类别目前尽管难以严格而完全地划分，但从实践上看，只有先明确对联的分类，才能写出内容准确的好对联。通常来说，现代的人们对对联有以下几种分法：

（1）从功能上划分，对联可分为应用联和装饰联两大类。应用联是指有较强针对性的对联，它可以再分为春联、节日联、婚联、寿联、挽联、交际联、庆贺联等。装饰联主要指用于美化环境，如装饰亭台楼阁、名胜古迹、书房卧室、名画宝砚的对联等。

（2）从艺术形式上划分，对联可分为回文联、叠字联、顶针联、嵌字联、集句联、联边联、拆字联、玻璃对、无情对等。

（3）从字数上划分，对联可分为短联（十字以内）、中联（百字以内）、长联（百字以上）。

（4）从对联的句子多少及句子间的相互关系上划分，对联可分为单句联、复句联和句群联三种。

（5）从位置上划分，对联可分为楹联、门联、中堂联三类。楹联挂于楹柱之上，住宅、机关、庙宇、古迹等处所用；门联贴于大门两侧上；中堂联通常配合字画挂于客厅、居室醒目处。

（6）从修辞技巧上划分，对联可分为对偶联、修辞联、技巧联三类。对偶联又可分为言对、事对、正对、反对、工对、宽对、流水对、回文对、顶针对等；修辞联分为比喻、夸张、反诘、双关、设问、谐音等；技巧联包括嵌字、隐字、谜语、复字、叠字、偏旁、拆字、数字等。

（7）从表达功能上划分，对联可分为叙事联、状物联、抒情联、论理联、勉志联、格言联、讽刺联等。

（8）从来源上划分，对联可分为集字联、集句联、摘句联、创作联四种。集字联是集古人文章、书法字帖中的字组成的对联；集句联是全用古人诗中的现成句子组成的对联；摘句联是直接摘他人诗文中的对偶句而成的对联；创作联则是作者自己独立创作出来的对联。

除了以上几种常见的分类，对联的分类形式还有很多，这里不一一列举了。

三、对联的基本特点和要求

作为文学样式之一，对联不管怎么分类，都有一些共同的特点，这些特点也是合格对联的基本要求。总结起来，有以下几点：

一是字数相等。对联的上联字数等于下联字数，不多不少。除非有意空出某字的位置以达到某种效果，如民国时有人讽袁世凯一联："袁世凯千古；中国人民万岁。"上联"袁世凯"三个字和下联"中国人民"四个字是

"对不起"的，意思是袁世凯对不起中国人民。

二是断句一致。一个完整的句子所表达的语言，是由多个字词和词组构成的。在句子中，一个单词或词组是一个音步，也称"断句"。上下联断句一致，才能有一致的节奏。

三是词性相当。上下联同一位置的词或词组应具有相同或相近词性。首先是"实对实，虚对虚"规则，这是一个最基本的规则。其次词类对应规则，就是名词对名词，动词对动词，数量词对数量词，连词对连词等等，都要各自对应。再次是义类对应规则，是指将汉字中所表达的同一类型的事物放在一起对仗，如天文（日月风雨等）、时令（年节朝夕等）、地理（山川江河等）、宫室（楼台门户等）、草木（草木桃李等）、飞禽（鸡鸟凤鹤等），等等。最后是邻类对应规则，即门类相临近的字词可以互相通对，如天文对时令、天文对地理，等等。

四是内容相关。一般来说，上下联必须相互衔接，围绕一个相关的主题并行叙述或正反表达，或构成延续、因果关系。

五是文字相别。对联中允许出现叠字或重字，如"风声雨声读书声，声声入耳；家事国事天下事，事事关心"。但应尽量避免"异位重字"和"同位重字"。异位重字就是同一个字出现在上下联不同的位置；同位重字，就是以同一个字在上下联同一个位置相对。不过，有些虚词的同位重字是允许的。

六是平仄相合。对联严格规定上联末字用仄声，下联末字用平声。后人称这种规则为"仄起平收"。什么是平仄？普通话的平仄归类，简言之，阴平、阳平为平；上声、去声为仄。古四声中，平声为平，上、去、入声为仄。由于现代汉语没有入声，把入声字分别转变成了一、二、三、四各个声调去了。大致说来，汉语的第一、二声，相当于平声，第三、四声，相当于仄声。但是，第一、二声当中，仍杂有不少的入声字。至于入声字有哪些规律，讲起来比较复杂，有兴趣的读者可以自行了解。

四、对联的选择与张贴

对联的应用很广泛，凡逢年过节，或有什么重大活动，往往少不了要贴对联以烘托气氛。但是随着印刷技术的发展，亲自用毛笔书写对联的人已经不多，人们往往购买批量印刷的烫金对联。这里就介绍一下选购对联时有哪些需要注意之处。

（1）符合场合的要求

不同的对联代表着不同的意义，有的对联是用来缅怀逝者的，而有的对联却是祝贺新婚的，所以在挑选对联时一定要符合场合的要求，才能够让对联在合适的场合发挥它最大的作用。

（2）注意对联的内容

有些人在挑选对联时，只一味地关注材质是什么，价格贵不贵，忽视了对联的内容，其实一副对联的真正价值就是内容。在选购对联时，要注意观察对联上面写的是什么，寓意着什么，同时也要注意观察是用什么字体写的。此外还要观察对联内容的格式是否正确。

（3）对联所用的材料

有些制作劣质的对联，虽然说内容很好，但是摸起来手上面都会沾上一层颜料。在选购时，要用手摸一下纸张的薄厚度、纸张上面的字，试一下手感如何，也能检查一下是否掉色。

（4）选择合适的尺寸

对联的尺寸大小要与门户基本协调，一般大小的门不要选一副很长的对联；也不可给很大的门贴副很短的对联。对联的尺寸与上下联的字数有直接关系，一般家庭的大门可以选用七言联、八言联、九言联。机关、单位、学校等大门处，工地、庆典大会等会场，可以选用十言以上的对联。

此外，还要注意行业、职业、身份、年龄、阅历、欣赏的兴趣和爱好；等等。

对联选好之后，怎么正确张贴呢？

分清楚一副对联的上联和下联，是正确张贴对联的前提。那么如何正确区分上联和下联呢？除了从联文的内容中去辨别，更为重要的是从联文字尾的平仄声去判定：上联末字为仄声，下联末字为平声。

贴对联时应将上联贴在右边，下联贴在左边。左与右是以面对大门或壁柱来分的。之所以这样张贴，是因为直行书写都是从右到左，所以念对联也是从右向左念。

不过，由于近些年印刷对联铺天盖地，有的印刷人员根本不懂对联的规则，对联的横批从左往右印了，而张贴对联要以横批为准，这样一来，上联就应该贴在左边，下联就要贴到右边了。这种贴法刚好与传统贴法相反。这算不算是与时俱进呢？

另外，张贴时，要根据对联的长度来确定对联的高低距离，还要注意上下联两边要对齐贴正。

五、写对联的注意事项

时下的社会，人们追求的是高效快速的生活节奏，需要对联时，很多人直接去购买现成印刷好的对联。不过，也有不少书法爱好者和楹联爱好者喜欢自己动手写对联。那么写对联有什么注意事项呢？

写对联要遵循本章第三节我们讲述的对联的基本特点和要求，也可以参考 2008 年 10 月 1 日颁布的《联律通则》中规定的对联的 6 条基本规则。这里，我们着重谈一谈撰写对联的禁忌。

《联律通则》第十条明确提出的禁忌有三条，分别是忌合掌；忌不规则重字；仄收句尽量避免三连仄，平收尾忌三连平。实际上，除了这三条禁忌之外，还有一些禁忌是需要注意的。

我们先解释一下这三条。

（1）合掌，即上下联所表达的内容几乎一样。比如"五湖传喜讯；四海送佳音"。虽然对得很工整，但只是重复一个意思，读起来让人觉得味同嚼蜡。所以，合掌是对联的第一大忌。

（2）不规则重字是病联，规则重字是巧联。对联中允许出现重字，只是要注意上下联相一致。不规则重字包括同位重字和异位重字，比如"红杏迎风笑；红桃向雨开"就是同位重字；"枝头青雀啼春雨；溪上春烟笼小舟"则属于异位重字。

（3）上下联的最末三个字，应尽可能避免都是仄声或都是平声。这点好理解，我们就不再举例了。

除以上三条基本的禁忌之外，撰写对联时，我们还需要规避以下禁忌：

（1）忌同声落脚

由多个分句组成的对联，各分句

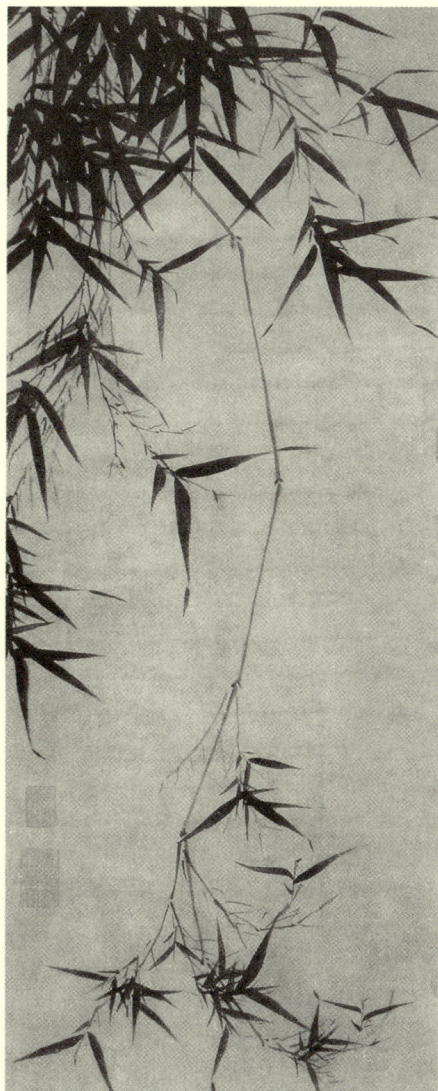

句脚的平仄安排，要注意两点：

①上下联有二至三个分句的，要求各分句不能全以同声落脚。

②上下联有四个以上分句的，要求各分句不能连续三句（上下联起句及中间分语段时可以例外）或三句以上同声落脚。

（2）忌孤平或孤仄

所谓忌孤平或孤仄，指的是在五言以上的句子中，应尽可能避免全句只有一个平声字，或只有一个仄声字。对联中的孤平和孤仄虽然在近些年被取消禁忌，但是我们也要尽量避免，因为对于格律诗来说它是大忌，而且很多对联比赛中依然保留这个禁忌要求。

（3）忌上重下轻

如果上联气势恢弘，而下联斯文秀气，就会让人感觉头重脚轻。如果上联的气势很低，用下联来补倒是允许的。

（4）忌失对、失替

在联语中，结构、词性等应该对应的地方没有对应上，就是失对。失对包括节奏失对、数词失对、叠词失对、词性失对等。失替也是联病的一种，在同一联（上联或下联）的词语中，平仄应交替、有规律地出现才对。上联的第二、第四、第六个字应是仄、平、仄，或是平、仄、平；下联的第二、第四、第六个字应该是平、仄、平，或是仄、平、仄。如果上下联第二、第四、第六个字出现连续两平或两仄，就叫失替。第一、第三、第五个字没有这种要求。

（5）忌用僻典

对联用典会增加对联的可观性，使对联显得更高雅。但是若用僻典又不注解，可能会令读者摸不着头脑。特别是对初学者，应尽量用大家熟悉的典故，少用或不用僻典。

总之，写对联要从一句一句对起，一字一字对起，上下联都要反复修改，做到合格、有水平。

六、横批的甄选和创作

横批，又叫横披、横联、横额、对子脑等。所谓"横"，指的是横写的书写方式；"批"，含有揭示、评论之意，指的是对整副对联的主题内容起补充、概括、提高作用。

对联必须有横批吗？

当然不是。横批一般来说只用于少数有此必要的对联。对联有文学和民俗两个领域。对于文学创作而言，无论是清联还是民国联，几乎没有横批，即使加上横匾，横匾的内容也是与对联分别讨论的。对于民俗而言，主要用于张贴，而屋子如果有门柱和门楣，两个门柱由上下联负责，门楣则由横批负责，在这种情况下，才有贴横批的必要。

横批多为四字（一字、二字、三字或多字亦可，一般不超过对联中出句对句的字数），这是因为这种四字词组平仄易于配合，使音韵和谐、短促有力。例如"春风浩荡"即是"平平仄仄"。这是平起仄收，还有仄起平收、平仄错综等变化。另外，词组结构易于整齐划一或错落有致。

过去横批的正式写法是从右往左横写，随着近现代文化的发展和习俗的演变，以及人们阅读习惯的改变，从左到右书写的形式逐渐多了起来。如果横批是从右到左写的，或者只有上下联而没有横批，则上联需贴在面对大门的右侧，下联贴在左侧；反之，横批若是从左到右的顺序写的，则上联应贴在面对大门的左侧，下联在右侧。

由于大多数对联并没有横批，如果想要加上横批，就需要甄选现成的横批或亲自进行创作。合适的横批，无论几个字，都要比上、下联更为概括，用词精确贴切，尽量避免上、下联中用过的词，要与联文有机结合，浑然一体，使对联的意境更加深远和优美，而不是画蛇添足。

创作横批时，要注意以下六个方面：

（1）注重谋篇布局。无论是先写上下联后写横批，还是相反，都必须进行整体思考和设计，明确上下联和横批在整副楹联的功能。

（2）要突出主题，具有针对性。横批要突出楹联作品中所蕴含的中心思想，具有强烈的针对性，或升华思想，或点明主题等。

（3）要丰富联意。就是使横批入境融意，增加横批对整体楹联作品的灵动和鲜活作用，增添楹联的灵气和神韵。

（4）要注重创新。横批不仅在创作思路上要开阔新颖，而且在创作技巧上要突破习惯思维方式，另辟蹊径，不落俗套。

（5）注重推敲字句。横批受到字数的限制，创作时尤其需要对字句进行反复琢磨、提炼、修改，挑选出最贴切、最精确、最形象生动的字句来描摹事物或表情达意，使横批的内容表达准确贴切，恰到好处，起到画龙点睛的作用。

（6）注意平仄和谐。横批虽然没有上下联那样对平仄有严格的要求，但也不宜出现全平或全仄，一般也不能出现同音字。平仄交替，音韵和谐，读起来才能朗朗上口，语调会有起伏和动感，给人留下深刻的印象。

第二章

春节对联

过年写春联、贴春联是国人的传统。北宋名相王安石所吟"千门万户曈曈日，总把新桃换旧符"即指此事。现代的春联，多用于描述迎接春天的来临，借此表达人们对新的一年生活的憧憬和美好的愿望。

1.四字通用春联

★ 爆竹辞旧 ‖ 桃符迎新

★ 杯浮梅蕊 ‖ 诗凝雪花

★ 春风及第 ‖ 瑞霭盈门

★ 春光普照 ‖ 福气长临

★ 春和景丽 ‖ 物阜人康

★ 春回大地 ‖ 福满人间

★ 春回大地 ‖ 日暖神州

★ 春回柳叶 ‖ 赋献梅花

★ 春临大地 ‖ 福满人间

★ 春临宅第 ‖ 喜上梅梢

★ 春浓山腹 ‖ 梅放岭头

★ 春盈四海 ‖ 花漫九州

★ 春有新意 ‖ 景无旧观

★ 东风解冻 ‖ 春日载阳

★ 冬迎梅至 ‖ 春伴燕归

★ 斗星指路 ‖ 旭日辉春

★ 风光胜旧 ‖ 岁序更新

★ 福星高照 ‖ 万事亨通

★高堂结彩　‖　华宅生辉

★红梅点点　‖　春意融融

★红梅吐蕊　‖　绿竹催春

★红梅映日　‖　绿柳催春

★花开富贵　‖　竹报平安（横批：一帆风顺）

★花迎喜气　‖　鸟唱春光

★华灯溢彩　‖　喜报迎春

★惠风和畅　‖　化日舒长

★江山不老　‖　神州永春

★九州国泰　‖　六合春新

★九州永泰　‖　四季长春

★腊梅报喜　‖　飞雪迎春

★兰芳春日　‖　桂馥秋风

★门心皆水　‖　物我同春

★年年如意　‖　处处春风

★年年如意　‖　岁岁平安

★庆云兆日　‖　芳草迎春

★人间改岁　‖　天下皆春

★人勤春早　‖　国泰民安

★人游化日　‖　天与长春

★人增寿纪　‖　天转阳和

★日薰春杏　‖　风送腊梅

★山川添秀　‖　大地回春

★山河似锦　‖　岁月更新

★山欢水笑　‖　物阜民康

★三春放彩　‖　五福生根

★ 三春淑景 ‖ 四季宜人

★ 三江生色 ‖ 四海呈祥

★ 三山生色 ‖ 五湖呈祥

★ 树承雨露 ‖ 花沐春光

★ 四海生色 ‖ 五湖呈祥

★ 四时吉庆 ‖ 八节安康

★ 四时为柄 ‖ 万象皆春

★ 抬头见喜 ‖ 举步生风

★ 天开长乐 ‖ 人到恒春

★ 天开化宇 ‖ 人在春台

★ 天涯月色 ‖ 芳草春晖

★ 万民有庆 ‖ 四海皆春

★ 万事如意 ‖ 四季平安

★ 五星高照 ‖ 四海欢腾

★ 香飘四季 ‖ 春满九州

★ 祥云捧日 ‖ 玉树临风

★ 新春伊始 ‖ 福寿即来

★ 新年初气 ‖ 古国雄风

★ 新岁献瑞 ‖ 腊梅迎春

★ 一家瑞气 ‖ 万里春光

★ 一轮红日 ‖ 三代春风

★ 一声爆响 ‖ 万里春回

★ 莺歌燕舞 ‖ 花好人欢（横批：欣欣向荣）

★ 与山同静 ‖ 随地皆春

★ 云霞锦绣 ‖ 道路康庄

★ 清宜夜雨 ‖ 韵耐春风

★ 鸢飞鱼跃 ‖ 燕语莺啼

★ 载瞻星气 ‖ 如写阳春

2.五字通用春联

★ 百川赴巨海 ‖ 众星环北辰

★ 爆竹传笑语 ‖ 腊梅报新春

★ 爆竹声声脆 ‖ 梅花朵朵红

★ 长歌遍华夏 ‖ 春风满神州

★ 长空盈瑞气 ‖ 大地遍春光

★ 处处春光好 ‖ 家家气象新

★ 春催千山秀 ‖ 花放万里香

★ 春到风光美 ‖ 家兴喜事多

★ 春风传捷报 ‖ 凯歌贺新年

★ 春风传捷报 ‖ 梅韵贺新年

★ 春风吹大地 ‖ 红日照中华

★ 春风吹柳绿 ‖ 碧水育花红

★ 春风吹万里 ‖ 新岁暖千家

★ 春风催万物 ‖ 新雨润百花

★ 春风辉德里 ‖ 淑气霭华堂

★ 春风开玉宇 ‖ 晓燕筑新巢

★ 春风来海上 ‖ 明月在江头

★ 春风绿大地 ‖ 瑞气满山林

★ 春风绿万里 ‖ 党恩泽九州

★ 春风暖大地 ‖ 光明照中华

★ 春风暖万户 ‖ 喜事满千村

★ 春风引紫气 ‖ 大地发清华

★春浮花气远 ‖ 雨霁鸟声繁

★春光遍草木 ‖ 佳气满山川

★春光披草木 ‖ 瑞气满山川

★春光迎盛世 ‖ 旭日耀新春

★春归花不落 ‖ 风静月常明

★春花含笑意 ‖ 爆竹增欢声（横批：喜气盈门）

★春辉满庭院 ‖ 欢乐溢门窗

★春来花影动 ‖ 露滴柳丝垂

★春来千枝秀 ‖ 冬去万木苏

★春情寄柳色 ‖ 日影泛槐烟

★春晚绿野秀 ‖ 岩高白云流

★春为一岁首 ‖ 梅在百花先

★春占红梅上 ‖ 莺歌绿柳前

★此间浑是锦 ‖ 到处尽如春

★大地千山秀 ‖ 神州万象新

★灯照千门喜 ‖ 春暖万人心

★东风吹树绿 ‖ 春雨润花红

★东风引紫气 ‖ 大地发春华

★芳室芝兰茂 ‖ 春风桃李新

★风和日华丽 ‖ 气澄天宇高

★风移兰气入 ‖ 春逐鸟声来

★福同时共彩 ‖ 人并物皆春

★寒尽桃花嫩 ‖ 春归柳叶新

★寒随一夜去 ‖ 春逐五更来

★鹤舞千年树 ‖ 花开百日红

★红光映喜报 ‖ 绿水织春光

★红花香千里 ‖ 春风暖万家

★红梅报喜讯 ‖ 紫燕唱春歌

★花开香入户 ‖ 月照影监轩

★花开香四季 ‖ 家睦乐百年

★花柳三春暖 ‖ 云霞万里明

★花香丰稔岁 ‖ 燕舞吉祥图

★华屋辉生璧 ‖ 春山绿到门

★黄莺鸣翠柳 ‖ 紫燕剪春风（横批：莺歌燕舞）

★吉门沾泰早 ‖ 仁里得春多

★佳地春风暖 ‖ 新居燕语喧

★江流春水绿 ‖ 雪映岭梅红

★江山增润色 ‖ 桃李艳春光

★金缕春溢彩 ‖ 玉雕雪迎祥

★锦绣山河美 ‖ 光辉大地春

★九州开泰运 ‖ 万福启春华

★九州花似锦 ‖ 四海歌如潮

★开窗迎旭日 ‖ 命笔写新春

★开门闻喜讯 ‖ 举步见春光

★帘拦三冬雪 ‖ 窗含万里春

★绿颜闲且静 ‖ 红衣浅复深

★门启春风劲 ‖ 鹊鸣喜事频

★平安辞旧岁 ‖ 吉祥庆新春

★千山春树绿 ‖ 万户彩灯红

★千门迎晓日 ‖ 万户沐春风

★乾坤风雷荡 ‖ 中华日月新

★青山披锦绣 ‖ 绿水溢春华

★ 泉声三月雨 ‖ 柳色半春烟

★ 人勤春来早 ‖ 家和喜事多（横批：五福临门）

★ 人随春意泰 ‖ 年共晓光新

★ 日高柳生色 ‖ 风暖莺送声

★ 日丽春常驻 ‖ 人和福永留

★ 日照三春暖 ‖ 花开九州红

★ 瑞雪开昌运 ‖ 春风酿太和

★ 山河添秀色 ‖ 大地浴春晖

★ 诗写梅花月 ‖ 茶煎谷雨春

★ 神州逢春绿 ‖ 江山映日红

★ 盛世千家乐 ‖ 新春万事兴（横批：欢度佳节）

★ 四海春风洽 ‖ 九州岁历长

★ 四时花似锦 ‖ 万众面皆春

★ 岁岁春满院 ‖ 年年喜盈门

★ 岁岁皆如意 ‖ 年年尽平安（横批：新年大吉）

★ 岁岁平安日 ‖ 年年如意春

★ 太平居有后 ‖ 安乐福无涯

★ 桃红映人面 ‖ 水绿织春光

★ 天增岁月寿 ‖ 福满人间门

★ 庭辉承月彩 ‖ 檐影接霞光

★ 万家腾笑语 ‖ 四海庆新春

★ 万紫千红地 ‖ 花团锦簇天

★ 新年纳余庆 ‖ 佳节号长春

★ 新岁多吉庆 ‖ 合家乐安然

★ 旭日临门早 ‖ 春风及第先

★ 旭日祥云灿 ‖ 春风化雨新

★旭日照赤帜 ‖ 高歌迎新春

★雪舞梅花俏 ‖ 春归柳色新

★艳阳照大地 ‖ 春色满人间

★燕剪千重雾 ‖ 花开万里春

★阳春开物象 ‖ 丽日焕新天

★阳光凝大地 ‖ 春色入人家

★阳光照佳地 ‖ 春风拂新屋

★杨柳春风第 ‖ 芝兰玉树阶

★杨柳春风舞 ‖ 桃李艳阳娇

★一堂开暖日 ‖ 百鸟唱新春

★一夜连双岁 ‖ 五更分二年

★莺迁金谷晓 ‖ 花发锦城春

★有天皆丽日 ‖ 无地不春风

★宇内春常满 ‖ 新时喜独多

★雨润千山翠 ‖ 风吹万里春

★远看花影动 ‖ 近闻清香飞

★远树千门色 ‖ 高天万里春

★枝头沾春露 ‖ 门户洽清风

★紫燕衔春讯 ‖ 碧桃发新枝

3.六字通用春联

★白雪红梅报喜 ‖ 黄莺紫燕迎春

★百族家家乐业 ‖ 九州户户安居

★爆竹连天除旧 ‖ 弦歌动地迎新

★爆竹声声除旧 ‖ 桃符代代更新

★爆竹一声除旧 ‖ 桃符万户更新

★ 碧海苍山玉宇 ‖ 春风丽日神州

★ 碧柳翠杨春雨 ‖ 青山绿水人家

★ 鞭炮声声报喜 ‖ 红灯盏盏迎春

★ 处处欢歌遍地 ‖ 家家喜笑连天

★ 春草满庭吐秀 ‖ 百花遍地飘香

★ 春到碧桃树上 ‖ 莺歌绿柳楼前

★ 春风春雨春色 ‖ 新年新景新家

★ 春光洒满大地 ‖ 彩霞映遍神州

★ 春满三江四海 ‖ 喜盈万户千家

★ 春暖风和日丽 ‖ 物丰国泰民安

★ 春日人人共乐 ‖ 江山处处皆春

★ 春意布满大地 ‖ 阳光普照人间

★ 春驻笔花万朵 ‖ 云描淑景千番

★ 春自寒梅报到 ‖ 年从瑞雪迎来

★ 春自寒梅唤起 ‖ 香由乳燕衔来

★ 冬尽梅花点点 ‖ 春回爆竹声声

★ 杜宇一声春晓 ‖ 黄莺几啭岁新

★ 福日九州共乐 ‖ 新年四海同春

★ 共庆春回大地 ‖ 同歌喜到人间

★ 红梅伸枝傲雪 ‖ 桃李含笑迎春

★ 户户金花报喜 ‖ 家家紫燕迎春

★ 欢歌笑语辞旧 ‖ 爆竹华灯迎新

★ 火树银花盛景 ‖ 红梅绿柳新春

★ 今日千家辞旧 ‖ 明朝万户更新

★ 孔雀开屏报喜 ‖ 画眉欢唱迎春

★ 柳色年年相似 ‖ 世态岁岁更新

★满户晴光瑞气 ‖ 一门福寿安康

★梅萼先传信至 ‖ 桃符新换春来

★前程绚丽似锦 ‖ 好景明媚如春

★瑞雪松涛竹韵 ‖ 春风鸟语花香

★山碧千峰竞秀 ‖ 水清百鸟争春

★四序先临首祚 ‖ 万家同得长春

★岁岁三春得意 ‖ 年年万事开心（横批：瑞霭迎门）

★桃符窗花瑞雪 ‖ 柳浪布谷春风

★桃杏春来争放 ‖ 杜鹃夏到吐香

★喜爆声声报岁 ‖ 红灯盏盏迎春

★喜看春光普照 ‖ 笑迎泰运频来

★细雨无声润物 ‖ 和风会意迎春

★香梅含苞怒放 ‖ 瑞雪吐絮迎春

★笑盈盈辞旧岁 ‖ 喜滋滋迎新春

★笑语欢歌辞旧 ‖ 华灯爆竹迎新

★新岁新年新景 ‖ 春风春雨春花

★旭日横空出世 ‖ 腊梅傲雪迎春

★旭日临窗送暖 ‖ 东风拂面报春

★雪映梅花更艳 ‖ 春归柳色尤青

★雪映一天春碧 ‖ 云浮四海清晖

★一院芝兰瑞气 ‖ 万家杨柳春风

★莺啭如簧歌岁 ‖ 花开似锦报春

★悠悠乾坤共老 ‖ 昭昭日月争光（横批：欢度佳节）

★月明五湖曙色 ‖ 潮满三江春光

★芝草满庭吐秀 ‖ 百花遍地飘香

★祖国河山竞秀 ‖ 人民天下长春

★祖国河山似锦 ‖ 神州大地皆春

★祖国江山如画 ‖ 人民事业同春

★祖国山河壮美 ‖ 神州春意盎然

★最喜年春并至 ‖ 堪欣福寿同增

★最幸春光有主 ‖ 还欣瑞气无边

★昨夜春风入户 ‖ 今朝喜气盈门

4.七字通用春联

★昂昂春意催梅蕊 ‖ 滚滚财源到我家

★白雪抚人片片醉 ‖ 红梅舒枝点点春

★百福尽随新年到 ‖ 千祥俱自早春来

★百花迎春香满地 ‖ 万事胜意喜盈门

★百鸟欢歌新岁月 ‖ 万家喜庆好时光

★柏酒争迎新岁月 ‖ 梅花含笑暖春风

★爆竹冲天去报喜 ‖ 飞花入门来贺年

★爆竹花开灯结彩 ‖ 春江柳发岁更新

★爆竹声声春讯早 ‖ 桃符处处岁时新

★爆竹声声辞旧岁 ‖ 梅花点点庆新春

★爆竹声声迎新岁 ‖ 花灯盏盏报早春

★爆竹声中辞旧岁 ‖ 梅花香里报新春

★爆竹声中催腊去 ‖ 寒梅香里送春来

★碧海青天千里秀 ‖ 红楼绿树万家春（横批：皆大欢喜）

★残雪逢春寒冰解 ‖ 江山添翠芳草生

★财源滚滚千家乐 ‖ 紫气腾腾万户春（横批：合家欢乐）

★草长莺飞春意闹 ‖ 山欢水笑彩云归

★姹紫嫣红春灿灿 ‖ 千村万户喜洋洋

★长风劲送千帆远 ‖ 百鸟齐鸣万木春

★长天驰日百花艳 ‖ 大地回春万物苏

★处处春光春处处 ‖ 洋洋喜气喜洋洋

★春催桃李千山秀 ‖ 雨润芝兰万里香

★春到福到吉祥到 ‖ 家和人和万事和

★春到堂前增瑞气 ‖ 日临庭上起祥光

★春风吹绿门前柳 ‖ 华灯映红窗上花

★春风拂去千枝雪 ‖ 丽日捧出万木春

★春风和阳人财旺 ‖ 瑞气盈门福寿长

★春风化雨千山秀 ‖ 红日增辉万木荣

★春风暖送千丛绿 ‖ 旭日光生万户春

★春风入户人人喜 ‖ 瑞气盈庭事事兴

★风光胜旧春盈户 ‖ 岁月更新福满门（横批：新春大吉）

★春风细剪池边柳 ‖ 旭日浓妆岭上梅

★春风掩映千门柳 ‖ 暖雨催开万径花

★春风一笑花千树 ‖ 紫燕三歌柳万条

★春风着力催芳草 ‖ 益鸟开心唱暖枝

★春风着意柳烟翠 ‖ 瑞雪含情梅韵红

★春归大地千山秀 ‖ 日照神州万木春

★春归大地人间暖 ‖ 福降神州喜临门（横批：福喜盈门）

★春归柳巷花风暖 ‖ 喜上眉梢福气多

★春回大地春光好 ‖ 福满人间福气浓

★春回大地春光好 ‖ 喜到人间喜气盈

★春回大地风光好 ‖ 福满人间喜事多

★春回大地喜盈室 ‖ 福降人间笑满堂

★春节立春春满面 ‖ 喜鹊报喜喜盈门

★春来奇花红映日 ‖ 冬去芳草碧连天

★春临大地百花放 ‖ 福满人间万众欢

★春临大地百花艳 ‖ 节至人间万象新（横批：万事如意）

★春临玉宇繁花艳 ‖ 福到门庭喜气盈

★春日春风春光美 ‖ 燕飞燕舞燕语新

★春入春门春不老 ‖ 福临福地福无疆

★春水澄明流日月 ‖ 阳光灿烂照前程

★春盈四海家家喜 ‖ 喜满九州处处春

★春雨春阳滋草木 ‖ 和风和气暖门庭

★春雨丝丝润万物 ‖ 红梅点点绣千山（横批：春意盎然）

★春至百花香满地 ‖ 节来万户喜盈门

★春至阳回千顷绿 ‖ 时来运转万象新

★辞旧岁全家欢笑 ‖ 迎新春满院春光

★翠鸟争鸣春意闹 ‖ 红梅怒放喜讯传

★翠竹摇风鸣彩凤 ‖ 红梅映日笑春莺

★大地春光花竞秀 ‖ 神州瑞霭物呈祥

★大地春回春意闹 ‖ 人间喜至喜心开

★大地春回花竞放 ‖ 新天日出鸟争鸣

★大地回春花千树 ‖ 东风送暖果万枝

★得意春风开柳眼 ‖ 无声细雨润花心

★得意春风梳柳绿 ‖ 有情夜雨润花红

★得意春风邀紫燕 ‖ 有情时雨润红梅

★地领春风花世界 ‖ 天赠瑞雪玉乾坤

★点点红梅辞旧岁 ‖ 条条丝柳贺新春

★点点梅花迎淑气 ‖ 声声鸟语闹春光

★点点舒红辞旧岁 ‖ 条条垂绿祝新春

★东风化雨千山秀　‖　紫燕迎春万象新

★东风袅袅千山秀　‖　旭日瞳瞳万木春

★东风送暖家家乐　‖　瑞雪迎春处处新

★东风送暖千丝绿　‖　旭日重光万户春

★东风一到千山绿　‖　南燕双飞万户春

★冬去山川齐秀丽　‖　春来桃李共芬芳（横批：新年大吉）

★冬去堂前迎紫燕　‖　春来枝上舞黄莺

★冬雪欲白千里草　‖　春晖又红万丛花

★飞雪迎春千家暖　‖　东风送暖万户春

★风吹杨柳千山绿　‖　雨润桃梅万里红

★风翻白浪花千片　‖　雁点春天字一行

★风卷雪花辞腊去　‖　香随梅蕊送春来

★风中绿柳迎春笑　‖　雪里红梅斗艳开

★凤舞九天盈门喜　‖　龙翔四海满院春

★福禄寿三星拱照　‖　天地人一体同春（横批：和气致祥）

★甘雨含情荣万物　‖　东风着意暖千家

★高歌盛世年年好　‖　笑看神州处处春

★高居宝地财兴旺　‖　福照家门富生辉（横批：心想事成）

★挂绿披红千里秀　‖　张灯结彩万家春

★国泰民安寰宇庆　‖　家和人寿满园春

★海纳百川呈瑞彩　‖　天开万里醉春风

★寒就梅花传腊去　‖　暖从燕子带春来

★寒梅斗雪传春讯　‖　翠柳摇风荡日华

★浩荡东风腾大地　‖　秀妍春色沃神州

★合家共敬一杯酒　‖　百卉同迎四季春

★河边淑气迎芳草　‖　水面春风戏落花

★贺岁烟花开富贵 ‖ 迎春烛炬照祯祥

★红灯照亮千家户 ‖ 春风吹拂万人心

★红梅傲雪花枝俏 ‖ 芳草铺春香气浓

★红梅别具三分景 ‖ 绿竹报来万里春

★红梅斗雪迎春到 ‖ 紫燕穿云送喜来

★红梅含苞傲冬雪 ‖ 绿柳吐絮迎新春（横批：欢度春节）

★红梅献瑞迎新岁 ‖ 喜鹊登枝报早春

★红梅献岁千丛锦 ‖ 绿柳迎春万户新

★红梅预报金门晓 ‖ 绿柳新添绣陌春

★红梅枝头流春意 ‖ 喜鹊张口报佳音

★鸿运频来成大业 ‖ 财神常驻贺新春

★户满春风春满户 ‖ 门盈喜气喜盈门

★花承朝露千枝放 ‖ 莺感春风百啭鸣

★花开彩槛呈春色 ‖ 莺啭芳林报好音

★花开富贵年年秀 ‖ 灯照吉祥岁岁明

★花木有情迎我笑 ‖ 江山会意接春回

★花气袭人知骤暖 ‖ 鹊声穿树喜新晴

★花香满院春风至 ‖ 喜气盈门幸福来

★华堂福降千家乐 ‖ 大地春回百卉香

★欢欢喜喜辞旧岁 ‖ 快快乐乐迎新年

★欢声笑语辞旧岁 ‖ 结彩张灯迎新年（横批：合家欢乐）

★惠风和畅千山秀 ‖ 春光明媚万家欢

★吉地祥光开泰运 ‖ 重门旭日耀阳春

★吉庆平安辞旧岁 ‖ 康乐幸福迎新春（横批：事事如意）

★吉星高照春常在 ‖ 财运亨通福永临

★几处早莺争暖树 ‖ 一犁时雨润春畴

★几点梅花迎淑气 ‖ 数声鸟语闹春光

★几行柳绿山川秀 ‖ 一树梅红天地春

★几行绿柳千门晓 ‖ 一树红梅万户春

★佳气葱茏如意草 ‖ 春阳明媚吉祥花

★家家辞岁人人乐 ‖ 户户迎春事事成

★家庭温馨人高寿 ‖ 生活富裕福永存

★家迎百福福星照 ‖ 户纳千祥祥云腾

★家有福星四面照 ‖ 财如人意八方来

★家驻春风长日乐 ‖ 门迎曙色满堂新

★江山万里迎风暖 ‖ 桃李三春映日红

★娇梅吐蕊迎旭日 ‖ 嫩柳展枝舞春风

★阶前春色浓如醉 ‖ 户外晓光翠欲流

★接天爆竹千家乐 ‖ 献岁烟花万户欢（横批：喜迎新春）

★金鼓催春春意闹 ‖ 宏图映日日光华

★九天瑞雪梅生玉 ‖ 一夜春风柳缀金

★九野流金歌稔岁 ‖ 八方溢彩贺新年

★九州花放山河丽 ‖ 四海春回天地新

★九州瑞气迎春到 ‖ 四海祥云降福来

★九州雨顺千山绿 ‖ 六合风调万户丰

★旧岁又添几个喜 ‖ 新年更上一层楼（横批：辞旧迎新）

★开门迎春春扑面 ‖ 抬头见喜喜满堂

★开心美酒梅花酿 ‖ 得意春风燕子催

★看松柏不觉岁去 ‖ 见杨柳方知春来

★快雪时晴春满院 ‖ 祥风和气玉生烟

★烂漫红梅迎旭日 ‖ 轻盈绿柳舞春风

★丽日驱寒梅早放 ‖ 春风送暖柳先舒

★聊将柏叶簪新岁 ‖ 且与梅花叙隔年

★柳岸雨浓千树绿 ‖ 桃园春暖万枝红

★柳垂千丝三江绿 ‖ 梅开万树五岳红

★柳绿花红江山美 ‖ 日新月异事业荣

★柳绿桃红春万里 ‖ 烟消雨住日中天

★柳绿桃红千里锦 ‖ 蜂飞蝶舞四时春

★柳丝绿拂心波荡 ‖ 桃花红映日光新

★柳摇天暖风增秀 ‖ 春早梅开雪有香

★柳枝月照留疏影 ‖ 梅蕊风摇送暗香

★龙飞凤舞升平世 ‖ 柳绿桃红艳丽春

★龙腾虎跃人间景 ‖ 鸟语花香天下春

★楼外春荫鸠唤雨 ‖ 庭前日暖蝶翻风

★绿萼梅开江北暖 ‖ 红棉花发岭南春（横批：春暖大地）

★绿柳千条征淑气 ‖ 红梅万点缀新春

★绿柳迎春满眼绿 ‖ 红梅傲雪向阳红

★绿树红楼盈紫气 ‖ 华堂雅屋满春风

★绿竹别具三分景 ‖ 红梅正报万家春（横批：春回大地）

★满天腊雪培元气 ‖ 遍地春风唤生机

★满院生辉春花放 ‖ 当门结彩燕子飞

★梅放枝头春占早 ‖ 莺啼柳底岁方新

★梅含秀色三江碧 ‖ 柳拂朝阳四海春

★梅花点点扬春色 ‖ 鸟语声声报福音

★梅迎春意染新色 ‖ 鸟借东风传好音

★门含紫气添富贵 ‖ 户纳吉祥保平安

★门迎百福福星照 ‖ 户纳千祥祥云腾（横批：幸福之家）

★陌上春来花似锦 ‖ 庭前鹊闹客如云

★年年景丽年年胜 ‖ 月月花香月月红

★年年顺景财源广 ‖ 岁岁平安福寿多（横批：吉星高照）

★年年迎春春常在 ‖ 岁岁祝福福满门

★鸟寻花径知春到 ‖ 鱼跃龙门带雨飞

★凝眸春色千重翠 ‖ 侧耳祥音万户欢

★鹏驭春风游宇内 ‖ 凤迎旭日舞门前

★平安竹报全家庆 ‖ 富贵花开合院荣

★奇石尽含千古秀 ‖ 异花长占四时春

★千帆竞发千层浪 ‖ 万鸟争鸣万树春

★千家爆竹辞旧岁 ‖ 万户红灯庆新春

★千岭红梅生画意 ‖ 一江碧水泛春潮

★千门彩树瞳瞳日 ‖ 万户清歌淡淡风

★千山叠翠春光好 ‖ 万水扬波气象新

★千山齐唱迎春曲 ‖ 万水同吟幸福歌

★千树披青鸟对对 ‖ 万花吐艳蝶双双（横批：春满人间）

★千条绿柳迎春舞 ‖ 满树红梅带雪开

★千条杨柳逢春绿 ‖ 数点梅花应节香

★千洲叠翠春光好 ‖ 万水扬波气象新

★青山绿水长春景 ‖ 碧树红楼幸福家

★青松翠柏送寒去 ‖ 白雪红梅迎春来

★庆佳节福财兴旺 ‖ 迎新年人寿安康

★庆新春年年如意 ‖ 辞旧岁日日平安

★去岁曾穷千里目 ‖ 今年更上一层楼

★鹊送喜报风送爽 ‖ 莺传佳音梅传春

★染庭碧草来春色 ‖ 入户清风送好音

★人逢盛世居栖稳 ‖ 运际阳春气象新（横批：一门余庆）

★人间冬去花争艳 ‖ 大地春回鸟赛歌

★人间共饮屠苏酒 ‖ 天下同观爆竹花

★人间喜气随人转 ‖ 户外春风入户来

★日沸千江涛涌玉 ‖ 春梳万树柳摇金

★日烘古柳浮新绿 ‖ 春焕朝花吐艳红

★日丽风和春及第 ‖ 花香鸟语福临门

★日丽江山生瑞草 ‖ 春来华夏绽香花

★日暖华堂来紫燕 ‖ 春来玉树发青枝

★年年福禄随春到 ‖ 日日财源顺意来（横批：新春大吉）

★荣华富贵盈门喜 ‖ 福寿康宁满户春

★如意风和开泰运 ‖ 吉祥春早奋新程

★入户和风增瑞气 ‖ 临门旭日发春晖

★瑞气呈祥辞旧岁 ‖ 福星高照接新年（横批：辞旧迎新）

★瑞气盈盈随春到 ‖ 财源滚滚与日增

★三山和风生柳叶 ‖ 五岭春色泛桃花

★三星在户财源旺 ‖ 五福临门家道兴

★山欢水笑人心畅 ‖ 燕舞莺歌春意浓

★山青水碧春光好 ‖ 柳绿桃红岁月新

★神州又见春草绿 ‖ 赤县早报腊梅红

★声声爆竹声声喜 ‖ 阵阵春风阵阵歌

★时来运转家昌盛 ‖ 心想事成万事兴

★时雨遍沾芳径草 ‖ 丽天争放向阳花

★时雨点红桃千树 ‖ 春风吹绿柳万条

★世上千祥皆入户 ‖ 人间万福尽临门

★事事如意大吉祥 ‖ 家家顺心永安康（横批：四季兴隆）

★事业有成人有志 ‖ 春光无限福无边

★数点梅花添喜庆 ‖ 几声爆竹道安祥

★树展嫩枝春世界 ‖ 楹添新墨好时光

★水流新韵山流翠 ‖ 竹报平安梅报春

★四海春光随处好 ‖ 满天雨露应时新

★四海皆春春不老 ‖ 九州同乐乐无穷

★四海九州皆丽日 ‖ 三山五岭尽春晖

★四海三江迎新岁 ‖ 千家万户庆丰年

★四面青山披锦绣 ‖ 三江绿水涌春波

★四面抬头皆见喜 ‖ 万家祝福共迎春

★松柏无华滋岁翠 ‖ 芝兰有幸伴春馨

★松梅竹共经寒岁 ‖ 天地人同乐好春

★松青柏翠山山美 ‖ 柳绿梅红户户春

★松竹梅岁寒三友 ‖ 桃李杏春风一家

★岁岁年丰添美满 ‖ 家家幸福庆团圆

★岁岁祥和祥岁岁 ‖ 年年富庶富年年

★岁通盛世家家富 ‖ 人遇年华个个欢（横批：皆大欢喜）

★岁序更新春浩荡 ‖ 宏图再展势峥嵘

★岁月如诗歌似海 ‖ 山川入画酒盈樽

★岁自更新春不老 ‖ 花多增艳水长流

★泰运方开歌岁首 ‖ 和风初拂庆春魁

★堂开丽日金莺啭 ‖ 帘卷春风玉燕飞

★堂前紫燕鸣春暖 ‖ 院外红梅斗雪开

★桃红柳绿春光好 ‖ 燕舞莺歌景色新

★桃换新符言岁改 ‖ 梅传芳讯报春回

★桃柳争催春烂漫 ‖ 云霞长拥日光华

★桃吐千花迎富至 ‖ 梅开玉福接春来

★天道不言苏百草 ‖ 地祥有意奉三春

★天地和顺家兴旺 ‖ 平安如意人多福（横批：四季平安）

★天地回旋春讯早 ‖ 乾坤运转喜事多

★天将化日舒清景 ‖ 室有春风聚太和

★天意回春生万物 ‖ 人心乐善淑千祥

★天增岁月人增寿 ‖ 春满乾坤福满楼（横批：四季长安）

★万户迎春迎福寿 ‖ 千家接喜接康宁

★万里东风描绿地 ‖ 一轮红日点苍天

★万里和风吹柳绿 ‖ 九州春色映桃红

★万里河山添锦绣 ‖ 满园桃李竞芳菲

★万里鹏程欣展翼 ‖ 一年鸿运喜开头

★万千桃李香四海 ‖ 一派春光明五湖

★万树欣随春水绿 ‖ 百花争向艳阳红

★万紫千红花竞艳 ‖ 飞鸣比翼鸟争春

★未见故园三分绿 ‖ 但逢异地一江春（横批：处处春）

★无边春色百花艳 ‖ 有庆年头万木春

★无私春风拂柳绿 ‖ 有情月色抹窗明

★五福临门春满院 ‖ 八方进宝富连城

★五福堂前呈瑞彩 ‖ 百花枝上闹春光

★五湖四海家家乐 ‖ 万紫千红处处春

★五湖四海皆春色 ‖ 万水千山尽得辉（横批：万象更新）

★物换星移辞腊去 ‖ 风和日丽送春来

★喜爆送去十二月 ‖ 飞雪迎来又一春

★喜今朝百般胜意 ‖ 看明岁万事亨通

★喜看盛世花千树 ‖ 笑饮丰年酒一盅

★喜炮声中辞旧岁 ‖ 红梅香里庆新春

★喜气临门家家喜 ‖ 春光布地处处春

★喜鹊登枝盈门喜 ‖ 春花吐艳遍地春

★喜闻爆竹更新岁 ‖ 乐见梅花报早春

★喜迎春景花千树 ‖ 笑饮丰年酒一杯

★喜雨濡红桃万树 ‖ 和风染绿柳千枝

★喜雨三江新绿涨 ‖ 春风五岭早梅香

★细雨无私苏万物 ‖ 春风有意暖八方

★细雨吟春诗醉酒 ‖ 和风吻柳梦销魂

★鲜花捷报盈门喜 ‖ 广厦琼楼满眼春

★祥光万道临福地 ‖ 瑞气千条绕华庭

★祥酒伴君更岁序 ‖ 梅花着意荐春宵

★笑对春风谈喜事 ‖ 乐邀瑞雪话丰年

★心想事成兴伟业 ‖ 万事如意展宏图（横批：五福临门）

★欣逢柳辫凝眸绿 ‖ 喜见桃腮映面红

★新春新景新家运 ‖ 多福多财多寿康

★新景千祥临富第 ‖ 阳春百福进高门

★新桃喜换千门旧 ‖ 爆竹笑迎万户春

★幸福堂前无限乐 ‖ 长春花下有余香

★雄心不与年华去 ‖ 壮志宜随春意来

★雪飞梅岭梅含玉 ‖ 春到柳堤柳绽金

★雪感天时飞捷报 ‖ 柳随人意舞东风（横批：大地回春）

★雪飘祥瑞梅花傲 ‖ 柳舞东风春日骄

★雪消门外千山绿 ‖ 春到人间万户欢

★雪压红梅呈异彩 ‖ 春归芳草发新芽

★燕剪裁云云化雨 ‖ 莺梭织柳柳成春

★燕舞春风春舞燕 ‖ 花添锦绣锦添花

★燕行千里衔春至 ‖ 花上枝头报喜来

★燕约清风吟柳浪 ‖ 湖邀明月醉花荫

★阳光普照迎新岁 ‖ 淑气频催入暖春

★杨柳春风人满意 ‖ 桃花雨露地生辉

★杨柳有情千枝秀 ‖ 春风无倦百花妍

★一冬无雪天藏玉 ‖ 三春有雨地生金

★一帆风顺吉星到 ‖ 万事如意福临门（横批：财源广进）

★一帆风顺年年好 ‖ 万事如意步步高（横批：吉星高照）

★一帆风顺前程远 ‖ 万事皆成幸福长

★一年好运随春到 ‖ 四季财源顺意来（横批：万事如意）

★一年四季行好运 ‖ 二极八方纳财门

★一年四季春常在 ‖ 万紫千红花永开（横批：喜迎新春）

★一派春光花万树 ‖ 满洲烟景柳千行

★莺啼北里千山绿 ‖ 燕语南邻万户欢

★莺识新机随日至 ‖ 燕寻旧主带春来

★迎春爆竹普天笑 ‖ 献岁红梅满院香

★迎春芳草年年绿 ‖ 贺节梅花岁岁红

★迎春柳色融诗趣 ‖ 傲雪梅花铸画魂

★迎春瑞雪妆梅艳 ‖ 送暖和风着柳新

★迎新春春光明媚 ‖ 辞旧岁岁月火红

★迎新春江山锦绣 ‖ 辞旧岁事业辉煌（横批：春意盎然）

★迎新春事事如意 ‖ 接洪福步步高升（横批：好事临门）

★迎新年年年添喜 ‖ 辞旧岁岁岁有余

★有情红梅报新岁 ‖ 得意嫩柳招春风

★又是一年春草绿 ‖ 欣然十里杏花红（横批：瑞气临门）

★雨过芳草连天碧 ‖ 春到寒梅映日红

★雨过天晴千古色 ‖ 花留水彩四时春

★雨润千畴铺彩锦 ‖ 日辉万户庆长春

★雨润三春千岭绿 ‖ 风拂九野万花红

★雨润杨柳添春色 ‖ 风舒李桃满苑香

★玉海金涛千里秀 ‖ 绿树红楼万户春

★玉露滋花盈馥郁 ‖ 春梅报信吐芬芳

★玉树暖迎沧海日 ‖ 珠花光动锦城春

★玉宇祥和春煦煦 ‖ 华堂吉庆乐融融

★园林桃李争春暖 ‖ 岭径松筠耐岁寒

★院里春随人意度 ‖ 庭前景任匠心舒

★院满春光春满院 ‖ 门盈喜气喜盈门

★云灿星辉皆是瑞 ‖ 湖光山色最宜春

★云间瑞气三千丈 ‖ 堂上春风十二时

★云山呈秀千般美 ‖ 大地更新万户春

★云疏日丽满天锦 ‖ 李秾桃红遍地春

★运际升平人共乐 ‖ 气当和淑鸟知春

★乍观小院添新色 ‖ 多谢春风去旧尘

★绽蕾梅花迎岁早 ‖ 抽枝杨柳报春先

★朝霞灿灿三春景 ‖ 旭日彤彤九域天

★阵阵春风拂嫩柳 ‖ 潺潺碧水润新荷

★政通人和歌盛世 ‖ 民殷国富庆新春

★芝兰得气一庭秀 ‖ 桃李成阴四海春

★芝兰自启山川秀 ‖ 松柏长留天地春

★枝头梅绽新春丽 ‖ 海角龙腾伟业兴

★枝枝绿竹生新笋 ‖ 朵朵红梅报早春

★知时雨润千山秀 ‖ 得意春催万木荣

★只因一夜春风到 ‖ 顿教满园瑞草喧

★珠树自绕千古色 ‖ 笔花开遍四时春

★竹梅性傲三冬雪 ‖ 桃李花芳四季春

★紫燕巢屋千家乐 ‖ 喜鹊登梅万户春

★紫燕迎春春色秀 ‖ 黄莺戏柳柳烟新

★紫气盈门呈好事 ‖ 红光满面庆新春（横批：阖家安康）

★紫笋破冰辞旧岁 ‖ 红梅得意闹新春

★祖国江山千古秀 ‖ 中华大地万年春

★昨夜春风才入户 ‖ 今朝杨柳半垂堤

5.八字通用春联

★宝地祥光开泰鸿运 ‖ 天时地利门庭大吉

★蓓蕾初绽一年伊始 ‖ 芳草新萌四季长春

★爆竹千声同辞旧岁 ‖ 梅花一点独报新春

★爆竹声声红梅点点 ‖ 莺歌阵阵绿柳悠悠

★爆竹声声普天同庆 ‖ 金鼓咚咚万众欢腾

★爆竹数声花明柳媚 ‖ 春风一度雪化冰融

★姹紫嫣红田园似锦 ‖ 风和日丽寰海同春

★春到神州百花吐艳 ‖ 香飘原野万物生辉

★春风春雨春色灿烂 ‖ 新年新岁新景辉煌

★春风送暖冰消雪化 ‖ 细雨传情叶笑花红

★春风送暖千山竞秀 ‖ 红日生晖百鸟争鸣

★春风旭日万里锦绣 ‖ 瑞气明霞九州升平

★春回大地百花争艳 ‖ 日暖神州万物生辉

★春回大地金缕溢彩 ‖ 喜临人间玉雪迎祥

★春景宜人百花齐放 ‖ 东风遍地万象更新

★春满人间百花吐艳 ‖ 福临小院四季常安（横批：欢度春节）

★春鸟声声鸣翠杨柳 ‖ 联珠串串聚满宝盆

★辞旧岁窗花逗紫燕 ‖ 接新春喜鹊闹红梅

★辞旧岁窗花映白雪 ‖ 迎新年喜鹊闹红梅

★辞旧岁共饮幸福酒 ‖ 迎新春齐绘吉祥图

★辞旧岁寒随一夜去 ‖ 迎新年春逐万里来

★辞旧岁九州春日丽 ‖ 迎新年四海彩云飞

★大地春回山欢水笑 ‖ 神州日暖物阜民康

★大地欢腾春回有意 ‖ 前程灿烂福来无疆

★大地回春百花争艳 ‖ 福满人间万象更新

★大地回春山河壮丽 ‖ 阳光普照玉宇澄清

★大地回春山欢水笑 ‖ 甘霖沃野柳绿花红

★大好神州龙腾虎跃 ‖ 无边春色凤翥鸾翔

★福至新年人招好运 ‖ 门临大喜户入长春

★贵门迎财财源广进 ‖ 吉宅接福福寿无边

★户迎春春桃妆绿柳 ‖ 门有喜喜鹊闹红梅

★画里江山飞花点翠 ‖ 枝头梅鹊斗艳争春

★佳节迎春春生笑脸 ‖ 丰收报喜喜上眉梢（横批：喜笑颜开）

★家福人欢顺如流水 ‖ 时益景顺喜若春风

★九州春色莺歌燕舞 ‖ 四海征程虎跃龙腾

★开门迎春春回大地 ‖ 抬头见喜喜满神州

★柳绿桃红江山如画 ‖ 冰消雪化天地皆春

★绿柳迎春风和日丽 ‖ 红梅报喜鸟语花香

★绿柳迎春山河焕彩 ‖ 红梅报喜日月增辉

★迈步迎春春风扑面 ‖ 抬头见喜喜气盈门

★满室春风半庭月色 ‖ 一窗竹影三径梅香

★明媚妖娆春光织锦 ‖ 英姿丰采壮志凌云

★年丰物阜家家康乐 ‖ 日丽风和处处吉祥

★鸟语花香江山如画 ‖ 风和日暖大地皆春

★人杰地灵气壮四海 ‖ 物华天宝春盈五湖

★日和月和岁岁合意 ‖ 天顺人顺事事顺风

★日丽风和九州同庆 ‖ 山明水秀四季呈祥

★日暖神州光辉万里 ‖ 春回大地气象一新

★日暖神州五光十色 ‖ 春临大地万紫千红

★瑞霭祥云华天锦绣 ‖ 清风朗月大地辉煌

★瑞日暖融山河似锦 ‖ 东风浩荡大地皆春

★瑞雪纷飞银装四野 ‖ 腊梅盛开香飘九天

★瑞雪红梅千般姿态 ‖ 青杨翠柳万种风流

★瑞雪兆丰年千家乐 ‖ 春风织胜景万象新

★水色山光阳春万里 ‖ 花香鸟语丽景九州

★树尽摇钱青山送宝 ‖ 泉皆化酒绿水流香

★四方来财百业兴旺 ‖ 五福临门万事通达

★松柏茂盛山河吐翠 ‖ 芝兰芬芳玉宇飘香

★送旧年窗花映白雪 ‖ 迎新岁喜鹊上红梅（横批：春意盎然）

★岁岁迎春年年如意 ‖ 家家纳福事事吉祥

★岁增岁岁岁风光好 ‖ 年复年年年气象新

★万紫千红百花争艳 ‖ 五湖四海一体同春

★望天宇八方清似玉 ‖ 喜人间四季暖如春（横批：万象更新）

★喜报吉祥辉煌灯火 ‖ 春风和煦勤奋人家

★喜辞旧岁太平有象 ‖ 笑迎新春福寿无疆

★喜气早临勤劳门第 ‖ 光荣长在幸福人家（横批：人兴财旺）

★喜盈门天乐人亦乐 ‖ 春及第花开心亦开

★祥光普照百花添艳 ‖ 福地回春万物更新

★祥云兆日舒心盛世 ‖ 芳草迎春如意年华

★笑舞东风松梅竞秀 ‖ 喜沾春雨桃李争妍

★新岁开头抬头见喜 ‖ 履端迈步动步生财

★旭日祥云千门竞盛 ‖ 春风化雨万物争荣

★旭日扬辉普天同庆 ‖ 东风解冻大地皆春

★一派生机阳春映日 ‖ 满天焕彩浩气腾云

★迎新年窗花映白雪 ‖ 辞旧岁喜鹊闹红梅

★云献吉祥星连福寿 ‖ 花开富贵竹报平安（横批：福积泰来）

★载酒迎春春光丽丽 ‖ 出门见喜喜气洋洋

★招手迎春春风拂面 ‖ 抬头见喜喜气盈门

★枝头喜鹊扬眉报喜 ‖ 雪里春梅翘首迎春

★紫气冲天物华天宝 ‖ 阳春覆地人杰地灵

★紫气东来山明水秀 ‖ 冰消北岸鸟语花香

★祖国繁荣江山似锦 ‖ 东风浩荡大地如春

6.九字通用春联

★百花争艳春色无限好 ‖ 万象更新江山分外娇

★爆竹万千声人间换岁 ‖ 梅花四五点天下皆春

★爆竹知人意声声悦耳 ‖ 梅花晓天时朵朵欢心

★碧水绕华堂春光无限 ‖ 黄莺鸣大地捷报频传

★鞭炮声声为新春喝彩 ‖ 雪花片片替旧岁辞行

★春风吹绿江山苏万物 ‖ 旭日照明世界暖群生

★春风春雨引万般春色 ‖ 新岁新年开一代新篇

★春风春雨迎万般春色 ‖ 新人新事开一代新风

★春风得意草木增秀色 ‖ 时雨润心山河添笑颜

★春风拂大地青山不老 ‖ 瑞气满神州绿水长流

★春风浩荡江河披锦绣 ‖ 华夏腾飞苍山映彩霞

★春风浩荡山河添锦绣 ‖ 华夏欢腾东风送祥云

★春风化雨九州花满地 ‖ 爆竹飘香万户喜盈门

★春风送春处处春色美 ‖ 喜鹊报喜家家喜事多

★春暖花开庆新年美好 ‖ 财源广进喜家业兴隆

★春色满神州中国崛起 ‖ 紫气贯华夏巨龙腾飞

★春雨似甘霖丝丝入土 ‖ 红梅如笑靥朵朵含情

★辞旧话吉祥年年如意 ‖ 迎新添喜气岁岁平安

★翠浪映碧玉莺歌燕舞 ‖ 白云绕春堑柳绿花红

★翠柳摇风千林翔翠鸟 ‖ 红梅映日万树绕红霞

★翠柳摇风喧千林翠鸟 ‖ 红梅映日吐万树红霞

★大地播春光花香鸟语 ‖ 神州增秀色水绿山青

★大地播春光山清水秀 ‖ 神州增秀色人寿年丰

★东风得意染山河锦绣 ‖ 日月知心织云霓绮霞

★东风引紫气江山明丽 ‖ 大地发春光桃李芬芳

★福门聚福家业腾云起 ‖ 喜地盈喜财源似水来

★国兴旺年年风调雨顺 ‖ 民有幸岁岁人寿年丰（横批：繁荣昌盛）

★红日喷霞处处添画意 ‖ 春风化雨点点动诗情

★红日无私任万家分暖 ‖ 阳春有意催百花争荣

★虎跃龙腾有天皆丽日 ‖ 花香鸟语无地不春风

★捷报化红梅香拢千树 ‖ 宏愿托爆竹响传万家

★丽日彤彤神州春似海 ‖ 东风袅袅大地绿如茵

★梅开五瓣浓抹三阳景 ‖ 竹报三多淡妆四季春

★梅雪争春山河添秀色 ‖ 李桃竞艳岁月换新天

★美酒美春酒美春尤美 ‖ 新年新岁年新岁更新

★鸣炮迎春春光盈大地 ‖ 书联贺喜喜气满神州（横批：万象更新）

★年复年年年花香鸟语 ‖ 岁增岁岁岁人寿物丰

★年年过年一年一个样 ‖ 岁岁登高一岁一重天

★千枝竞秀有天皆丽日 ‖ 万木争荣无地不春风

★日历日翻财源随日进 ‖ 春花春发好运与春来

★瑞气满神州青山不老 ‖ 春风拂大地绿水长流（横批：春光明媚）

★瑞雪冬梅红花映日展 ‖ 春风杨柳佳卉向阳生

★瑞雪千家江山银万里 ‖ 春风一树物野绿千层

★瑞雪兆丰年春回大地 ‖ 春光无限好瑞满人间

★山欢水笑八方盈正气 ‖ 物阜民康四海庆阳春

★山明水秀处处皆春色 ‖ 年丰岁余人人尽笑颜

★山清水秀风光日日丽 ‖ 人寿年丰喜事天天增

★万里春潮溶八方锦绣 ‖ 九天晓日流五色云霞

★万树甘梅飞雪迎春到 ‖ 千江绿水心潮逐浪高

★万象更新成城集众志 ‖ 千帆竞发破浪乘东风（横批：紫气东来）

★万紫千红满园皆春色 ‖ 五风十雨遍地尽朝晖

★喜迎美好未来天地广 ‖ 乐创幸福生活日月新

★祥云捧日江山盈淑景 ‖ 瑞气凝春社稷溢华光

★星瑄叶珠杓祥开万象 ‖ 云屏通碧汉瑞启三阳

★旭日出东方光弥宇宙 ‖ 百花开大地春满人间（横批：福地洞天）

★雪铺富裕路银光闪闪 ‖ 鹊叩幸福门喜报声声

★阳光照河山河山添色 ‖ 春雨洒大地大地生辉

★一声爆竹九州春意闹 ‖ 八面欢声五岳金瓯鸣

★一夜连两岁岁岁如意 ‖ 五更分两年年年称心（横批：恭贺新春）

★迎新春处处春风拂面 ‖ 祝喜酒家家喜气盈庭

★迎新春春春春光明媚 ‖ 辞旧岁岁岁岁月火红

★已有二月杏花八月桂 ‖ 再添一时春雨三时秋

★云霞蔚彩新年添福寿 ‖ 山水韶光秀色满乾坤

★竹林枝叶滴翠春增色 ‖ 梅岭花蕊凝香雪添姿

★泽雨润神州山欢水笑 ‖ 东风荣大地物阜民康

★紫气祥光碧海雄风劲 ‖ 欢歌笑语春山瑞霭多

7.十字通用春联

★八音响彻八方八方致富 ‖ 七色光临七曜七曜增辉

★百业方兴到处五光十色 ‖ 九州全盛应时万紫千红

★爆竹声声喜报前程似锦 ‖ 梅花朵朵欢呼万象更新（横批：四海升平）

★彩笔如花写就辉煌事业 ‖ 春风似剪裁成锦绣江山

★春多情鹊向枝头报喜至 ‖ 人得意梅从窗外迎春来（横批：钟灵毓秀）

★春风催旧岁华夏百花艳 ‖ 瑞雪兆丰年神州万象新

★春风染沃野处处一片绿 ‖ 喜报铺新途年年满堂红

★春光美山山水水欢歌奏 ‖ 年景佳户户家家笑语稠

★春回大地处处花明柳绿 ‖ 福至人间家家语笑歌欢

★春花岁岁更新青山不老 ‖ 时序年年除旧淑景长存

★春霖降大地有情迎盛世 ‖ 瑞雪舞苍穹着意报丰年

★春起舞风拂大地捎新爱 ‖ 燕飞翔语戏蓝天告旧情

★辞旧岁欢欣鼓舞庆胜利 ‖ 迎新春豪情满怀谱新篇（横批：欢度新春）

★辞旧岁家家门前阳光道 ‖ 迎新春户户窗外幸福花

★辞旧岁劲松染霜松尤绿 ‖ 迎新春寒梅映雪梅更红

★辞旧岁祝丰收神州共庆 ‖ 迎新春歌盛世普天同乐（横批：恩泽

千秋）

★东西南北中处处传捷报 ‖ 徵羽宫商角声声奏佳音

★东风劲吹山川香花朵朵 ‖ 甘雨细润科研硕果累累

★芳草先知喜报春归大地 ‖ 梅花初吐欣观绿投满山

★福星照吉宅新春家家乐 ‖ 普天同欢度神州处处春

★甘露无声绣出千红万紫 ‖ 阳春有脚送来十雨五风

★含笑腊梅唤醒奇葩千树 ‖ 溢香春笋挺起翠竹万竿

★红梅开冻野千枝迎雪舞 ‖ 绿柳发新柯万缕赖风裁

★红日无私温暖五湖四海 ‖ 春风有情染绿万水千山

★虎跃龙腾碧水苍山玉宇 ‖ 莺歌燕舞和风丽日神州

★九州大地皆春春风惠我 ‖ 万里河山造景景色宜人

★开门迎春人人春光满面 ‖ 抬头见喜个个喜笑颜开（横批：四季呈祥）

★丽日和风绣出大地似锦 ‖ 吉年瑞雪迎来五谷丰登

★绿水青山风景这边独好 ‖ 红装素裹江山如此多娇

★绿树条条染绿春光一片 ‖ 红梅点点映红笑脸千张（横批：春意盎然）

★绿蚁酌千家邀春风做客 ‖ 红联贴万户趁节日抒怀

★年景佳山山水水欢歌奏 ‖ 春色美户户家家笑语稠

★庆佳节举金杯春满万户 ‖ 贺新年展笑容喜盈千家

★庆新年千家万户贴红对 ‖ 点春景五岳三山披绿装

★日丽风和绣出山河似锦 ‖ 年丰物阜迎来大地皆春

★日月重光三始同临首祚 ‖ 天地交泰万象共庆新春

★日月共长天同心相运转 ‖ 江河合大海融会聚波平

★人寿年丰生活越过越好 ‖ 风和日丽春光如画如诗（横批：四海同春）

★瑞雪飘飘喜伴神州美景 ‖ 腊梅朵朵笑迎华夏春光

★瑞雪无心抹去五颜六色 ‖ 春风有意送来万紫千红

★数树红梅点燃千家喜爆 ‖ 一轮朝日迎来万户春光

★水碧映山青青山映碧水 ‖ 花红扶叶绿绿叶扶红花

★松香竹香梅香香风阵阵 ‖ 天美地美人美美意重重

★岁时新春意浓神州焕彩 ‖ 宏图美阳光艳大地生辉

★岁岁辞旧岁往岁逊今岁 ‖ 春春迎新春来春胜今春

★万里江山重见尧天舜日 ‖ 九州花木共沐时雨春风

★喜迎春春风得意春常在 ‖ 笑望柳柳叶多情柳半垂

★细雨无声滋润满园锦绣 ‖ 春风有意妆成一树玲珑

★星转璇勺光映卿云五色 ‖ 春回玉管祥开彩胜千枝

★杏雨飞红喜织千家春色 ‖ 和风着绿巧绣万里新图

★旭日腾彩霞春色无限好 ‖ 红梅傲霜雪江山分外娇

★旭日祥云灿九州花似锦 ‖ 春风化雨新四海歌如潮

★滟滟江流映出满天霞蔚 ‖ 声声爆竹迎来大地阳春

★一楼梅香烘出无边春色 ‖ 三声鸟语闹来万里祥光

★迎新春山山水水风光美 ‖ 庆佳节户户家家喜事多

★迎新年满园春色满园锦 ‖ 辞旧岁遍地鲜花遍地歌

★有脚阳春先到故园桃李 ‖ 无心明月偏临近水楼台

★雨顺风调喜见春华秋实 ‖ 云开雾散得亲舜日尧天

★紫御迎春瑞拂千条御柳 ‖ 丹楼映日祥开万树宫花

8.十一字通用春联

★把酒临风一路轻风敲绿醒 ‖ 推门望雪千枝素雪扰梅惊

★爆竹千声长城内外丰收岁 ‖ 红梅万枝大江南北艳阳天

★出入平安顺风顺水顺人意 ‖ 心想事成好年好景好前程（横批：纳福

迎祥）

★春到人间花红柳绿千山秀 ‖ 节逢岁首日暖风和万水欢

★春风春雨春色无边春意暖 ‖ 福地福门福光有情福气浓

★春回大地梅花点点风光美 ‖ 福至人间笑语声声梦里甜

★春意盎然东风细雨芳园翠 ‖ 翠岚烂漫玉树琼花满目春

★翠柏苍松装点神州千岭绿 ‖ 朝霞夕阳染就江山万里红

★大地回春千山披翠千山美 ‖ 春风送暖万水扬波万水欢

★丹凤朝阳红梅映雪千山秀 ‖ 神州簇锦凌水腾龙万里春

★东风劲吹老树新枝齐竞秀 ‖ 阳光普照嫣红姹紫尽争春

★福光高照花红柳绿春不老 ‖ 乐事亨通物阜家丰岁常新

★光景无边遍地笙簧歌化日 ‖ 前程似锦满园桃李笑春风

★和睦家庭结彩张灯辞旧岁 ‖ 勤劳民族欢天喜地闹新春

★红日初生万户祥云临复道 ‖ 青阳乍转九天佳气敞重楼

★鸿雁来宾破雾穿云传捷报 ‖ 绿衣使者翻山越岭沐春风

★花栋连云燕子重来应有异 ‖ 笙歌遍地春光常驻不须归

★黄道天开东壁琛图辉玉宇 ‖ 紫宸日丽西山爽气映瑶阶

★惠风和畅巍巍泰山拥旭日 ‖ 春雨润泽滔滔东海泛春潮

★吉星高照旺丁旺财家富贵 ‖ 老少平安添福添寿宅荣华（横批：户纳
千祥）

★景丽瑶墀鸾鹤翔空腾庆霭 ‖ 春回琼岛鱼龙献瑞展新图

★涓流细细终归大海成波浪 ‖ 碧草纤纤得遇春风便纵横

★丽正凝祥境引琅嬛开积秀 ‖ 熙韶荟景曜连奎璧启当阳

★柳展新姿大地又添千顷绿 ‖ 花开笑口人间绽开万川红

★年年腾跃一江春水重重浪 ‖ 岁岁攀登百尺竿头节节高

★千古江山增秀色春光无限 ‖ 万家人面映桃花淑气有缘

★日丽风和秀出山河似锦缎 ‖ 年丰物阜迎来大地皆春色

★日映中天万里和风开画卷 ‖ 春临大地九州谐律启鹏程

★瑞雪飘飘点缀寒梅枝上玉 ‖ 和风荡荡吹开杨柳叶中金

★三星高照花红柳绿春不老 ‖ 万事亨通物阜家丰岁常春（横批：人寿年丰）

★盛世迎春春风得意河山笑 ‖ 前程似锦锦上添花岁月甜

★时来运到举步出门方方利 ‖ 心想事成招财入户路路通（横批：招财进宝）

★四海春临和风吹绿千堤柳 ‖ 九州福至丽日薰红万径花

★松牖春回吉霭正临铜暑永 ‖ 芝庭日丽祥光长拥玉枢高

★岁来岁往日月空全宇共岁 ‖ 春去春回天地人一体同春

★岁序轮回恰看新年春作画 ‖ 河山挂绿正当斯景酒陪歌

★喜帖春联副副春联抒壮志 ‖ 欢燃鞭炮声声鞭炮振豪情

★喜迎新春人兴财旺年年好 ‖ 乐接华年鸿运亨通步步高（横批：希望大成）

★新春大吉福寿双全添富贵 ‖ 佳年顺景丁财两旺永平安（横批：美满幸福）

★旭日生辉暖树黄莺歌婉转 ‖ 春风得意高天紫燕舞翩跹

★雪化冰消高山绿涨小溪满 ‖ 风和日丽故国花繁旧燕来

★燕剪秧针绣就寰中千幅锦 ‖ 莺梭柳线织成天下一家春

★玉洁冰清红梅点点催春意 ‖ 银装素裹瑞雪霏霏兆丰年

★珠缀绕龙屏宝矩光连宝箓 ‖ 璇题悬凤扆彤云瑞应彤墀

★竹报三多绿竹千竿同茂盛 ‖ 梅开五福红梅万朵共芳菲

9.十一字以上通用春联

★冰消雪化江山又呈五光十色 ‖ 冬去春来神州再现百态千姿

★彩灯玉树千家同享新春美景 ‖ 绿酒金樽万户共度佳节良宵

★长咏玉梅诗兴动江山皆入句 ‖ 大开春酒会醉余天地总为家

★春风拂人间善良门第春常在 ‖ 喜雨洒大地忠厚人家喜永存

★春风挥巨笔龙飞凤舞书春字 ‖ 喜鹊亮清喉玉润珠圆唱喜歌

★春色满人间九万里风鹏正举 ‖ 朝霞遍宇内五千年云雀长鸣

★风引奇香入一泓秋水余清气 ‖ 祥征景福来满堂春风散异香

★红霞映神州万水千山景色美 ‖ 春雷鸣大地五湖四海春意浓

★华光照四海四海皆春春不老 ‖ 佳节临九州九州同乐乐无穷

★乐辞旧岁吉祥长空五光十色 ‖ 吉迎新春幸福大地万紫千红（横批：五福临门）

★普天开景运一片红霞迎旭日 ‖ 大地转新机万条金线带春光

★瑞风播福泽事业昌盛千家乐 ‖ 红日赐祯祥人财两旺满堂春

★瑞色布人间锦乡河山添锦绣 ‖ 春阳照大地光辉节日更光辉

★桃符款款乐报新春万事如意 ‖ 爆竹声声喜传吉语五福临门

★万里蓝天凤舞龙飞春光无限 ‖ 千村绿野人欢马叫气象有余

★喜东风送暖残雪溶化寒冰解 ‖ 望大地回春江山添翠芳草生

★喜气降人间街头巷尾多歌舞 ‖ 春风盈海内塞北江南尽画图

★祥光照四海四海同春春不老 ‖ 瑞气满九州九州共乐乐无疆

★旭日映红梅丹凤朝阳祝康泰 ‖ 春风拂绿柳喜鹊登枝报平安

★雪落窗前似杨花点点春正好 ‖ 霜飘宅后如柳絮片片景更新

★雁字报佳音门前碧映珊瑚树 ‖ 春风传喜讯户外红开富贵花

★有天皆丽日天增岁月人增寿 ‖ 无地不春风春满乾坤福满门

★春潮涌动绿柳舒枝一笑辞旧岁 ‖ 青山举首明月开颜三躬迎新年

★春风如意引春光照耀满园春色 ‖ 彩笔随心绘彩锦辉映遍野彩花

★大地回春看大好河山皆成锦绣 ‖ 长天吐瑞兆长恒国祚永放光华

★东北风西北风风来神州暖春梦 ‖ 新年欢旧年欢欢聚满堂度新年

★冬去山明水秀橙经赤纬织新暖 ‖ 春来鸟语花香青丝兰锦绣余寒

★广乐奏钧天万国衣冠同瞻旭日 ‖ 阳春回大地四时橐籥首协温风

★锦笔如花绘就千重锦簇千重喜 ‖ 春风似剪裁成万里春光万里歌

★梅吐蕊柳抽芽老少边穷春正好 ‖ 地生金人益寿东西南北景常新

★民意顺国运兴四海讴歌称盛世 ‖ 春风和日色丽九州景物换新颜

★桃红柳绿正三春丽日风光无限 ‖ 燕舞莺歌是万顷碧空生意盎然

★迎春接福笑逐颜开庆合家团聚 ‖ 进喜添财神怡心旷看举国欢腾

★玉阶晓拥珩璜天上庆云移宝扇 ‖ 金阙遥趋剑佩春来瑞气满瑶池

★雉尾云移看玉烛光中星扶华盖 ‖ 螭头香动听金铃声里风展春旗

★辞旧岁百福呈祥迎新年家业兴旺 ‖ 万事通喜气盈门八方瑞吉庆团圆

★处处起新村喜莺唱门庭燕迷归路 ‖ 年年呈好景正花开阡陌柳醉春风

★庆佳节盼父母健康长寿万事如意 ‖ 祝新春愿儿女事业有成一帆风顺

★燕语莺啼花又香景物一年新节好 ‖ 风和日丽人方泰诗怀万种早春多

★百花争艳百鸟放歌成百画图描锦绣 ‖ 千业竞兴千家欢笑大千世界构和谐

★长弘善美乐构和谐大业辉煌开盛世 ‖ 共步康庄欣奔富裕宏图锦绣灿华年

★大吕黄钟韶颂和谐笙歌协奏八音曲 ‖ 小园紫陌花开富贵雨露勤催六合春

★红梅傲雪云蒸霞蔚姹紫嫣红春生韵 ‖ 绿柳经霜芝郁蕙馨兰薰桂馥露凝香

★柳绿桃红山清水秀万里神州春不老 ‖ 年丰物阜国泰民安千秋岁月乐无穷

★绿抹柳梢红燃花萼燕舞莺歌相比美 ‖ 春临世界喜降人间龙腾虎跃竞争先

★庆佳节儿女平安回故里盼事事如意 ‖ 过新年父母健康在家中望天天

开心

★桃红柳绿燕舞莺歌爆竹烟花迎盛世 ‖ 海晏河清年丰人寿凯歌曼舞庆新春

★雪照梅红经冬娇娇娇娆枝柯吐新蕊 ‖ 花映柳绿迎春郁郁郁馥蓓蕾露暗香（横批：满园春色）

★酒绿灯红今夜连双岁愿世间岁岁如意 ‖ 人勤春早明朝又一年祝天下年年称心

★上上下下男男女女老老少少都添一岁 ‖ 家家户户说说笑笑欢欢喜喜均过新年

★丽日卷云帘待燕子南来好商量一年春事 ‖ 惊雷开蛰宇看东风天降重装点万里河山

★日月倾情弹四水三江唱百族人民和谐曲 ‖ 乾坤焕彩调十光五色描万里神州富强图

★庆新年千村鸣炮万户撰联喜炮春联醒耳目 ‖ 扬正气九野响雷兆民击鼓惊雷警鼓壮河山

★九州岁稔政通人和物阜年丰金钟律吕歌盛世 ‖ 四野春归江澈海晏云蒸霞蔚舜地尧天展新容

★喜春风大雅缀绿添红正流连市井乡村江南塞北 ‖ 爱夜雨无声翻山涉水又沁润和谐美满天上人间

二、十二生肖春联

1.鼠年春联

★ 人喜盛世 ‖ 鼠兆丰年

★ 三更猪去 ‖ 五夜春来

★ 春潮传喜讯 ‖ 鼠岁报佳音

★ 春风拂绿柳 ‖ 灵鼠跳青松

★ 春燕鸣暖树 ‖ 金鼠跃青枝

★ 黄莺鸣翠柳 ‖ 金鼠恋苍松

★ 鹊语红梅放 ‖ 鼠年喜气浓

★ 人欢为体健 ‖ 鼠硕因年丰

★ 豕去春无限 ‖ 鼠来岁有余

★ 鼠来豕去远 ‖ 春到景更新

★ 鼠为生肖首 ‖ 春乃岁时先

★ 鼠颖题春贴 ‖ 鹊舌报福音

★ 子年春到户 ‖ 鼠岁喜临门

★ 子时春意闹 ‖ 鼠岁笑声甜

★ 子时岁交替 ‖ 鼠节春更新

★ 子夜松涛劲 ‖ 鼠年鹊语香

★ 子夜岁交替 ‖ 鼠年春更新

★ 子夜钟声响 ‖ 鼠年爆竹喧

★生活逐日美满 ‖ 光阴鼠年幸福

★鼠年百业兴旺 ‖ 子岁五谷丰登

★抱金猪财源滚滚 ‖ 迎红鼠好事连连（横批：鸿运当头）

★才见肥猪财拱户 ‖ 又迎金鼠福临门

★窗花巧剪吉祥鼠 ‖ 科技尊称致富神

★春鼓频敲鼠嫁女 ‖ 秧歌竞扭喜盈门

★春光曙色兆甲岁 ‖ 松韵清流庆子年

★花香鸟语山村好 ‖ 雨顺风调鼠岁丰

★火树银花迎玉鼠 ‖ 山珍海味列金盘

★金猪摇尾辞旧岁 ‖ 玉鼠探头迎新年

★鹊喳梅放春迎户 ‖ 鼠报年来福满门

★十二时辰鼠在首 ‖ 一年四季春为头

★豕去鼠来新换旧 ‖ 星移斗转腊迎春

★鼠女出嫁千里外 ‖ 钟声敲响两年间

★鼠无大小名称老 ‖ 年接尾头岁更新

★万千气象开新景 ‖ 一代风流壮鼠年

★银花火树迎金鼠 ‖ 海味山珍列玉盘

★莺歌燕舞春添喜 ‖ 豕去鼠来景焕新

★宰掉肥猪开美宴 ‖ 迎来金鼠庆新春

★子来亥去年更岁 ‖ 斗换星移日转轮

★子时一到开新律 ‖ 鼠岁三春报好音

★子夜鼠欢爆竹乐 ‖ 门庭燕舞笑声喧

★春雨晓风花开五色 ‖ 鼠须麟角力扫千军

★金猪辞旧携凯歌而去 ‖ 乳鼠迎春带捷报新来

★雪花献瑞玉龙飞起三万里 ‖ 绿酒添欢金鼠报来十二时

★豕岁又是丰收高高兴兴送去 ‖ 鼠年更为繁荣喜喜欢欢迎来

2.牛年春联

★金牛贺岁 ‖ 玉鼠回宫

★子夜为鼠 ‖ 丑时属牛

★布谷迎春叫 ‖ 牵牛接福来

★草发黄牛乐 ‖ 春新紫燕歌

★草绿黄牛卧 ‖ 松青白鹤栖

★丑时春入户 ‖ 牛岁福临门

★春催布谷鸟 ‖ 人效拓荒牛

★春暖青牛跃 ‖ 山高碧水流

★催春布谷叫 ‖ 报喜牵牛开

★牛背飘春曲 ‖ 鹊舌报福音

★牛开丰稔景 ‖ 燕舞艳阳天

★牛铃飘翠岭 ‖ 燕语暖春风

★牛舞丰收岁 ‖ 鸟鸣幸福春

★牵牛花报喜 ‖ 布谷鸟催春

★人逢如意事 ‖ 牛舞艳阳春

★人勤春来早 ‖ 草发牛更肥

★瑞雪迎春到 ‖ 金牛贺岁来

★鼠趁三更去 ‖ 牛驮五福来

★鼠遁春风至 ‖ 牛携喜气来

★岁首春到户 ‖ 牛年福满门

★玉鼠辞旧岁 ‖ 金牛迎新春

★紫燕寻旧主 ‖ 金牛舞新春

★子岁先登富路 ‖ 丑年再上新阶

★碧桃无意随春水 ‖ 黄犊有情鼓绿涛

★布谷鸟鸣忙布谷 ‖ 牵牛花绽喜牵牛

★春归大地黄牛跃　‖　神到人间紫燕飞

★春雨绵绵苏万物　‖　牛歌阵阵乐千家

★辞旧迎新除硕鼠　‖　富民强国效勤牛

★翠柳迎春千里绿　‖　黄牛耕地万山金

★黄牛舐犊芳草地　‖　紫燕营巢杏花天

★茧花绽放漫山绿　‖　牛背飘来一曲歌

★金牛开出丰收景　‖　喜鹊衔来幸福春

★灵鼠跳枝月影晃　‖　春牛犁地谷生香

★绿柳摇风燕织锦　‖　红桃沐雨牛耕春

★牧草丛中春色美　‖　放牛曲里笑声甜

★牛背笛声迎旭日　‖　田头犁影亮春光

★牛郎弄笛迎春曲　‖　天女散花祝福图

★牛主乾坤春浩荡　‖　人逢喜庆气昂扬

★鼠报平安归玉宇　‖　牛随吉瑞下天庭

★鼠年谱就惊天曲　‖　牛岁迎来动地诗

★新春乐咏黄牛颂　‖　小院频传喜鹊歌

★新春人唱黄牛赞　‖　丰岁诗吟白雪歌

★新岁牧歌需纵酒　‖　黄牛奋进不着鞭

★一曲牧歌传牛背　‖　无边柳色绿村头

★有福人家牛报喜　‖　无边春色燕衔来

★玉鼠回宫传捷报　‖　金牛奋地涌春潮

★子去丑来腾锦绣　‖　鼠归牛到竞辉煌

★草绿春新牧笛横牛背　‖　花红昼永莺歌绕农家

★乐辞鼠岁处处丰收人人乐　‖　歌颂牛年家家富裕户户歌

★适逢牛年俯首耕耘千秋业　‖　期待明朝群芳吐艳万春红（横批：前途无量）

3.虎年春联

★神牛辞旧岁 ‖ 金虎迎新春

★牛劲冲天去 ‖ 虎威贺岁来

★丑旧寅新宏图展 ‖ 牛归虎跃春意浓

★丑牛昨夜随冬去 ‖ 寅虎今朝奔春来

★丑去寅来千里锦 ‖ 牛奔虎啸九州春

★丑去寅来人益健 ‖ 牛奔虎跃春愈新

★春风浩荡神州绿 ‖ 虎气升腾岳麓雄

★春节乍闻春有喜 ‖ 虎年乐见虎生风

★春晓寅回人起舞 ‖ 岁祯虎啸物昭苏

★憨厚忠诚牛品质 ‖ 高昂奋勇虎精神

★虎步奔腾开胜景 ‖ 春风浩荡展宏图

★虎气顿生年属虎 ‖ 春风常驻户迎春

★虎气频催翻旧景 ‖ 春风浩荡著新篇（横批：形势喜人）

★虎啸密林风万壑 ‖ 鹤眠苍松月千岩

★虎啸青山千里锦 ‖ 风拂绿柳万家春

★花事才逢花好日 ‖ 虎年更有虎威风

★黄牛虽去精神在 ‖ 猛虎初来气象新

★江山秀丽春增色 ‖ 事业辉煌虎更威

★金牛昂首高歌去 ‖ 玉虎迎春敛福来

★金牛辞岁寒风尽 ‖ 白虎迎春喜气来

★金牛辞岁千仓满 ‖ 玉虎迎春百业兴

★金牛奋蹄奔大道 ‖ 乳虎添翼舞新春

★金牛奋蹄开锦绣 ‖ 乳虎添翼会风云

★金牛送旧千家乐 ‖ 玉虎迎新万户欢

★门庭虎踞平安岁 ‖ 柳浪莺歌锦绣春

★门浴春风梅吐艳 ‖ 户生虎气鸟争鸣

★年逢寅虎群情奋 ‖ 岁别丑牛大地春

★牛奋千程荣盛世 ‖ 虎驮五福贺新春

★牛奋四蹄开锦绣 ‖ 虎添双翼会风云

★牛耕沃野扬长去 ‖ 虎啸群山大步来

★人入虎年鼓虎劲 ‖ 门添春色发春辉

★人添志气虎添翼 ‖ 雪舞丰年燕舞春

★人效黄牛心自贵 ‖ 岁朝寅虎劲更高

★四海笙歌迎虎岁 ‖ 九州英杰跃鹏程

★啸一声惊天动地 ‖ 睁双眼照耀乾坤

★兴伟业仍须牛劲 ‖ 展宏图更壮虎威

★迎春节莺歌遍地 ‖ 兴中华虎劲冲天

★牛奔福地普天献瑞 ‖ 虎卧华堂满院生辉

★紫气东来江山如画 ‖ 红旗招展龙虎扬威

★白虎替青牛招财进宝 ‖ 黄莺鸣翠柳辞旧迎新

★金牛辞旧携凯歌而去 ‖ 乳虎迎春带捷报新来

★庆虎岁把酒高吟虎跃曲 ‖ 祝丰年扶犁又唱丰收谣

★岁步寅年喜庆团圆同把酒 ‖ 珠还合浦欢歌一统共迎春

★虎年喜虎劲攻关夺隘皆如虎 ‖ 春节焕春光绣水描山总是春

★天上花地上花花团锦簇亮华夏 ‖ 上山虎下山虎虎虎生风闯九州

★忆旧岁牛劲冲霄汉神鞭一指神州巨变 ‖ 看今朝虎威壮中华众志成城经济腾飞

4.兔年春联

★蟾宫降玉兔 ‖ 庭院绽红梅

★红梅迎春笑 ‖ 玉兔出月欢

★红梅迎岁笑 ‖ 玉兔伴娥欢

★红梅迎雪放 ‖ 玉兔踏春来

★虎去威犹在 ‖ 兔来运更昌

★虎声传捷报 ‖ 兔影抖春晖

★卯门生喜气 ‖ 兔岁报新春

★新春迎玉兔 ‖ 华夏壮金瓯

★寅年春锦绣 ‖ 卯序业辉煌

★玉兔蟾宫笑 ‖ 红梅五岭香

★玉兔迎春到 ‖ 红梅祝福来

★玉兔迎春至 ‖ 黄莺报喜来

★春自寒梅报起 ‖ 年从玉兔迎来

★春自卯时报起 ‖ 福由兔口衔来

★虎去犹存猛劲 ‖ 兔来更显奇才

★虎啸凯歌一曲 ‖ 兔奔喜报九州

★常在蟾宫攀桂树 ‖ 今临禹甸送丰年

★东风放虎归山去 ‖ 明月探春引兔来

★虎奔千里留雄劲 ‖ 兔进万家报吉祥

★虎过关山添活力 ‖ 兔攀月桂浴春晖

★虎年已去春风暖 ‖ 兔岁乍来喜气浓

★虎去雄风惊五岳 ‖ 兔开健步跃三江

★虎去雄风镇五岳 ‖ 兔生瑞气秀三春

★虎岁刚饮祝捷酒 ‖ 兔年又放报春花

★虎岁三十爆竹脆 ‖ 兔年初一对联红

★虎岁痛饮祝捷酒 ‖ 兔年怒放报春花

★虎尾回头添胜利 ‖ 兔毫扎笔写风流

★虎啸群山辞旧岁 ‖ 兔奔匝地庆新春

★虎越雄关踪影去 ‖ 兔临春境晓光新

★金杯醉酒乾坤大 ‖ 玉兔迎春岁月新

★卯时一到春入户 ‖ 兔年来临福满门（横批：兔年吉祥）

★门户临风迎春入 ‖ 高楼触月接兔归

★山中虎啸昌新运 ‖ 月里兔欢启宏图

★深山虎啸雄风在 ‖ 绿野兔奔美景来

★喜对良宵玩玉兔 ‖ 笑同胜友赏新春

★喜兔年初露春色 ‖ 继虎岁大展宏图

★寅去卯来腾瑞气 ‖ 虎归兔到发祥光

★玉兔欢奔芳草地 ‖ 金乌腾跃碧云天

★玉兔迎春春入户 ‖ 金莺报喜喜临门

★月里嫦娥舒袖舞 ‖ 人间玉兔报春来（横批：玉兔赐福）

★春回大地百花吐艳 ‖ 兔跃青山万物生辉

★虎啸千山声声响应 ‖ 兔驰万里步步腾飞

★日暖福州春晖万里 ‖ 兔回大地气象一新

★玉兔出行满天春色 ‖ 山君归隐一路雄风

★送金虎硕果丰收千里艳 ‖ 迎玉兔宏图再展万年青

★兔岁初临健步已驰千里 ‖ 虎年虽去雄风犹镇八方

★虎慢归山因贪人间好春色 ‖ 兔急下界为览世上新画图

★虎岁三十爆竹声声辞旧岁 ‖ 兔年初一红联对对迎新年

5.龙年春联

★况逢龙岁 ‖ 绝胜鹏抟

★燕语新年喜 ‖ 龙腾大地春

★才闻兔岁凯旋曲 ‖ 又唱龙年祝福歌

★辰年迪吉千重瑞 ‖ 龙岁呈祥四季宁

★春染瑶山铺锦绣 ‖ 龙腾碧海壮辉煌

★春日春风春浩荡 ‖ 龙年龙岁龙腾飞

★丹凤呈祥龙献瑞 ‖ 红桃贺岁杏迎春（横批：福满人间）

★风发龙门春浪暖 ‖ 日临雁塔晓云开

★华堂戏燕春风暖 ‖ 盛世腾龙国色娇

★蛟龙出海迎红日 ‖ 紫燕归门报早春

★金龙闹海春潮涌 ‖ 喜鹊登枝福韵高

★金龙献瑞苏千里 ‖ 绿柳迎春乐万家

★龙从百丈潭中起 ‖ 春自千重锦上来

★龙门一跳迎新岁 ‖ 燕子双飞报好音

★梅为春意赋新意 ‖ 雪向龙年报丰年

★千家福气金龙降 ‖ 万里春光紫燕衔

★千里云霞辉大地 ‖ 万般气象壮龙年

★送玉兔吴刚捧酒 ‖ 驾金龙敖广献珠

★兔随冬去留春意 ‖ 龙伴春来壮画图

★万里春风苏绿野 ‖ 八方喜雨起苍龙

★万物逢春新燕舞 ‖ 八方报喜巨龙腾

★喜庆花红送玉兔 ‖ 吉祥爆竹接金龙

★欣看大地千重秀 ‖ 笑望巨龙四海飞

★一元复始龙增岁 ‖ 万物生辉燕报春

★玉兔呈欢辞旧岁 ‖ 神龙跃起展鸿猷

★玉兔辞年传吉利 ‖ 金龙贺岁保平安

★玉兔回宫攀月桂 ‖ 金龙浴日上云霄

★玉兔升腾蟾阙里 ‖ 金龙飞舞彩云间

★云近紫台龙虎气 ‖ 春回青苑凤麟游

★紫气缭桐招凤落 ‖ 春雷带雨壮龙腾

★紫燕庭前传吉语 ‖ 金龙户外报佳音

★春催神州百花争艳 ‖ 光耀华夏群龙竞飞

★大地春回凤鸣盛世 ‖ 中华崛起龙有传人

★华夏龙腾春晖无限 ‖ 神州虎跃气象万千

★龙启吉祥云蒸霞蔚 ‖ 花开富贵人寿年丰

★龙腾云海凤翔天宇 ‖ 春满江山花漫神州

★绿抹柳梢红燃花萼 ‖ 春临世界喜降人间

★吞云吐雾金龙崛起 ‖ 展志舒情彩凤腾飞

★东海跃明珠金龙献岁 ‖ 南天开淑景俊鸟鸣春

★瑞雪纷飞大地萌春意 ‖ 东风浩荡神州跃巨龙

★喜气满庭阶春来福地 ‖ 凯歌传江海鱼跃龙门

★旭日射铜龙上阳春晓 ‖ 和风翔玉燕中禁花浓

★南疆雨北国风风调雨顺 ‖ 东海龙西山凤凤舞龙飞

★玉兔回蟾宫长空悬朗月 ‖ 金龙上华表大地庆新春

★爆竹飞花四海升平庆富庶 ‖ 金龙献瑞九州欢乐唱丰年

★华夏龙腾长城内外皆春色 ‖ 神州虎跃大江南北尽朝晖

★龙闹北滇千里冰凌千里雪 ‖ 春回南岭万枝火桔万枝梅

★龙年龙裔看龙舞龙飞天上 ‖ 春节春风送春光春满人间

★兔走乌飞大舞兔毫辞兔岁 ‖ 龙腾虎跃敢攀龙角接龙年

★绣水描山神州大地春常在 ‖ 藏龙卧虎盛世人家福永存

★玉兔归时羡慕人间春色美 ‖ 金龙跃处喜看华夏画图新

★爆竹辞旧岁玉兔毫毛生紫气 ‖ 华灯迎新春金龙捷足入青云

★海是龙故乡龙腾海宇龙光起 ‖ 春为燕天地燕舞春风燕语新

★岁属龙龙布雨雨顺风调呈稔岁 ‖ 春迎燕燕衔花花团锦簇贺新春

★焰火耀长空色彩斑斓欢度除夕夜 ‖ 金龙腾大地人声鼎沸喜迎吉祥年

★玉兔欢奔金乌飞飞向春光明媚处 ‖ 雄狮抖擞巨龙舞舞来华夏太平年

★巨龙凌空雄狮拜地爆竹声声辞旧岁 ‖ 紫燕展翅绿柳吐丝梅花朵朵迎新春

★绿抹柳梢红燃花萼燕舞莺歌相比美 ‖ 春临世界喜降人间龙腾虎跃竞争先

6.蛇年春联

★龙年献瑞 ‖ 蛇序呈祥

★龙骧盛世 ‖ 蛇报佳春

★春呈丰稔景 ‖ 酒贺小龙年

★春来千野绿 ‖ 蛇舞四时新

★春归蛇起舞 ‖ 福到鸟争鸣

★花柳春风绿 ‖ 蛇年瑞气盈

★捷报书宏志 ‖ 春风乐小龙

★金蛇狂舞日 ‖ 紫燕报春时

★睛点龙飞去 ‖ 珠还蛇舞来

★龙留丰稔景 ‖ 蛇舞吉祥图

★龙年留胜绩 ‖ 蛇岁展宏猷

★龙去神威在 ‖ 蛇来灵气生

★龙腾传捷报 ‖ 蛇舞兆丰年

★龙腾丰稔岁 ‖ 蛇舞吉庆年

★山舞银蛇日 ‖ 地披红杏时

★蛇衔长寿草 ‖ 燕舞吉祥家

★蛇舞升平世 ‖ 莺歌富贵春

★诗吟大有岁 ‖ 人颂小龙年

★银蛇携福气 ‖ 紫燕舞春风

★春风送暖蛇年好 ‖ 瑞气盈门鹊语香

★春花吐艳蛇生瑞 ‖ 芝草含嫣鹿启祥

★春帖相延新换旧 ‖ 龙蛇交替瑞呈祥

★丰收喜讯龙刚报 ‖ 长寿灵芝蛇又衔

★丰岁龙腾盈喜气 ‖ 新年蛇跃涌春潮

★风调雨顺年丰稔 ‖ 龙去蛇来岁吉祥

★金龙含珠辞旧岁 ‖ 银蛇吐宝贺新春

★金蛇狂舞迎春曲 ‖ 丹凤朝阳纳吉图

★灵蛇出洞吐春意 ‖ 喜鹊登梅报福音（横批：欣欣向荣）

★灵蛇有意降春雨 ‖ 绿叶无私缀牡丹

★龙抖雄姿归大海 ‖ 蛇含瑞气报华年（横批：春盈四海）

★龙归碧海波涛舞 ‖ 蛇到青山草木新

★龙含宝珠辞旧岁 ‖ 蛇吐瑞气贺新春

★龙回海底欣迎岁 ‖ 蛇出山穴喜报春

★龙留瑞气常萦户 ‖ 蛇报福音久驻门

★龙岁才舒千里目 ‖ 蛇年更上一层楼

★龙腾四海家家乐 ‖ 蛇舞九州处处新

★龙腾宇际春烂漫 ‖ 蛇步锦程业辉煌

★龙戏宝珠辞旧岁 ‖ 蛇衔瑞草贺新春

★龙戏高天鱼戏水 ‖ 蛇游大泽燕游春

★去年龙蛰千重景 ‖ 今日蛇迎四海春

★山欢水笑普天乐 ‖ 龙去蛇来遍地春

★寿草惊蛇开眼绿 ‖ 春花惹蝶向阳红

★巳岁迎春花开早 ‖ 蛇年纳福喜报多

★四野蛇呈丰稔景 ‖ 万民雀跃艳阳天（横批：燕舞春风）

★岁去年来新换旧 ‖ 龙潜蛇舞景成春

★天蓝水碧青蛇降 ‖ 柳绿桃红紫燕飞（横批：满堂春色）

★天浴朝阳蓬勃气 ‖ 蛇含芝草吉祥年

★天征瑞象迎新岁 ‖ 山舞银蛇庆早春

★喜鹊高歌传捷报 ‖ 金蛇狂舞庆丰年

★小龙得志行风雨 ‖ 彩蝶迎春戏牡丹

★新春喜鹊登枝唱 ‖ 吉地银蛇降福来

★银蛇曼舞千家乐 ‖ 紫燕欢歌万里春

★玉龙战罢欣奏凯 ‖ 金蛇舞起喜迎春

★云霞燕舞春光艳 ‖ 灵草蛇衔寿气浓

★龙腾碧海人间改岁 ‖ 蛇舞青山大地皆春

★龙留喜气喜盈门户 ‖ 蛇闹春光春满山川

★爆竹声声龙吟随腊去 ‖ 欢歌阵阵蛇舞伴春来

★龙去雄风在江山不老 ‖ 蛇来灵气生岁月常新

★喜气闹新年千家报喜 ‖ 春风暖蛇岁万户迎春（横批：春意盎然）

★大地春回千里金涛香万户 ‖ 小龙蛰起九州紫气贯长虹

★龙归大海滚滚春潮逐浪起 ‖ 蛇舞青云浓浓喜气盈门来

★龙舞雪花四野寒风随雪尽 ‖ 蛇衔春色九天暖意逐春回

★蛇至龙回重开新岁人间景 ‖ 山欢水笑又度佳节天下春

★四海龙腾盈门喜气临春到 ‖ 九州蛇舞满面春风报喜来

★龙飞留荡漾祥云映神州壮美 ‖ 蛇舞带铿锵吉乐催大众图强

★龙携华夏腾飞飞起玉龙三百万 ‖ 蛇伴新春狂舞舞来银蛇数千条

7.马年春联

★百花齐放 ‖ 万马奔腾

★小龙辞岁 ‖ 骏马迎春

★春拂芬芳地 ‖ 马奔锦绣程

★风度竹流韵 ‖ 马驰春作声

★腊鼓催青骏 ‖ 春风策紫骝

★马腾风雪舞 ‖ 春到杏花红

★马跃阳关道 ‖ 春回杨柳枝

★三春播喜气 ‖ 万马荡雄风

★万马争飞跃 ‖ 百花展笑颜

★扬鞭催骏马 ‖ 把酒会春风

★一堂开淑景 ‖ 万马会新春

★迎春燕语巧 ‖ 踏雪马蹄香

★春到红鬃马上 ‖ 喜临绿柳门前

★大地生香吐艳 ‖ 神州跃马争春

★飞雪片片凝瑞 ‖ 马蹄声声报春

★日丽风和景艳 ‖ 人欢马叫春新

★天马横空出世 ‖ 腊梅傲雪迎春

★雪瑞年丰福满 ‖ 人欢马叫春浓

★八骏风驰千里近 ‖ 一年花发十分红

★百花齐放春光好 ‖ 万马奔腾气象新

★爆竹声声催快马 ‖ 梅花朵朵笑春风

★春风万里辞蛇岁 ‖ 笑语千家入马年

★春风笑逐福音至 ‖ 天马喜随捷报飞

★春天点点芭蕉雨 ‖ 马步声声杨柳风

★春阳送暖芳菲地 ‖ 骏马奔驰锦绣程

★大鹏展翅青云路 ‖ 骏马奔驰浩荡春

★得意春风催骏马 ‖ 及时惠雨润鲜花

★东风骏马阳关道 ‖ 春水朝晖幸福家（横批：幸福安康）

★福到门庭梅吐艳 ‖ 马驰道路柳生烟

★高天雪舞银蛇去 ‖ 大地春归骏马来

★花木向阳春不老 ‖ 骅骝开道景无边

★金蛇起舞颂功去 ‖ 骏马奔腾报捷来

★骏马奔腾春色丽 ‖ 艳阳照耀岁华新

★绿水青山迎宝马 ‖ 红梅白雪送灵蛇

★马驰大路春如锦 ‖ 鹰击长空气若虹

★马蹄捷报映晓日 ‖ 燕语莺歌迎新年

★梅花欢喜漫天雪 ‖ 骏马奔驰一路春

★门畔春色迎年秀 ‖ 马前征途映眼新

★人逢喜事心犹壮 ‖ 马沐春风志更坚

★三春芳讯传莺口 ‖ 万里东风逐马蹄

★神驹轻踏春前草 ‖ 小燕喜穿柳上风

★万马奔腾五彩路 ‖ 百花齐放四时春

★午岁争迎千里马 ‖ 新春更上一层楼

★向阳花木三春秀 ‖ 得意马蹄一路风

★银蛇喜送峥嵘岁 ‖ 骏马欣迎锦绣春

★银蛇蛰伏藏瑰宝 ‖ 骏马腾飞起宏图

★莺歌杨柳枝枝秀 ‖ 马跃前程步步高

★鹰击长空抒远志 ‖ 马驰碧野卷雄风

★春风得意马驰千里 ‖ 旭日扬辉光照万家

★大地回春九州焕彩 ‖ 银驹献瑞四季呈祥

★开拓新程云鹏展翅 ‖ 振兴华夏天骥骋才（横批：繁荣昌盛）

★鸟语花香满园春色 ‖ 人欢马叫一路凯歌

★喜盈门天乐人亦乐 ‖ 春及第马驰志也驰

★跃马迎春春风扑面 ‖ 抬头见喜喜气盈门

★快马舞东风春盈四海 ‖ 梅花香大地喜满九州

★鸟语花香九州春光好 ‖ 人欢马叫四季画图新

★万紫千红迎春须纵马 ‖ 五风十雨顺水好扬帆

★献瑞灵蛇频传捷报去 ‖ 识途骏马奋驾宝车来

★鱼跃鸢飞光景随时好 ‖ 人欢马叫春潮逐浪高

★爆竹迎春春丽五湖四海 ‖ 红梅报喜喜催万马千军

★骏马扬蹄奔驰峥嵘岁月 ‖ 春风着意装点锦绣山河

★爆竹一声喜送巳蛇留庶绩 ‖ 华灯万盏欣迎午马展嘉猷

★旧岁蛰蛇蛇舞青山山愈秀 ‖ 新春跃马马奔大路路更宽

★柳拂春风马蹄得意奔新路 ‖ 云蒸丽日喜鹊登枝报福音

★小龙敬业将要退伍还站岗 ‖ 老马好强不用扬鞭自奋蹄（横批：华夏必盛）

★春风得意东风化雨风靡天下 ‖ 一马当先万马奔腾马到成功

★九霄鹏鹏举九霄九霄飞捷报 ‖ 千里马马奔千里千里荡春风

★鹏骞海天高两翼千寻争翘首 ‖ 骥驰云路远一鞭万里奋扬蹄

★岁序更新蛇归洞府畅述辉煌成就 ‖ 春风初度马跃神州喜奔锦绣前程

★灵蛇献智珠风云岁月却见一枝独秀 ‖ 神马踏飞燕锦绣山河再看万木争荣

8.羊年春联

★马驰万里 ‖ 羊恋千山

★三羊开泰 ‖ 四季呈祥（横批：五福临门）

★春草连天绿 ‖ 羊群动地欢

★春风追丽日 ‖ 羊角步青云

★金马辞旧岁 ‖ 银羊贺新春

★骏马归山野 ‖ 灵羊爱草原

★马带祥云去 ‖ 羊挟惠风来

★马去雄风在 ‖ 羊来福气生

★ 马蹄留胜迹 ‖ 羊毫谱新歌

★ 马载祥云去 ‖ 羊携惠雨来

★ 三羊开景泰 ‖ 双燕舞春风

★ 三羊生瑞气 ‖ 百鸟唤春光

★ 羊毫抒壮志 ‖ 燕梭织春光

★ 马去抬头见喜 ‖ 羊来举步生风

★ 马岁家家如意 ‖ 羊年事事吉祥

★ 万马奔腾贺岁 ‖ 五羊奋跃迎春

★ 八骏荣归除夕夜 ‖ 三春新谱放羊歌

★ 白羊越涧探春景 ‖ 紫燕绕梁报福音

★ 才听骏马踏花去 ‖ 又见金羊献瑞来

★ 长空载誉夸天马 ‖ 大地回春颂吉羊

★ 驰骋春风追丽日 ‖ 扶摇羊角步青云

★ 春满神州舒画卷 ‖ 羊临华夏入诗篇

★ 辞祥骏马恋丰岁 ‖ 献瑞灵羊贺吉年

★ 得意春风催快马 ‖ 解人新岁献灵羊

★ 吉羊健步迎春至 ‖ 洪福齐天及地来

★ 骏马班师传捷报 ‖ 矫羊举步赴新程

★ 骏马膺功辞岁去 ‖ 吉羊祝福报春回

★ 鲲鹏展翅扶羊角 ‖ 莺燕欢歌送马蹄

★ 马辞旧岁人增寿 ‖ 羊贺新春福到家

★ 马驮硕果归山去 ‖ 羊踏青坪报喜来

★ 三羊开泰家家喜 ‖ 万物更新处处春

★ 三羊启泰人间喜 ‖ 五福临门大地春

★ 神骏回宫传喜讯 ‖ 吉羊下界贺新春

★ 神马行空普天瑞 ‖ 仙羊下界遍地春

★岁焕新风燕剪柳 ‖ 春来大地羊铺云

★万树争荣添翠色 ‖ 五羊献瑞报佳音

★万象已随新律转 ‖ 五羊争跃好春来

★五福临门辞马岁 ‖ 三羊开泰启新程

★五羊献瑞人增寿 ‖ 百鸟鸣春喜盈门

★五羊献瑞增春色 ‖ 百鸟争鸣唱福音

★午马昨夜随冬去 ‖ 未羊今朝奔春来

★羊群簇拥千堆雪 ‖ 燕子翻飞一世春

★一片白云羊变幻 ‖ 千条翠柳燕翻飞

★玉羊启泰迎春至 ‖ 金马奋蹄载誉归

★骏马辞行喜盈岁月 ‖ 灵羊献瑞福满乾坤

★送马年春花融白雪 ‖ 迎羊岁喜鹊闹红梅

★万象更新山清水秀 ‖ 五羊献瑞日丽春华

★五羊献瑞江天溢彩 ‖ 百凤朝阳岁月流金

★快马加鞭不坠腾飞志 ‖ 吉羊昂首更添奋发心

★岁序更新马年留胜绩 ‖ 春风初度羊志展鸿猷

★万马扬蹄踏凯歌而去 ‖ 群羊翘首唤春信即来

★喜鹊迎春红梅香瑞雪 ‖ 吉羊贺岁金穗报丰年

★红杏丛中朝见牛羊出圈 ‖ 绿柳郊外夕闻鸟雀归林

★羊笔如花写就辉煌岁月 ‖ 春风似剪裁成锦绣江山

★春暖人心世界三千同雀跃 ‖ 风抟羊角云程九万共鹏飞

★汗马绝尘安外振中标青史 ‖ 锦羊开泰富民清政展新篇（横批：春满人间）

★骏马奔腾满载而归辞胜岁 ‖ 羚羊奋跃高歌猛进贺祥春

★骏马辞年不懈奔腾千里志 ‖ 吉羊献岁同迎欢乐万家春

★天马班师捷报频传惊宇宙 ‖ 仙羊降世宏图再展耀神州

★春风习习领头羊又登泰山顶 ‖ 凯歌阵阵千里马早过玉门关

★万马闯雄关春回大地繁花俏 ‖ 五羊开玉局旗展东风旭日辉

9.猴年春联

★金猴开玉宇 ‖ 紫燕舞新春

★金猴欣献寿 ‖ 玉燕喜迎春

★美猴腾瑞气 ‖ 金鲤戏春波

★新春呈万象 ‖ 大圣奋千钧

★羊辞冰雪地 ‖ 猴跃艳阳天

★遍地欢歌迎大圣 ‖ 连台好戏看今朝

★春满神州多喜气 ‖ 猴澄玉宇荡清风

★辞旧岁三羊开泰 ‖ 迎新春六猴送安（横批：五福临门）

★猴来佳果满山醉 ‖ 春至繁花遍地香

★猴喜满园桃李艳 ‖ 岁迁遍地春光明（横批：四海升平）

★回首羊年呈喜庆 ‖ 举眸猴岁报平安

★金猴献瑞财源广 ‖ 紫燕迎春生意隆（横批：欣欣向荣）

★金猴携福人间驻 ‖ 绿柳迎春大地新

★喜接金猴来献瑞 ‖ 乐看丹凤共朝阳

★喜鹊鸣春春日丽 ‖ 金猴献岁岁华新

★雪消门外千山绿 ‖ 猴到人间万户春（横批：户纳千祥）

★羊辞旧岁留祥瑞 ‖ 猴捧仙桃祝寿康

★羊去丰日永常在 ‖ 猴来带福家世兴（横批：开春纳吉）

★羊驮硕果五更去 ‖ 猴捧仙桃半夜来

★羊舞烟花报捷去 ‖ 猴持金棒送春来

★玉燕穿云衔福至 ‖ 金猴踏雪报春来（横批：气象万千）

★玉燕迎春春永驻 ‖ 金猴降福福长存

★子夜羊随爆竹去 ‖ 晓晨猴驾春风来

★紫气祥云腾大圣 ‖ 红梅翠柳报新春

★紫燕翩翩飞锦地 ‖ 金猴跃跃步春晖

★花果飘香美哉乐土 ‖ 猴年增色换了人间

★金猴献礼家家顺利 ‖ 喜鹊闹春事事吉祥（横批：猴年大吉）

★灵猴启泰喜迎春至 ‖ 羚羊奋蹄满载而归

★旭日报晓三羊开泰 ‖ 惠风和畅万猴兴运

★玉羊祥瑞欢辞旧岁 ‖ 金猴如意恭迎新春

★玉羊远去千家福气 ‖ 金猴临到万里春光

★红红火火共筑中国梦 ‖ 踏踏实实齐建新家园（横批：同心协力）

★三羊开泰人膺五福趁春去 ‖ 万猴维新天降大运随日来（横批：时和岁好）

★羊回仙界留下千山芳草绿 ‖ 猴到人间带来万里艳阳天

★羊年开泰莲风吹艳花千树 ‖ 猴岁丰登杏雨润香果万枝（横批：筑梦春回）

★金猴献礼家家顺利玉燕嬉春九州铺锦 ‖ 喜鹊闹春事事吉祥金猴贺岁一国呈祥

10.鸡年春联

★金鸡报晓 ‖ 丹凤来仪

★鹊送喜报 ‖ 鸡传佳音

★神猴辞岁 ‖ 金凤迎春

★雄鸡唱韵 ‖ 大地回春

★鸡声窗前月 ‖ 人笑福里春

★爆竹震落漫天雪 ‖ 金鸡唤来大地春

★春意千家飞紫燕 ‖ 晓音万里听金鸡

★大圣载功辞腊去 ‖ 金鸡报晓唤春回

★点点梅花乐淑气 ‖ 声声鸡唱祝平安

★凤唤吉祥财福到 ‖ 鸡携福寿康宁来（横批：春醉幸福）

★鸡唱大地情千里 ‖ 凤舞云天美万方（横批：春色满园）

★金鸡唱晓声盈户 ‖ 旭日携春福满堂

★金鸡啼开千门喜 ‖ 东风吹入万户春

★金鸡喜唱催春早 ‖ 绿柳轻摇舞絮妍

★金鸡晓唱千家喜 ‖ 白鹭晨飞万户春

★鸟报晴和花报喜 ‖ 鸡生元宝地生财

★日新月异金鸡唱 ‖ 鸟语花香溪水流

★喜鹊登枝迎新岁 ‖ 金鸡起舞报福音

★献岁鸡声歌喜事 ‖ 报花消息是春风

★祥鸡瑞凤临宝地 ‖ 紫气金光绕福门（横批：金鸡报春）

★雄鸡一唱千门晓 ‖ 红梅几点万家春

★莺歌燕舞腾飞岁 ‖ 猴去鸡来胜利年

★丹凤来仪春回大地 ‖ 金鸡报晓福满人间

★瑞雪兆丰年天开好景 ‖ 金鸡啼远韵岁展宏猷

★除夕猴在山重享齐天乐 ‖ 迎春鸡报晓高唱东方红

★大圣辞年万里河山留瑞霭 ‖ 雄鸡报晓千家楼阁映朝晖

★点点梅花笑迎雄鸡朝天噢 ‖ 声声爆竹欢送大圣载誉归

★捷报频传圣猴舞棒辞岁去 ‖ 宏图再展金允高唱迎春来

★雷震南天滚滚春潮生九域 ‖ 鸡鸣大地彤彤旭日耀寰球

★神猴辞岁保驾护航奔富路 ‖ 金凤迎春昂头振翼唱东风

★雄鸡唱韵万户桃符新气象 ‖ 大地回春群山霞彩富神州

★鸡鸣曙日红万里金光辉瑞霭 ‖ 柳舞春江绿千重锦浪映丹霞

★九域涌新潮四海雄鸡争唱晓 ‖ 三春晖紫气八方彩凤共朝阳

★振翅欲冲霄一唱雄鸡声破晓 ‖ 迎春思试剑三擂战鼓气吞虹

★金鸡报晓续金猴前路金光万丈 ‖ 福地来风增福气新春福运满门

11.狗年春联

★金鸡报晓 ‖ 神犬驱邪

★金鸡交好卷 ‖ 黄犬送佳音

★犬守平安日 ‖ 梅开如意春

★舜犬重临华夏 ‖ 旺年大展雄姿

★辞旧灵鸡歌日丽 ‖ 迎新瑞犬报年丰

★丰年富足人欢笑 ‖ 盛世平安犬不惊（横批：国运齐天）

★狗护一门喜无恙 ‖ 人勤四季庆有余

★鸡鸣喜报丰收果 ‖ 犬吠欣迎富贵宾

★鸡年利事家家乐 ‖ 犬岁发财户户欢

★鸡去瑶池传喜讯 ‖ 犬来大地报新春

★鸡岁已添几多喜 ‖ 犬年更上一层楼

★鸡为岁归留竹叶 ‖ 犬因春到献梅花

★鸡追日月雄风舞 ‖ 狗跃山河瑞气生

★金鸡报捷梅花俏 ‖ 义犬迎春柳色新

★金鸡唤出扶桑日 ‖ 锦犬迎来大地春

★金鸡献瑞钦郅治 ‖ 玉犬呈祥展宏猷

★金鸡一唱传佳讯 ‖ 玉犬三呼报福音

★九州日月开春景 ‖ 四海笙歌颂狗年（横批：狗年大吉）

★犬吠鸡鸣春灿灿 ‖ 莺歌燕舞日瞳瞳（横批：万象更新）

★日新月异雄鸡去 ‖ 国泰民安玉犬来（横批：五洲同庆）

★瑞雪翩翩丰收景 ‖ 犬蹄朵朵报春花

★天狗下凡春及第 ‖ 财神驻足喜盈门（横批：家业兴旺）

★雄鸡唱罢九州乐 ‖ 金犬吠来四海安

★戌犬腾欢迎胜利 ‖ 酉鸡起舞庆荣归

★戌岁祝福万事顺 ‖ 狗年兆丰五谷香

★子夜钟声扬吉庆 ‖ 狗年爆竹报平安（横批：安居乐业）

★义犬守夜升平固华夏 ‖ 金鸡司晨日月照神州（横批：迎春接福）

★鸡唱月归一线长天皆瑞霭 ‖ 犬歌日出九州大地尽朝晖

★腊酒谢金鸡唱遍神州歌大有 ‖ 春风催吉犬迈开健步跃高峰

12.猪年春联

★财神随岁至 ‖ 豕恩拱门来

★春丽花如锦 ‖ 猪肥粮似山

★狗守太平岁 ‖ 猪牵富裕年

★亥时春入户 ‖ 猪岁喜盈门

★六畜猪为首 ‖ 一年春占先

★生财猪拱户 ‖ 致富燕迎春

★天狗归仙界 ‖ 亥猪拱福门

★阳春臻六顺 ‖ 猪岁报三多

★义犬守门户 ‖ 良豕报岁华

★猪肥家业盛 ‖ 人好寿春长

★猪肥家业旺 ‖ 春好福源长

★肥猪拱户门庭富 ‖ 紫燕报春岁月新

★狗蹲户外家长泰 ‖ 猪拱门前户发财

★狗年已展千重锦 ‖ 猪岁再登百步楼（横批：吉祥如意）

★狗守家门旧主喜 ‖ 猪增财富新春欢

★狗岁已赢十段锦 ‖ 猪年更上一层楼

★花香鸟语欢辞狗 ‖ 人寿年丰乐抱猪

★欢辞狗守太平岁 ‖ 喜庆猪牵康富年

★吉日生财猪拱户 ‖ 新春纳福鹊登梅（横批：招财纳福）

★景象升平开泰运 ‖ 金猪如意获丰财

★两年半夜分新旧 ‖ 万众齐欢接亥春

★巧剪窗花猪拱户 ‖ 妙裁锦绣燕迎春

★犬保平安随腊去 ‖ 猪生财富报春来

★犬过千秋留胜迹 ‖ 猪肥万户示丰年

★瑞雪纷飞清玉宇 ‖ 花猪起舞贺新年

★硕鼠悠悠眠洞里 ‖ 肥猪悄悄拱门来

★天好地好春更好 ‖ 猪多粮多福愈多

★燕衔喜信春光好 ‖ 猪拱财门幸福长

★猪拱家门春贴画 ‖ 鹿衔寿草福临门

★猪增财富新春喜 ‖ 燕舞祥和旧主欢

★迎新春应赞猪为宝 ‖ 辞旧岁莫忘犬看家

★盘瓠神将上天去报喜 ‖ 天蓬元帅下界来除灾

★天蓬值岁见城乡大变 ‖ 华夏逢春闻锣鼓齐喧

★玉犬呈祥辞岁报功去 ‖ 金猪兆瑞迎春送宝来

★爱犬最忠留用看家护院 ‖ 憨猪忒胖提拔聚宝敛财（横批：恋旧迎新）

★红梅点点盘瓠傲霜随岁去 ‖ 丽日融融天蓬报喜伴春来

★盘瓠将军奉命辞岁报功去 ‖ 天蓬元帅领旨迎春送宝来

★犬年幸福莺燕衔春春入户 ‖ 猪岁吉祥竹梅报喜喜盈门

★梅花朵朵预卜新年红红火火 ‖ 对句双双共期亥岁喜喜洋洋

★神犬退休神州国泰民安金满地 ‖ 天蓬驾到赤县春风得意福盈门

第三章

行业对联

在春节期间，不同行业除了使用通用春联或生肖春联外，还会在春联中体现其专业性。另外，一副合适的行业对联，不但能表明其行业性质，而且趣味浓郁，能起到行业广告的作用，可以作为一种特殊的招牌张挂多年。

一、农林牧渔业对联

1.农业对联

★春风梳柳 ‖ 时雨润苗

★风和日丽 ‖ 人勤地丰

★风迎新岁 ‖ 雪兆丰年

★六畜兴旺 ‖ 五谷丰登

★年丰人寿 ‖ 景泰春和

★时和世泰 ‖ 人寿年丰

★四时如意 ‖ 五谷丰登（横批：六合同春）

★春至展丽景 ‖ 燕归兆丰年

★大地春来早 ‖ 农家福降多

★东风迎新岁 ‖ 瑞雪兆丰年

★丰年飞瑞雪 ‖ 好景舞春风

★风吹田野绿 ‖ 梅开小院春

★和风吹绿柳 ‖ 时雨润春苗

★年丰人增寿 ‖ 春早福满门

★开门山水秀 ‖ 入屋稻麦香

★雪映丰收景 ‖ 灯照万里程

★春来花香鸟语 ‖ 雪兆五谷丰登

★春暖风和日丽 ‖ 年丰物阜民欢

★春引百花竞放 ‖ 福到人寿年丰

★春种千田碧玉 ‖ 秋收万仓黄金

★年丰人寿福满 ‖ 柳绿花香春浓

★日暖风调雨顺 ‖ 家和人寿年丰

★人寿年丰福满 ‖ 花香柳绿春浓

★岁岁风调雨顺 ‖ 年年物阜民康

★雪白梅红柳绿 ‖ 年丰人喜春浓

★白雪银枝辞旧岁 ‖ 和风细雨兆丰年

★布谷鸟鸣黄土地 ‖ 迎春花展艳阳天

★炊烟袅袅新春乐 ‖ 酒盏盈盈古堡香

★春到山乡处处喜 ‖ 喜临农家院院春

★春风吹柳千枝绿 ‖ 时雨浇苗万亩新

★春风摇绿千丝柳 ‖ 细雨抹黄五谷花

★春风已着花千树 ‖ 丽日频添果万株

★春柳深处农家乐 ‖ 白杨水边村舍新（横批：人杰地灵）

★春种满田皆碧玉 ‖ 秋收遍野尽黄金

★多福多财多光彩 ‖ 好年好景好收成

★丰年顺意家家富 ‖ 美景宜人处处春

★风调雨顺家家乐 ‖ 粮多财足户户欢

★风摇翠柳青山暖 ‖ 雪映寒梅小院春

★福来小院四季乐 ‖ 春到门庭合家欢

★寒梅怒放迎春早 ‖ 冻土精耕起步先

★花开小院朝阳处 ‖ 燕舞农家幸福时

★鸟鸣花艳春光好 ‖ 人寿年丰喜事多

★庆丰收全家欢乐 ‖ 迎新春满院生辉

★人寿年丰春意满 ‖ 家和气正富源长

★三春喜庆三阳泰 ‖ 五谷丰登五福临

★岁月逢春人欢笑 ‖ 禾苗得雨粮丰收

★天洒甘霖滋沃土 ‖ 地铺瑞雪兆丰年

★五谷丰登人人喜 ‖ 六畜兴旺处处欢

★春回大地山欢水笑 ‖ 福满农家人寿年丰

★春满人间百花吐艳 ‖ 福临小院四季长安

★村村富裕家家欢乐 ‖ 月月称心岁岁丰登

★大地新春百花齐放 ‖ 和风甘雨四季丰收

★鸟语花香人勤春早 ‖ 风和日丽民乐年丰

★千里松涛无山不绿 ‖ 万顷麦浪有地皆春

★万紫千红百花齐放 ‖ 三江四海五谷丰登

★竹苞松茂青山不老 ‖ 鱼肥莲香富水长流

★好景有望几枝梅似雪 ‖ 丰年先兆千顷稼如云

★璃雪兆丰年家家欢喜 ‖ 春光映大地处处生晖

★物阜民丰祖国年年好 ‖ 日新月异家乡处处新（横批：国富民强）

★喜丰年粮似金山棉似海 ‖ 看成果山通公路水通桥

★喜洋洋绿水青山春永驻 ‖ 美泰泰丰衣足食福无边

★紫燕高飞剪开千重云雾 ‖ 布谷欢歌唤起万家春耕

★九域风和沃土肥泥生万物 ‖ 三春雨润新天丽日绽百花

★雪兆丰年且喜丰年逢瑞雪 ‖ 灯辉佳节每临佳节赏华灯

★春水接天长一网收来鱼满载 ‖ 东风吹地暖千锄种下谷盈仓

2.园林绿化业对联

★苍松倚日 ‖ 翠竹凌云

★山川毓秀 ‖ 松柏常青

★好果连千树 ‖ 香甜送万家

★红日辉林海 ‖ 春光焕鸟音

★匠心随所种 ‖ 著手便成春

★林深凉鸟兽 ‖ 果熟醉山人

★室有山林乐 ‖ 人同天地春

★田园无限美 ‖ 山河分外娇

★百花园里珍禽舞 ‖ 万木林中好鸟鸣

★春林明媚李桃绽 ‖ 芳圃清幽莺燕飞

★敢教荒山成林海 ‖ 誓把沙滩变绿洲

★高岭苍茫低岭翠 ‖ 幼林明媚母林幽

★护林须晓造林苦 ‖ 伐树当思种树难

★还草还林山吐翠 ‖ 治污治染水流香

★科圃奇葩千山秀 ‖ 艺苑硕果万里香

★林高草茂牛羊壮 ‖ 水秀山青稻麦丰

★林茂粮丰歌大有 ‖ 河清海晏庆长春

★绿满林区山滴翠 ‖ 春回茶场路飘香

★绿屏碧嶂遮风砾 ‖ 林海雪原育栋梁

★苗圃花坛饶画意 ‖ 青山绿水足诗情

★千峰苍翠吐春意 ‖ 万亩碧波浴早晖

★千林鸟唱山增韵 ‖ 四野花开果溢香

★青山不老山犹秀 ‖ 碧水长流水愈娇

★青山不语花常笑 ‖ 绿水无音鸟作歌

★日丽风和春浩荡 ‖ 山秀林茂国昌隆

★松色巧开千岭绿 ‖ 梅香普送万家春

★秃岭荒山成昔日 ‖ 青峰绿海看今朝

★土岭荒山披绿甲 ‖ 草原大泽献奇珍

★万壑松涛山雨过 ‖ 千山花色水风生

★雨顺风调宜世盛 ‖ 粮丰林茂赖人勤

★造林直上千重岭 ‖ 筑坝横拦万顷波

★种植花草环境美 ‖ 绿化神州锦绣春

★竹林葱郁千嶂翠 ‖ 树海苍茫万顷涛

★自闭桃源称太古 ‖ 欲栽佳木柱长天

★祖国有山皆绿化 ‖ 林区无处不清风

★富临山寨千峰竞翠 ‖ 春到茶区万壑飘香

★杭柏植松无山不绿 ‖ 栽杨栽柳有岭皆春

★护育双兼无山不绿 ‖ 蓄导并举有水皆清

★林木成荫无山不绿 ‖ 沟渠结网有水皆清

★绿满林区千山滴翠 ‖ 春临茶场万里飘香

★植树造林包装大地 ‖ 栽花种柳点缀山河

★植树造林千山叠翠 ‖ 修渠垒堰万水扬波

★植树造林青山不老 ‖ 修旧改土绿水长流

★异草奇花添几分春色 ‖ 桩头盆景夺一代天工

★植树造林青山长不老 ‖ 种草栽花赤县永留芳

★装点江山林教千壑绿 ‖ 造福后代水理万泉清

★花苗草苗棵棵苗壮生长 ‖ 乔木灌木株株品种优良（横批：绿色制氧）

★绿化祖国处处山清水秀 ‖ 改造自然年年林茂粮丰

★屋前宅后栽树延年益寿 ‖ 荒山隙地造林利国富民

★茶溢清香戴露朝阳浮绿叶 ‖ 场开沃野连畦接壤育新苗

★举目看山山山葱葱山山宝 ‖ 低头见水水水清清水水银

★四季香飘姹紫嫣红春不老 ‖ 九州绿化茂林修竹草常青

★退田还湖美化中华新环境 ‖ 栽草种树回归世界大自然

★战天斗地千顷戈壁成林海 ‖ 移土造河万里荒漠茂禾稼

★种草种花勤引芳菲来大地 ‖ 利民利己巧将翠绿洒人间

3.畜牧养殖业对联

★槽头兴旺 ‖ 厩内平安

★人欢马叫 ‖ 春好景新

★人勤春草 ‖ 草发畜肥

★羊肥马壮 ‖ 国富民丰

★猪羊满圈 ‖ 牛马成群

★草茂牛羊壮 ‖ 山幽树木多

★大地春光好 ‖ 牧区气象新

★昔走西天路 ‖ 今传致富经（养猪场）

★畜旺财源进 ‖ 人勤百业兴

★水秀山明草茂 ‖ 羊肥马壮春荣

★迎岁草原披绿 ‖ 贺春梅岭标红

★白乳皎洁谁堪比 ‖ 精良美味巷皆知（奶牛场）

★春归北国醒芳草 ‖ 冬去牧区红百花（横批：养殖之家）

★多少经营凭草海 ‖ 无穷生意在桑麻

★高老庄上耕耘手 ‖ 百姓盘中美味餐（养猪场）

★虎跃龙腾荣富岁 ‖ 羊肥马壮谱新章

★绿意琼浆通四海 ‖ 飘香玉液达三江（奶牛场）

★牧牛曲里风光美 ‖ 花草丛中春意浓

★凭实干养鸡致富 ‖ 靠技术产蛋发家

★勤劳编织生财路 ‖ 荒野圈成聚宝盆（横批：畜牧兴旺）

★数声牧笛飘牛背 ‖ 几朵鞭花响马头

★水绿山青光景好 ‖ 花香草茂马牛肥

★水秀山清环境美 ‖ 粮丰畜旺笑颜多（横批：人勤春早）

★运营拓展双向路 ‖ 种养加工一条龙

★草绿山青阳春有脚 ‖ 羊肥马壮幸福无边

★ 牧副农林行行兴旺 ‖ 春秋冬夏季季丰收

★ 腊尽春归山村添喜气 ‖ 牛肥马壮门户浴春风

★ 马壮牛肥山村添喜气 ‖ 地灵人杰门户沐春风

★ 牧笛悠悠塞上牛羊走 ‖ 鞭花朵朵草原骏马驰

★ 骏马草原飞传一路喜讯 ‖ 牧歌声里扬送万家春风

★ 山皆春满山牛羊满山笑 ‖ 地亦乐遍地金银遍地歌

★ 养喂禽畜讲科学兴旺繁殖 ‖ 拓通销路靠信息稳步发展（横批：前程广阔）

4.渔业、水产养殖业对联

★ 虾强蟹壮 ‖ 路广财多

★ 碧海澄朝曙 ‖ 向帆望暮烟

★ 春潮新涨碧 ‖ 银网广织歌

★ 撒出千张网 ‖ 收回万担鱼

★ 鱼香飘万里 ‖ 日影映千帆

★ 渔歌随浪涌 ‖ 海货与山齐

★ 履洪涛如平地 ‖ 拥大海作良田

★ 碧海金波朝旭日 ‖ 春风银网耀朱鳞

★ 潮来海角千帆动 ‖ 春到渔船万尾鲜

★ 乘风破浪扬帆去 ‖ 金甲银鳞满艇归

★ 诚信享誉八方客 ‖ 养虾招来四海财

★ 春水送鱼鱼满载 ‖ 波光迎客客盈门（横批：生意兴隆）

★ 堤外波光万里碧 ‖ 海上渔舟千担银

★ 点点轻舟腾巨浪 ‖ 阵阵渔歌卷春风

★ 帆舞东风征大海 ‖ 门临旭日乐渔家

★ 海上渔歌随浪涌 ‖ 岸边欢笑逐风飞

★寒江打网随流水 ‖ 曲渚回舟带夕阳

★金钩抛处鱼千尾 ‖ 银网收时虾万筐（横批：春风弄潮）

★千只轻艇迎风去 ‖ 万担鲜鱼上网来

★任尔横行几千里 ‖ 回头蒸煮一镬中

★水里淘金奔富路 ‖ 龙门跃鲤展宏图（横批：年年有余）

★万顷烟波天接海 ‖ 千舱欢笑喜迎春

★汪洋大海鱼群广 ‖ 浪静风平水产丰

★虾围四海财源进 ‖ 货达三江客路通

★一海浪涛一海笑 ‖ 满船歌曲满船鱼

★鱼香醉倒千重浪 ‖ 螺号唤醒万户春

★操舵扬帆渔歌飘海 ‖ 乘风破浪锦鳞满舱

★乘东风划破千顷浪 ‖ 扬篷帆满载万担鱼

★乘风扬帆渔歌腾浪 ‖ 归舟破浪锦鳞满仓

★海笑人欢九州永泰 ‖ 盐丰渔跃四海长春

★风吹日晒雨淋守希望 ‖ 进水消毒放苗盼成功（横批：守望成功）

★充分利用水源水肥水旺 ‖ 科学管理鱼塘鱼大鱼多

★喜气连连多亏亲朋好友 ‖ 财源滚滚全靠虾兵蟹将

★鲍贝带参海味尝来心更美 ‖ 鱼虾鳖蟹河鲜品后乐犹多

★科学耕耘一船犁破千年浪 ‖ 健康养殖众缆系牢百姓安

★生态养殖降本节能前景好 ‖ 科学规划精耕细作效益高（横批：一帆风顺）

★渔手捕鱼五湖水族皆听命 ‖ 船艇出航四海龙王助顺风

★鱼汛兴隆乐朝四海抛渔网 ‖ 锦鳞生色喜看五湖载富年

★春水接天长一网收来鱼满载 ‖ 堤外波光碧八方市场金盈仓（横批：生意兴隆）

★围箱网布金钩欣吟渔歌情韵 ‖ 养鲟蟳培蟹鳖巧做水产文章

★冬去春来喜东南西北龙飞凤舞 ‖ 风生水起望湖海江河虾跳鱼欢（横批：大好水产）

★肚白螯肥膏丰子满有蟹方知三月味 ‖ 笼蒸水煮筷着簪挑无人再怕几多横

★大海淘金江湖取宝天道酬勤鱼虾壮 ‖ 前沿创新健康养殖龙腾蛇舞水产兴（横批：四海欢腾）

二、党政机关对联

1.党政机关通用联

★红旗引路 ‖ 翠柳迎春

★红旗映日 ‖ 瑞雪迎春

★举国安定 ‖ 全民团结

★励精图治 ‖ 除旧迎新

★人和政稳 ‖ 世盛邦兴

★春满人世间 ‖ 日照大旗红

★大地迎春绿 ‖ 人心向党红

★东风拂大地 ‖ 政策暖人心

★红旗映喜报 ‖ 绿水绘春光

★旗展五星映 ‖ 梅开四方香

★四柱擎华夏 ‖ 五星耀国光

★一年春作首 ‖ 万事公在先

★源洁则流清 ‖ 形端则影直

★春织千山锦绣 ‖ 旗扬万里雄风

★风展红旗如画 ‖ 春来众志成城

★国富星辰耀彩 ‖ 政清日月生辉

★两袖清风门第 ‖ 四时和气人家

★认认真真办事 ‖ 清清白白做人

★神州青山不老 ‖ 祖国红旗永飘

★神州一派春色 ‖ 祖国无限生机

★亿众赤心向党 ‖ 万千花朵朝阳

★政惠九州祥瑞 ‖ 人和四海康宁

★政清山河似锦 ‖ 国富岁月如花

★政清星辰耀彩 ‖ 国富日月生辉

★春风又绿神州地 ‖ 旗帜映红赤县天

★任劳任怨挑重担 ‖ 全心全意为人民

★神州正气伸民志 ‖ 盛世雄风壮国魂

★岁迎三春百花艳 ‖ 旗展五星万象新

★万管玉箫歌盛世 ‖ 千支妙笔赞新风

★从勤从俭言行一致 ‖ 笃志笃学德业双馨

★开发财源为民致富 ‖ 唯才是举替国进贤

★挑重担心怀千里志 ‖ 顾大局胸有一盘棋

★壮志凌云红心向党 ‖ 春风送暖瑞气盈门

★春暖花开神州添秀色 ‖ 政廉民富祖国展新姿

★葵花托金盘赤心向党 ‖ 瑞云捧红日丹凤朝阳

★山水欢心齐奏和谐曲 ‖ 春风惬意遍开灿烂花（横批：和美生活）

★时令值新春风和日丽 ‖ 人民逢盛世面笑心欢

★屋后房前共唱和谐曲 ‖ 左邻右舍同吟安定歌

★有国才有家国家至上 ‖ 兴家先兴国家国攸关

★ 中华大家庭和谐度岁 ‖ 自然一盘棋共享新春

★ 促安定讲文明人心大快 ‖ 迎新春展宏图前景辉煌

★ 翻一页日历存百年基业 ‖ 绘千幅蓝图兴万代子孙

★ 换旧符欢呼祖国瞳瞳日 ‖ 开新宇喜看神州处处春

★ 识时机抛开近利谋远利 ‖ 顾大局走出官场奔市场

★ 冬去春来千条杨柳迎风绿 ‖ 民安国泰万里山河映日新

★ 气正风清五岳长安祥鹊舞 ‖ 帆高水阔三江久治瑞云飞（横批：神州永泰）

★ 党和日同辉昭万里金光大道 ‖ 民与时俱进建千秋幸福天堂

★ 问寒问暖时时体察群众疾苦 ‖ 知冷知热处处关心人民生活

★ 继往开来弘扬传统美德千古好 ‖ 光前裕后构建和谐社会万年荣

★ 立德立功把诚心爱心奉献社会 ‖ 求实求是怀正气豪气搏击人生

★ 老一辈打江山出生入死功垂史册 ‖ 新一代创宏业履艰走险气贯青云

★ 与民分忧民不富强羞作人民公仆 ‖ 为国争光国不兴盛耻为国家主人

★ 时也逢春法也逢春万里中华革旧貌 ‖ 民尤思治党尤思治千秋盛世展新姿（横批：民富国强）

2.党委、人大、政府、政协对联

★ 人民伟大 ‖ 政策英明

★ 人民做主 ‖ 大政如天

★ 一身正气 ‖ 两袖清风

★ 政通四海 ‖ 协应九州

★ 创千秋伟业 ‖ 开一代新风

★ 创业勤为本 ‖ 治国廉为先

★ 党旗红胜火 ‖ 事业重如山

★ 敢言国中事 ‖ 愿闻直谏言

★干群斗志旺 ‖ 江山气象新

★官当持大体 ‖ 政在顺民心

★官清民拥戴 ‖ 政善国荣昌

★善政江山固 ‖ 亲民国力强

★政德辉日月 ‖ 府库重黎元

★贯彻群众路线 ‖ 发扬民主作风

★日丽风和春暖 ‖ 党廉政善民安

★爱国丹心昭日月 ‖ 兴邦壮志赛风雷

★办事为民公仆志 ‖ 以身作则主人心

★昌廉治国新风盛 ‖ 减负安民福泽长

★处处替人民着想 ‖ 事事与群众商量

★党架金桥民致富 ‖ 国开泰运政添春

★党铺金路千家乐 ‖ 政得民心万众欢

★党如丽日恩辉远 ‖ 民似群星仰大光

★党送廉风清社稷 ‖ 春铺秀色壮神州

★福泽人民勤奉献 ‖ 忠诚祖国巧耕耘

★国施善政人人喜 ‖ 党树廉风处处春

★检验真理靠实践 ‖ 制定政策为人民

★竭忠尽智做公仆 ‖ 沥胆披肝为国家

★举贤任能兴国计 ‖ 治穷致富利民生

★克己奉公昭大志 ‖ 为民作仆倡清廉

★勤似化雨千山翠 ‖ 廉如春风万里明

★勤政为民兴特色 ‖ 齐心协力创辉煌

★勤政爱民成德业 ‖ 深谋报国见仁心

★清廉从政前程远 ‖ 科技兴邦福运长

★热血满腔倾政务 ‖ 清风两袖为人民

★日出神州多正气 ‖ 春来华夏足廉风

★一身正气合民意 ‖ 两袖清风顺党心

★勇检时弊能舍己 ‖ 善察民情乐为公

★在任当思民意愿 ‖ 奉公必报党恩情

★安定团结人心所向 ‖ 正本清源国运必兴

★党清国盛泽及万代 ‖ 风正人和福降千家

★党政同心社稷永固 ‖ 干群共济祖国长春

★两袖清风公仆本色 ‖ 一腔热血赤子情怀

★人民公仆潜心敬业 ‖ 华夏赤子锐意兴邦

★人民力量掀天揭地 ‖ 群众智慧倒海移山

★人民权力至高无上 ‖ 会堂国徽庄严辉煌

★善政兴邦千秋安泰 ‖ 春风化雨万物昭苏

★为民办事一尘不染 ‖ 替众分忧两袖清风

★政民合手同织锦绣 ‖ 天地齐声共唱繁荣

★出谋献良策励精图治 ‖ 参政议大事兴国安邦

★坚持原则按政策办事 ‖ 深入实际同群众商量

★廉洁奉公不做过街鼠 ‖ 勤政为民甘为孺子牛

★凭俭养廉开一代风范 ‖ 纳谏从政秉千秋德操（横批：克己奉公）

★清明政治祖国千古秀 ‖ 坦诚协商大地万年春

★群贤荟萃千方商国是 ‖ 人政英明万众谱华章

★发扬民主国家繁荣昌盛 ‖ 加强法制人民安定团结

★巩固安定团结大好形势 ‖ 发扬实事求是科学作风

★健全法制立法执法守法 ‖ 广举贤才思贤选贤用贤

★建言献策共议民生大计 ‖ 凝智集思同商发展蓝图

★胸怀祖国利益坚持真理 ‖ 甘当人民公仆不搞特权

★肝胆相照广开言路商国是 ‖ 荣辱与共各献神通建中华

★海晏河清把酒高歌新岁月 ‖ 官廉民敬挥毫畅咏美乾坤

★以公仆态度对人人人满意 ‖ 按经济规律办事事事称心

★政治廉明万众一心举赤帜 ‖ 协商妥善五星放彩铸国魂

★干部是公仆处处为群众着想 ‖ 人民乃主人事事替祖国分忧

3.纪委、公检法对联

★铲除腐败 ‖ 持续清廉

★法制天下 ‖ 春满人间

★廉风振业 ‖ 化雨催春

★情融百姓 ‖ 法润千家

★清风常送爽 ‖ 正气自宜人

★权是双刃剑 ‖ 荣辱一挥间

★法制成风国泰 ‖ 道德化雨民安（横批：康乐盛世）

★挥剑弘扬正气 ‖ 捧心呼唤清风

★守法才能执政 ‖ 无私方可当官

★守法奉公遵纪 ‖ 尊长爱幼敬贤

★悬鱼流芳百世 ‖ 纳贿遗臭万年

★保廉肃贪民心悦 ‖ 崇俭戒奢国运兴

★秉公断案民皆喜 ‖ 执法如山国永宁

★不辱宪法赋使命 ‖ 尽除腐败扬雄风

★铲除腐败众所望 ‖ 遵守法纪我当先

★倡廉除腐民心顺 ‖ 肃贿清贪国运昌

★大智大勇张正气 ‖ 敢作敢为抵歪风

★法律监督扬正气 ‖ 公平正义播清风

★腐养奢华奢养腐 ‖ 廉生俭朴俭生廉

★风正气清春永驻 ‖ 法严纪肃国长安

★节约勤劳方致富 ‖ 清廉公正始兴邦

★利剑出鞘惩腐恶 ‖ 重拳横扫打黄非

★秦镜高悬昭日月 ‖ 秋毫明察烁古今

★勤俭持家春永驻 ‖ 清廉济世业长兴

★勤俭人家添喜讯 ‖ 清廉门第溢书香

★清风两袖维廉政 ‖ 道义双肩树楷模

★清廉门第春常在 ‖ 勤俭人家富有余

★伸张正义顺民意 ‖ 严明法制得人心

★胸中有法乾坤大 ‖ 心底无私天地宽

★种竹培花存雅兴 ‖ 守廉立信树高风

★察原委除歪风之气 ‖ 监法纪树正气之风

★除恶惩贪祛邪扶正 ‖ 兴廉反腐激浊扬清

★刚正清廉公平执法 ‖ 光明磊落肝胆照人

★加强法制万民同乐 ‖ 发展经济百业齐兴

★立检为公一言九鼎 ‖ 执法为民九州一新

★铁面无私一身正气 ‖ 秉公执法两袖清风

★喜气光临警察门庭 ‖ 鲜花开在光荣人家

★有勇才能降龙伏虎 ‖ 无私方可扶正祛邪

★立检为公养浩然正气 ‖ 执法为民扬和谐新风

★明镜高悬江山千古秀 ‖ 执法如山花木四时春（横批：锦绣中华）

★学修养办事一丝不苟 ‖ 守准则执法铁面无私

★春风拂春雨润百花齐放 ‖ 党纪严党风正万事亨通（横批：拥政爱民）

★打击预防共擎反腐利剑 ‖ 查办保护彰显文明检察

★一身正气堂堂正正办案 ‖ 两袖清风清清白白做人

★东方丽日耀明时红舒九野 ‖ 法治熏风苏冻土碧透三江（横批：天地

同春）

★高扬强化法律监督主旋律 ‖ 谱写维护公平正义新篇章

★伸张正义扶善安良倡正气 ‖ 严明法纪惩凶除害去邪风

★盛世长春喜看东方腾紫气 ‖ 神州大治欢呼法制振雄风（横批：政通人和）

★一身正气秉公执法民心可鉴 ‖ 两袖清风检察英姿众口皆碑

★执法如山铸检魂为乾坤朗朗 ‖ 仗剑倚天扬正气愿上下融融

★怕艰苦怕惹人应早离监督岗位 ‖ 想当官想发财请别进检察大门

★举头三尺案治世用典阴阳能断 ‖ 堂前五刑罚惩奸除恶铁面无私

★铁面无私一身正气换得九天丽日 ‖ 刚正不阿两袖清风迎来满园春光（横批：执法如山）

★休戚与检察攸关日慎日清日勤政 ‖ 是非唯法律是度不宽不猛不因循

★惩前毖后治病救人春回大地风光好 ‖ 洗心革面重新做人春风做伴早回乡（监狱联）

★执法秉公公生正气气贯长虹昭日月 ‖ 爱民送暖暖似春风风行大地秀河山（横批：爱憎分明）

4.财政、税务、审计部门对联

★财为民所聚 ‖ 政与国同兴

★税源连国脉 ‖ 财路系民生

★办税清风两袖 ‖ 为国正气一身

★财丰国富千家乐 ‖ 政稳人和万里欢

★财经丰国臻大治 ‖ 税务兴邦弄潮头

★财政系民生命脉 ‖ 税收乃国计源泉

★党心总与民心印 ‖ 国计常从审计来

★廉洁奉公干审计 ‖ 勤俭持家树正气

★ 清廉刚正春风里 ‖ 明鉴稽查月镜中

★ 聚财有道财源广 ‖ 谋政无私政绩丰（财政局）

★ 审真审假审真假 ‖ 计是计非计是非

★ 税花喜伴春花艳 ‖ 家运欣随国运昌

★ 税集源泉汇成海 ‖ 利为民营聚宝盆

★ 税聚千流兴百业 ‖ 国臻百福利千秋

★ 心系群众树形象 ‖ 就地审计促和谐

★ 财源广聚取之于道 ‖ 政绩常新用则有方

★ 纳税遵章回报社会 ‖ 征收依法服务人民

★ 为国聚财从严管理 ‖ 导民纳税依法征收

★ 征税兴市城乡共富 ‖ 纳税为民山江同春

★ 参天大树靠雨露滋润 ‖ 经济税收依众人聚财

★ 财源滚滚为千家谋福祉 ‖ 政策昭昭替千行促共赢

★ 讲党性讲原则弘扬正气 ‖ 严审计严监督反对歪风

★ 生财聚财理财财源广辟 ‖ 富国强国利国国计多谋（财政局）

★ 为国聚财构建和谐社会 ‖ 依规理政铺成锦绣家园

★ 征纳齐心构筑和谐社会 ‖ 税企携手打造魅力家园

★ 财乃国基百业腾飞兴九域 ‖ 政为民本万家安乐颂千秋

★ 竭意尽心替国理财强国力 ‖ 忠诚廉洁为民执政富民生

★ 积极纳税发展系上安全带 ‖ 诚信经商和谐打开文明窗

★ 霁月光风拂云荡雾金瓯固 ‖ 审时度势除弊推新玉宇清

★ 为国聚财耿耿丹心达民意 ‖ 依法纳税殷殷热血报党恩

★ 审必清清必明明明白白审计 ‖ 行要正正要诚诚诚实实为人

★ 为国聚财为国理财财多国富 ‖ 与民施政与民谋政政善民殷

★ 征税公平公正做执法好公仆 ‖ 纳税诚实诚信当守法好公民

★ 再攀征管高峰立志献身当砥柱 ‖ 严把收缴起点尽心奋力树丰碑

★辞旧岁为国聚财应收尽收无滴漏 ‖ 迎新年量力行事可恤当恤有慈悲

★开源节流量入为出须要周详预算 ‖ 统筹有效调度得方全凭科学理财
（财政局）

★诚信纳税点点滴滴溪流成河汇大海 ‖ 规范执法时时刻刻牢记宗旨为人民

★诚信如金法律如山财聚金山弘大业 ‖ 清廉似水冰心似镜税径水镜见高风

★德政惠民放胆求财万利入囊千户乐 ‖ 丹心报国秉诚纳税百花簇锦九州春

★取亦于民用亦于民国脉民情融一体 ‖ 征之为国缴之为国民生国计系千秋

★取之于民用之于民于民谋福兴伟业 ‖ 征者以法缴者以法以法纳税促和谐

★聚财为国执法为民富民富国资金奠底 ‖ 纳税明心做人明德同德同心事业当先

★取于民用于民惠及民生民必以诚以信 ‖ 功在国利在国税关国脉国须严管严征

★为国聚财者不分亲疏贵贱事事依法治税 ‖ 爱国纳税人无论春夏秋冬时时守法经营

5.其他机关对联

★水泽天地 ‖ 利惠民生（水利局）

★一堂珍品 ‖ 千古奇观（博物馆）

★层楼皆瑰宝 ‖ 满室尽珍奇（博物馆）

★国策兴环保 ‖ 民心尚自然（环保局）

★江河流万古 ‖ 案卷鉴千秋（档案局）

★档载千秋岁月 ‖ 案存百代历程（档案局）

★乐水志水管水 ‖ 爱民为民富民（水利局）

★保护资源保发展 ‖ 维护权利为人民（横批：守土有责）（国土局）

★当代愚公铺富路 ‖ 今朝大禹缚苍龙（建设局）

★护林该知造林苦 ‖ 伐树当思栽树难（林业局）

★环保铁肩担日月 ‖ 绿色情怀理山河（环保局）

★建设发展助兴旺 ‖ 繁荣昌盛喜气来（建设局）

★兰台一角大世界 ‖ 档案半宗小春秋（档案局）

★千尺大坝蓄清水 ‖ 万顷良田变绿洲（水利局）

★气象缤纷收眼底 ‖ 风云变化入心头（气象局）

★日月星辰光灿烂 ‖ 农林牧副业辉煌（农牧局）

★山水园林增秀色 ‖ 农渔牧副展新容（农牧局）

★手把天脉知风雨 ‖ 眼观星云报平安（气象局）

★治国安邦兴水利 ‖ 高歌猛进谱华章（水利局）

★栉比楼群呈壮景 ‖ 纵横路网蔚奇观（建设局）

★种草养畜牛羊壮 ‖ 退耕还林气象新（农牧局）

★种树栽茶山聚宝 ‖ 放鱼养蟹水藏金（农牧局）

★旧岁已解千人之困 ‖ 新年需排万家之难（民政局）

★大道通天财源滚滚 ‖ 高楼拔地笑语声声（建设局）

★铺路架桥彩虹飞四海 ‖ 拦河发电银河落九天（建设局）

★千秋档案续千秋大事 ‖ 万载丰碑承万代宏章（档案局）

★修渠攀岭碧流飞千里 ‖ 引水上山银河落九天（水利局）

★治污水再现长江碧透 ‖ 除尘埃重还大气清新（环保局）

★寸土寸金关乎共产国计 ‖ 一陇一亩承载广众民生（国土局）

★环境美花香月下三春醉 ‖ 年成佳雨润寰中五谷丰（环保局）

★看风云变幻知阴晴冷暖 ‖ 能兴云布雨保旱涝双收（气象局）

★建水库修水堤护佑江河 ‖ 兴水利治水害润泽民生（水利局）

★似龙王危难时呼风唤雨 ‖ 赛诸葛看风云未卜先知（气象局）

★堵和疏曾为历代废兴方略 ‖ 护与用乃是当今发展科学（水利局）

★节能环保不劳大禹治洪水 ‖ 净气减排莫等女娲补漏天（环保局）

★兼收并蓄真假任凭当世说 ‖ 立案存档是非留与后人评（档案局）

★污染清除大人小子皆呈笑脸 ‖ 卫生常在短巷长街齐展新容（环保局）

★著录传千载档案张张凝骨气 ‖ 珍文誉九州文书卷卷集精神（档案局）

★种草种花种树逐走人间浊气 ‖ 养牛养马养羊打开世上富门（农牧局）

★保护国土资源山清水秀华夏美 ‖ 建设绿色家园人杰地灵神州春（国土局）

★摒除秽物洁净污流教河水永碧 ‖ 逐去烟尘滤清空气让日月更明（环保局）

★宣扬回归自然世间应是青天碧野 ‖ 制止污染环境生态还须走兽飞禽（环保局）

★筑民渠惠民生以水强基千秋锦绣 ‖ 兴水利除水害为民造福百姓安康（水利局）

★爱我家园播绿培红构筑和谐风景线 ‖ 兴斯热土驱污涤垢争当环保主人翁（环保局）

★将红线铭心莫越雷池守望春光万顷 ‖ 待金风裁柳同奔沃野收割梦想千仓（国土局）

★生态平衡碧水澄明环保一龙腾浪上 ‖ 自然恢复蓝天深邃职能八骏踏云来（环保局）

★心忧天下建立土地市场管理新秩序 ‖ 情系国土实现有限资源可持续利用（国土局）

三、部队军属对联

1.军营常用对联

★ 发扬革命传统 ‖ 争取更大光荣

★ 金鹰笑傲长空 ‖ 战士保卫和平

★ 铁石梅花气概 ‖ 山川香草风流

★ 显现英雄本色 ‖ 顺应时代潮流

★ 赤胆忠心昭日月 ‖ 高风亮节励儿孙

★ 春晖大好英雄健 ‖ 天地多情草木荣

★ 风正帆扬得胜令 ‖ 路宽马跃凯旋门

★ 服务人民春报喜 ‖ 效忠祖国雁传音

★ 钢铁长城千载固 ‖ 辉煌大业万年兴

★ 归田不失疆场志 ‖ 解甲犹怀战士情

★ 海上轻骑负重任 ‖ 浪尖小艇破大敌

★ 号角声声惊海宇 ‖ 红旗猎猎耀香江

★ 舰穿浪峰生壮志 ‖ 心随海潮涌豪情

★ 金戈铁马奔大道 ‖ 碧血丹心献中华

★ 锦绣山河增绣色 ‖ 英雄儿女展雄姿

★ 劲旅雄师安国土 ‖ 精兵利器固中华

★ 军营春色处处好 ‖ 官兵情义日日深

★ 科技练兵舒壮志 ‖ 军人卫国献丹心

★良将安邦荣圣业 ‖ 精兵报国荡豪情

★强邦奉献青春志 ‖ 报国壮怀赤子心

★少年好把钢枪负 ‖ 老骥犹将翰墨挥（横批：军旅无悔）

★守海疆披肝沥胆 ‖ 驭铁鲸破浪迎风

★雄关似铁天天越 ‖ 捷报如潮日日来

★一颗赤心护赤县 ‖ 万里长空筑长城

★战鼓催春春潮涌 ‖ 红旗映日日增辉

★保家戍边长空万里 ‖ 卫国守土威震九重

★长城雄姿松柏体魄 ‖ 钢铁意志龙马精神

★乘东风踏下万里浪 ‖ 扬海螺威震九重天

★枕戈待旦心存岗哨 ‖ 戴月披星志在山河

★无欲无求子弟兵肝胆 ‖ 有勇有谋人民军气节

★雄师奋战创千秋业绩 ‖ 俊彦挥毫谱一代风流

★战鼓催春声声震霄汉 ‖ 东风化雨点点润人心

★常备不懈苦练过硬本领 ‖ 紧握钢枪守卫大好河山

★豪情满怀确保和平建设 ‖ 正义在胸严防敌人入侵

★锣鼓喧天共奏迎春妙曲 ‖ 风雷动地同抒蹈海豪情

★安邦报国荣耀一身雄气锐 ‖ 演武习文人才两用蓝天高

★金戈铁马三军猛士戍边邑 ‖ 伟业殊勋一代精英振国威

★九域迎春九域辉煌惊世界 ‖ 三军报捷三军威武卫中华

★明媚春色满军营军威雄壮 ‖ 绚烂朝晖遍国疆国运兴隆

★提高警惕众志成城保边界 ‖ 加强战备森严壁垒守国门

★神眼察边疆战士常携千里镜 ‖ 丹心存祖国人民热爱五星旗

★万马奔腾一马当先好马脱缰马 ‖ 千军抖擞三军最勇神军解放军

★一首解放军歌气势磅礴军威雄壮 ‖ 万点国防绿色生机盎然春色满园

2.军民团结对联

★ 军民义重 ‖ 雨水情深

★ 社会主义好 ‖ 人民军队亲

★ 拥护共产党 ‖ 热爱解放军

★ 春泉涌溢拥军意 ‖ 美酒欣斟爱民情

★ 军民情谊深似海 ‖ 党政团结重如山

★ 军民团结家家乐 ‖ 党政清廉户户欢

★ 连心种茂双拥树 ‖ 联手撑蓝一片天（横批：同绘蓝图）

★ 深情谱就爱民曲 ‖ 厚意写成拥政篇

★ 喜弹鱼水和谐曲 ‖ 共建双拥模范城（横批：鱼水情深）

★ 心贴人民军威壮 ‖ 胸怀祖国胆气豪

★ 雄师威武人民敬 ‖ 大业文明世界钦

★ 拥军欢歌传千代 ‖ 爱民衷曲唱万年

★ 拥军优属全民乐 ‖ 卫国保家战士荣

★ 鱼水情深松不老 ‖ 军民谊重国长春

★ 鱼水情深同大海 ‖ 军民意重若长城

★ 春风传遍军民佳话 ‖ 碧浪唱红鱼水新歌（横批：军民同心）

★ 弘扬双拥光荣传统 ‖ 增强军政军民团结

★ 军爱民高歌爱民曲 ‖ 民拥军齐唱拥军歌

★ 劳武结合常备不懈 ‖ 军民团结鱼水相连

★ 民拥军意比泰山重 ‖ 军爱民情似东海深

★ 山下清泉饱含爱民意 ‖ 树头翠果尽结拥军情

★ 民养军军护民亲似鱼水 ‖ 军爱民民拥军情同手足

★ 军民一家铁壁长城千里固 ‖ 党政协力锦绣江山万年春

★ 抢险救灾耿耿丹心昭日月 ‖ 爱民拥政彤彤热血写春秋（横批：心系人民）

★ 双拥情本长不论子丑寅卯 ‖ 共建花常开哪管春夏秋冬

3.军属、军烈属对联

★军属人人敬 ‖ 功臣个个夸

★喜报英雄门第 ‖ 春来光荣人家

★喜报英雄门第 ‖ 春临光荣人家

★喜到英雄门第 ‖ 春归光荣人家

★先烈功垂千古 ‖ 英名留传万年

★英雄万民尊敬 ‖ 烈士百世流芳

★部队功臣人人敬 ‖ 立功喜报送到家

★长征气概千秋敬 ‖ 仁德家邦万代崇

★春风早临英雄第 ‖ 喜报频传光荣家

★春光永驻军人府 ‖ 日照长辉烈士家

★继往开来追壮志 ‖ 光前裕后慰英灵

★军属门第春光好 ‖ 光荣人家喜事多

★军属门上光荣匾 ‖ 战士胸前英雄花（横批：革命家庭）

★烈士丹忱昭日月 ‖ 英雄浩气铸乾坤

★南征北战功不朽 ‖ 春去秋来名永存

★析春邻里传捷报 ‖ 佳节锣鼓庆功臣

★英雄奋勇山河壮 ‖ 巾帼耕耘岁月昌

★英雄功绩昭百世 ‖ 烈士英名传千秋

★英雄门第出英雄 ‖ 光荣人家增光荣

★春风吹暖英雄门第 ‖ 喜报映红光荣人家

★东风吹暖祖国大地 ‖ 喜报映红光荣人家

★光荣人家门庭凝瑞 ‖ 英雄宅第满院生辉

★民族正气山川增色 ‖ 功臣喜报门第生辉

★诗书礼仪春秋不腐 ‖ 忠孝廉洁盛世长歌（横批：忠义永存）

四、文教界对联

1.新闻出版业对联

★事中写趣 ‖ 海外扬名

★报导中外事 ‖ 议论是非情

★精研中外史 ‖ 出版古今书

★愧无大手笔 ‖ 煞费苦心思

★平心观世界 ‖ 放手写春秋

★锐眼观天下 ‖ 妙笔写文章

★神州新气象 ‖ 华夏大文章

★纵谈中外事 ‖ 洞彻古今情

★远求海外珍本 ‖ 精印人间好书

★版面扬独家优势 ‖ 文章汇天下精华

★笔底能出千样彩 ‖ 机中可绽万般花

★讽世文章宜雅静 ‖ 感人情性在形容

★滑稽诙谐为雄辩 ‖ 嬉笑怒骂皆文章

★几次修玩为散佚 ‖ 一经装订便成编

★片纸能传天下意 ‖ 一笔可写古今情

★日出万言生花笔 ‖ 风行四海动人书

★替祖国呼号呐喊 ‖ 为英雄写传立碑

★万言日出生花笔 ‖ 四海风行传惠书

★新闻顷刻传万里　‖　信息弹指到千家

★印出华文歌盛世　‖　刷成锦翰赞新文

★云苑喜裁新著稿　‖　风帘闲校旧抄书

★錾金映出千行锦　‖　点石刻成五彩文

★振聋发聩多机警　‖　观俗采风备见闻

★治乱兴衰君有责　‖　呼号提倡我无辞

★心机相印奇文鉴赏　‖　精神振刷大雅扶轮

★植字抽芽文明播种　‖　校书分页著作成林

★耳听八方分析市场动态　‖　眼观六路看清群众要求

★沥血呕心笃志出版事业　‖　鞠躬尽瘁无心自我功名

★不吝重金搜罗往昔无传本　‖　藉资攻玉出版中西有用书

★石亦能言笑诸公文章印版　‖　铁堪作笔有众手大雅扶轮

★数千年治乱兴衰都归大手笔　‖　几万里见闻考核颇费小才华

★写华章为振兴中华助威鼓劲　‖　歌英业给建设精英立传树碑

2.广播、影视业对联

★播音声声脆　‖　生活步步高

★家门不半步　‖　天下事全知

★银幕辉红日　‖　艺坛溢彩霞

★映五洲美景　‖　传四海英姿

★综合新媒体　‖　图文好宣传

★方寸观望宇宙　‖　斗室演绎乾坤

★播放图形无差异　‖　宣传速度赶声光

★斗室能观天下事　‖　方箱可纳地球人

★多姿多态传播好　‖　有图有文效果佳

★借虚影映照实事　‖　拟古人唤醒今人

★ 幕中耀彩声光动 ‖ 镜里生辉风景来

★ 屏镜不宽观宇宙 ‖ 荧窗虽小映乾坤

★ 屏镜生辉连四海 ‖ 图形放彩乐千家

★ 请君更看戏中戏 ‖ 对影休推身外身

★ 石火电光空有影 ‖ 镜花水月总无痕

★ 收音机里论日月 ‖ 荧镜屏中看古今

★ 宣传效果难与比 ‖ 观众回应最称心

★ 幕上景观情文备至 ‖ 世间花月色相逼真

★ 荧窗镜屏有声有色 ‖ 收音机里亦古亦今

★ 准传当天天气预报 ‖ 快播每日日间新闻

★ 红色电波传五洲佳话 ‖ 荧光屏幕映四海风光

★ 图文并茂广播现形象 ‖ 形象逼真宣传有画图

★ 荧镜生辉美景银屏现 ‖ 微波来话和声彩宇充

★ 放眼全球播传全球大事 ‖ 立身本地录收本地新闻

★ 红色电波常传九州喜讯 ‖ 荧光屏幕再现四海奇文

★ 综合新媒体家门不半步 ‖ 图文好宣传天下事全知

★ 节目常新新事新人新画面 ‖ 录像尽有有声有色有曲文

★ 无影无形传讯息八方同晓 ‖ 隔山隔水奏乐章四海皆知

★ 一幅玉屏托来雅俗千般影 ‖ 几双紫燕飞入寻常百姓家

★ 银幕荧屏十色五光春意闹 ‖ 文坛艺苑千红万紫岁时新

★ 岁序喜更新新事新人新景象 ‖ 荧屏美景绘绘声绘色绘神情

★ 荧屏锦上添花春满千家万户 ‖ 景象横空出世名留四海五洲

★ 人间最好媒体宣传效果难与比 ‖ 世上一流宣传观众回应最称心

★ 播放图形无差异多姿多态传播好 ‖ 宣传速度赶声光有图有文效果佳

★ 聚影画声光于咫尺牵来几多活剧 ‖ 集忧愁哭笑在一时引出无限情思

★ 择事择人摄入镜头宣传进步思想 ‖ 或中或外尽收眼底增广国际见闻

★银幕虽然小能容近水遥山今人古事 ‖ 镜头并不宽可幻奇歌妙舞喜调悲腔

★采摘世间花将万里风光雨景搬来银幕 ‖ 剪裁天上月把千秋盛事衰情摄入镜头

★变幻逾神仙万千里人物山川齐收眼底 ‖ 瞬息游世界多少家风光趣事直注心头

3.文艺创作和表演业对联

★发扬风雅 ‖ 歌舞太平

★华坛竞秀 ‖ 文苑争芳

★戏有高雅 ‖ 台无俗情

★管弦都入妙 ‖ 风月本无边

★姮娥歌玉树 ‖ 仙子舞霓裳

★明月临歌扇 ‖ 新花艳舞衣

★南江新曲调 ‖ 槐国旧衣冠

★青山收笔底 ‖ 绿水涌毫端

★清歌凝白雪 ‖ 妙舞散红霞

★舞台生异彩 ‖ 艺苑溢芬芳

★舞台小天地 ‖ 天地大舞台

★演唱古昔事 ‖ 不违当今情

★艺苑百花俏 ‖ 文坛万象新

★英雄儿女事 ‖ 丝竹管弦声

★影坛新苗壮 ‖ 艺苑百花开

★雨过琴书润 ‖ 风来翰墨香

★表演人间实事 ‖ 传播时代精神

★春风花香鸟语 ‖ 夜月书韵琴声

★艺苑百花争艳 ‖ 文坛万象更新

★演出人间恨事 ‖ 唱来天上清歌

★此曲只应天上有 ‖ 斯人莫道世间无

★传来往事留金鉴 ‖ 演出高歌彻紫霄

★传奇演尽千般景 ‖ 乐事还同万象新

★粉墨场中千秋事 ‖ 锣鼓声里百万兵

★古今来多少角色 ‖ 天地间大小舞台

★管弦齐奏千秋曲 ‖ 将相同唱万载歌

★借虚事指点实事 ‖ 托古人提醒今人

★开幕几疑非傀儡 ‖ 舞台虽小有机关

★历经沧海难忘水 ‖ 常伴琴弦最知音

★漫将柳线编图案 ‖ 乐把雨丝绘画屏

★描天描地描日月 ‖ 绘江绘海绘山川

★妙曲吹开百花艳 ‖ 神姿舞得万民欢

★千里路途三五步 ‖ 十万雄兵七八人

★曲度新声歌婉转 ‖ 授回弱态舞翩跹

★文坛英才挥彩笔 ‖ 艺苑新秀唱颂歌

★艺苑繁华沐春雨 ‖ 文坛异彩迎东风

★艺苑奇葩枝枝艳 ‖ 文坛新秀日日增

★朝朝旭日诗情壮 ‖ 岁岁春风画意浓

★管弦铿锵和之百乐 ‖ 日月光华宏予一人

★妙舞翩跹风情无价 ‖ 艳歌婉转弦索齐鸣

★三两句道出今古事 ‖ 五六步走过万千程

★舞扇歌衫迷离扑朔 ‖ 蜃楼海市富贵荣华

★笑苑文坛群芳斗艳 ‖ 歌星唱客百鸟争鸣

★绣幕人来迷离扑朔 ‖ 舞台曲奏顿挫抑扬

★悲欢离合人借人作态 ‖ 生旦净丑口代口传情

★合群众口味雅俗共赏 ‖ 和时代节拍歌舞升平

★五彩纷呈艺苑春光好 ‖ 百花齐放文坛景色新

★艺术有生命在于真善美 ‖ 舞台多光辉普悬日月星

★作戏逢场原属艺人本事 ‖ 随缘设法由来作手灵机

★风月管弦静听新声催古调 ‖ 太平歌舞雅将旧事醒今人

★妙手空空一弹流水一弹月 ‖ 余音袅袅半入江风半入云

★三寸舌谈古论今有甚言甚 ‖ 五尺躯扮文装武演谁像谁

★随事传情笑语弦歌皆趣味 ‖ 扬风抱雅周旋舞蹈尽精神

★穿越时空一窥大唐贵妃模样 ‖ 回到眼前百叹本朝平民人生（横批：透视多维）

★往事越春秋再现千古风流人物 ‖ 当今犹胜古试观一代儿女英雄

4.教育界常用对联

★栋梁砥华夏 ‖ 桃李芳九州

★教育呈新貌 ‖ 园丁育好苗

★师指千条路 ‖ 烛明万里程

★校园迎春绿 ‖ 桃李向阳红

★心血育桃李 ‖ 辛勤扶栋梁

★一代园丁乐 ‖ 四时桃李荣

★寄情德智体美 ‖ 寓教歌舞游玩

★兢兢业业从教 ‖ 踏踏实实为师

★备课攻书蚕咀叶 ‖ 传经解惑茧抽丝

★毕生心血哺新秀 ‖ 一代桃李谱华章

★播风洒雨培桃李 ‖ 继往开来作烛梯

★藏书楼上百花放 ‖ 借阅窗台四时春（图书馆）

★传经授业园丁志 ‖ 报国兴邦赤子心

★春风吹得校园暖 ‖ 热血浇出桃李香

★东风吹奏园丁曲 ‖ 大地迎来桃李歌

★抚育校园新花朵 ‖ 培植祖国栋梁材

★红烛精神传万代 ‖ 春蚕品德耀千秋

★兢兢业业育桃李 ‖ 勤勤恳恳做园丁

★满园春色催桃李 ‖ 一片丹心育新人

★美德仁风培俊秀 ‖ 苑园福地毓良材

★文艺园地百花艳 ‖ 教育战线凯歌洪

★校园春光无限好 ‖ 师生团结讲文明

★辛勤育得花朵艳 ‖ 汗水换来桃李香

★一腔心血滋桃李 ‖ 满腹经纶育栋梁

★一头黑发来园圃 ‖ 两鬓白霜对栋梁

★园丁辛勤一堂秀 ‖ 桃李成阴四海春

★园内桃李年年秀 ‖ 校中红花朵朵香

★愿作园丁勤浇灌 ‖ 甘为烛炬尽燃烧

★尊师爱生风尚美 ‖ 文明礼貌气象新

★尊师道天天向上 ‖ 守校规步步登高

★尊师重教兴伟业 ‖ 富国强民谱新章

★春蚕织成满园锦绣 ‖ 红烛点燃一代心灵

★慈母心肠严父面孔 ‖ 春蚕志愿蜡烛精神

★继往开来时迁史进 ‖ 因材施教石秀花荣

★育李培桃春风得意 ‖ 肩梁固栋盛世称心

★甘做园丁为祖国添秀 ‖ 愿为春雨育桃李成才

★华夏迎春城乡同喜庆 ‖ 校园溢美桃李竞芬芳

★敬业爱岗理想真璀璨 ‖ 教书育人事业更辉煌

★勤勤恳恳培育新一代 ‖ 兢兢业业争当好园丁

★书声琅琅校园萦瑞彩 ‖ 笑脸盈盈文苑出新人

★黑板一方演绎幽微世界 ‖ 讲台三尺集成浩瀚乾坤

★兢兢业业甘当祖国园丁 ‖ 勤勤恳恳培育未来新人

★育人才苦口婆心如慈母 ‖ 传知识千丝万缕似春蚕

★赞园丁汗水催开千树绿 ‖ 颂师长甘霖浇灌万花红

★尊师重教四海群芳竞秀 ‖ 革故鼎新九州万木争荣

★遍地春花甘做园丁勤灌溉 ‖ 摩天雪岭愿为志士勇攀登

★春到人间向阳花朵迎风舞 ‖ 喜临新岁幸福儿童带笑来

★教德修品大气从古为师正 ‖ 育俗端观豪情自今对天酬（横批：品格高尚）

★施教因材丹心一片培桃李 ‖ 为师作表热血满腔育栋梁

★愿学春蚕吐尽银丝织春锦 ‖ 甘为人梯献出碧血育人才

★作红烛为后代点燃智慧之火 ‖ 化甘露育桃李浇灌理想之花

★立壮志替万株幼苗灌输文化养料 ‖ 树雄心为一代新人塑造美好心灵

5.科技界常用对联

★闻鸡起舞 ‖ 跃马攻关

★勤劳携福至 ‖ 科技引财来

★进入求知宝库 ‖ 攀登科学高峰

★勤探知识大海 ‖ 勇攀科学高峰

★大好河山铺锦绣 ‖ 高新科技创辉煌

★花团锦簇春光艳 ‖ 科技腾飞国运昌

★九州春好添风采 ‖ 科学技术改乾坤

★科技花香凝一处 ‖ 富裕果甜盈万家

★科技领先花竞艳 ‖ 文明固本国争荣

★科学打通幸福路 ‖ 革新架起富民桥

★科学繁荣结硕果 ‖ 山河壮丽换新装

★气吞大海心胸阔 ‖ 身克难关意志坚

★勤劳汗洒千家富 ‖ 科技花开九域春

★天上星光增异彩 ‖ 人间科技建奇功

★学海扬帆思猛进 ‖ 科峰展翅急雄飞

★知识海洋勤是岸 ‖ 科技高峰志为梯

★纸上蓝图凭笔巧 ‖ 苑中琼门靠工精

★攀高峰不怕千般苦 ‖ 闯新路何辞万里遥

★天地有情春光不老 ‖ 人才无价科学常新

★志在科研书攻十载 ‖ 福于人类功昭千秋

★科技花朵朵争妍斗艳 ‖ 丰收果枝枝异彩飘香

★立志攻难关何愁苦累 ‖ 齐心登高处怎怕崎岖

★攀高峰誓做科研闯将 ‖ 迈阔步争当奋进尖兵

★奇迹不奇实践能创造 ‖ 高山不高只要肯登攀

★树雄心攻克科学堡垒 ‖ 立壮志攀登世界高峰

★五湖四海高唱成功曲 ‖ 万水千山盛开科技花

★世上无难事无心人不就 ‖ 科学有真谛有志者竟成

★为国争光可上九天揽月 ‖ 给民造福敢入四海擒龙

★一往无前攻克技术堡垒 ‖ 百难不折攀登科学高峰

★众志成城建立神州伟业 ‖ 繁花似锦迎来科学春天

★天地有情又铺原野千顷秀 ‖ 女男无畏敢攀科学万仞峰

★畅游知识海洋可借悬梁刺股 ‖ 探索科学奥秘哪愁逆水行舟

★滴水穿石立志探寻技术宝库 ‖ 闻鸡起舞决心攀跻科学高峰

★科学无坦途敢履崎岖登绝顶 ‖ 英雄多壮志乐浇热血绘宏图

★文明花富裕花首开科技门第 ‖ 财源水幸福水先到勤奋人家

★重知识重人才人才兴旺业兴旺 ‖ 学文明学科技科技繁荣国繁荣

★给科学增添油墨为神州画上色彩 ‖ 替后羿搭射箭头会嫦娥演出风流

6.体育界常用对联

★棋逢对手 ‖ 将遇良才

★神州争跃进 ‖ 健儿勇攀登

★传承中华武术 ‖ 弘扬中华武德

★弘扬中华武术 ‖ 健我华夏子民

★激发人民豪气 ‖ 攀登体育高峰

★体苑频传捷报 ‖ 健儿倍长豪情

★夺冠何愁压力大 ‖ 争标不惧险峰多

★健身练就好体魄 ‖ 尚武以壮中华魂

★绿茵场上跃飞虎 ‖ 碧水池中腾猛龙

★祛病延年好武艺 ‖ 强身健体真功夫

★群星灿烂辉体苑 ‖ 一代风流扬国威

★替国争光健儿志 ‖ 为民树勋赤子心

★争光爱国健儿志 ‖ 建业为民赤子心

★中华勇士多奇志 ‖ 世界体坛争上游

★开展人民强身活动 ‖ 提高民族康健水平

★田径场上龙腾虎跃 ‖ 游泳池边燕舞鱼翔（横批：体育强国）

★振奋中华英雄气概 ‖ 攀登世界体育高峰

★群星耀体苑神州振奋 ‖ 勇士扬国威举世欢腾

★体坛高手勇争好成绩 ‖ 运动群星力夺铸金杯

★北腿南拳尽是武林绝艺 ‖ 刀光剑影拓开时代新花

★流传古今轮回五湖四海 ‖ 会融中外贯通百派千家

★比风格赛水平向人民汇报 ‖ 创成绩破纪录为国家争光

★解放思想勤学苦练创纪录 ‖ 加快步伐齐心协力攀高峰

★体坛勇士屡夺魁五洲献技 ‖ 华夏群英齐奋起四海增辉

★讲风格比文明喜满赛场内外 ‖ 扬国威振民气功垂体苑春秋

★体苑新人凌云壮志鹏程万里 ‖ 沙场老手打虎雄风威振五洲

★同心同德开创体育工作新局面 ‖ 群策群力比攀登世界纪录高峰（横批：永不服输）

★顽强拼搏体坛高手雄姿惊世界 ‖ 奋勇竞争赛地雄心壮志耀中华

★泱泱中华武术多绝学名扬世界 ‖ 灿灿华夏文明足风流誉满寰球

五、医疗卫生界对联

1.医院、诊所、医务人员对联

★华佗再世 ‖ 扁鹊重生

★聚蓄百药 ‖ 平康兆民

★露根固本 ‖ 仙草延年

★歧黄事业 ‖ 菩萨心肠

★神医妙手 ‖ 救死扶伤

★病有千方解 ‖ 药医有缘人

★沉疴逢妙手 ‖ 青史记良医

★金针出妙手 ‖ 白衣怀丹心

★苦心求妙术 ‖ 圣手去沉疴

★良医同良相 ‖ 用药如用兵

★善辨百样病 ‖ 妙除十年忧

★钻医学宝库 ‖ 掘济世良方

★坐诊千人健 ‖ 巡医万户春

★妙手医疗百畜 ‖ 丹心挽救万禽（兽医站）

★白衣红心称妙手 ‖ 高术精艺治难疾

★扁鹊重生称妙手 ‖ 华佗再世颂丹心

★丹心可医病解痛 ‖ 妙手能起死回生

★丹心医疾疗人苦 ‖ 妙手除疴去病根

★但愿病房无患者 ‖ 不惜仓库空药箱

★济困扶危唯药妙 ‖ 回生起死在医良

★既学妙手回春术 ‖ 更具无私济世心

★救死扶伤人永健 ‖ 除瘟逐疾岁长春

★妙手回春医百病 ‖ 灵丹济世乐千家

★妙药银针除病痛 ‖ 丹心圣手保安康

★施妙术消灾去病 ‖ 献热心救死扶伤

★世上沉疴逢妙手 ‖ 人间青史记良医

★虽无华扁回生术 ‖ 但有岐黄济世心

★体健身强离我远 ‖ 慈心妙手祝君康

★医德无私诊禹甸 ‖ 神农有术治中州

★愿作善人行善事 ‖ 不为良相作良医

★药有君臣千变化 ‖ 医无贫富一般心

★草药银针疗伤解痛 ‖ 丹心妙手起死回生

★德艺双馨悬壶济世 ‖ 妙手回春救死扶伤

★耿耿丹心医伤解痛 ‖ 双双妙手起死回生

★济世良方祛邪扶正 ‖ 回春妙术固本清源

★起死回生华佗再世 ‖ 逢凶化吉扁鹊重生

★学贯中西活人无数 ‖ 术精内外济世良多

★救死扶伤如春风拂面 ‖ 除疴疗疾似扁鹊显神

★树雄心探索人身奥秘 ‖ 立壮志攀登医学高峰

★医护同工一心除病痛 ‖ 中西团结协力保安康

★救死扶伤当好白衣战士 ‖ 除疾解痛精求济世良方

★医有秘方可使万民增寿 ‖ 药无凡草能教百病回春

★钻医学宝库良医同良相 ‖ 掘济世良方用药如用兵

★医德无私常愿寰球占勿药 ‖ 神农有术故教人世脱沉疴

★医院有良方抬进来走出去 ‖ 囊中多妙药无凡草尽仙丹

★中西结合仁术祛邪桃杖废 ‖ 旦暮辛劳春风布雨杏林连

★去伪存真承继中华医学遗产 ‖ 扶伤救死发扬人道主义精神

2.卫生防疫对联

★有疾早治 ‖ 无病先防

★疫情时有限 ‖ 仁爱界无疆（新冠疫情对联）

★提高医疗质量 ‖ 增进人民健康

★强化卫生防疫 ‖ 保障妇幼健康

★勤预防消灾祛病 ‖ 常锻炼益寿延年

★身体弱锻炼为好 ‖ 药品精少服为佳

★寿星常临清洁地 ‖ 瘟神远离卫生家

★卫生清洁心欢畅 ‖ 除疫逐瘟人健康

★爱清洁村村除疾病 ‖ 讲卫生户户送瘟神

★发掘祖国医药宝库 ‖ 保障人民身体健康

★防治相兼千家清泰 ‖ 中西结合万病皆除

★讲究卫生延年益寿 ‖ 尊重科学除病去灾（横批：健康平安）

★疫灭重现风和日丽 ‖ 霾除愈加景美花香（新冠疫情对联）

★尊重生命不乱食野味 ‖ 顺循自然应纯正民风（新冠疫情对联）

★城乡协力同办健民事业 ‖ 防治相兼提高逐疾水平

★户户家家处处干干净净 ‖ 男男女女人人喜喜欢欢

★走千家裹秋风防疫祛病 ‖ 进万户沥春雨保健为民（横批：功在千秋）

★春到人间病灾不染卫生户 ‖ 日临大地幸福喜来康健家

★讲究卫生天增岁月人增寿 ‖ 消除疾病春满城乡福满门

★结合中西发展华夏医疗事业 ‖ 兼施防治增进人民身体健康

★古今未见一人服仙丹长生不老 ‖ 中外已闻万例凭锻炼益寿延年

★讲求清洁卫生干干净净迎新岁 ‖ 树立文明风尚喜喜欢欢送旧年

★抗疫情风雨同舟人心凝聚党旗下 ‖ 救生命众志成城白衣奋战生死间（新冠疫情对联）

3.药店、医药公司对联

★精心炮制 ‖ 热诚经营

★有药皆妙 ‖ 无丹不灵

★选材详百草 ‖ 饮片配良方

★药圃无凡草 ‖ 松窗有秘方

★橘井龙吟喜雨 ‖ 杏林虎啸和风

★人期勿药有喜 ‖ 我自立心不欺

★百草回春争鹤寿 ‖ 千方着意续松年

★爆竹几声来吉利 ‖ 药汤一剂保平安

★采百药医疗百病 ‖ 集千方广济千家

★春暖杏林花吐锦 ‖ 泉流橘井水生香

★几粒药丸除病害 ‖ 一副汤剂解忧愁

★架上丹丸能济世 ‖ 壶中日月可回春

★金丹益气增长寿 ‖ 国药养神保健康

★橘井流香三世业 ‖ 杏林飞雨万家春

★科研桂露金成液 ‖ 香溅橘泉玉作丸

★灵丹普济传千载 ‖ 妙药广施乐万人

★扪心无愧真良药 ‖ 举念不惭是妙方

★囊中悉系延年剂 ‖ 架上都盛不老丹

★五岳三山收仙草 ‖ 九州四海除病根

★喜有药材称道地 ‖ 更看医术可回天

★选药均须道地品 ‖ 好生宜体上天心

★养元补气精良药 ‖ 祛病延年地道材

★药按韩康无二价 ‖ 杏栽董奉有千株

★只望世间人无病 ‖ 何愁架上药生尘

★炮制药材尝甘尝苦 ‖ 推敲医理如琢如磨

★日照杏林千枝竞秀 ‖ 春来药苑百草争荣

★身体弱多锻炼便好 ‖ 药品精少服用为佳

★丸散膏丹无非良药 ‖ 君臣佐使悉是妙材

★杏林日暖百花争艳 ‖ 橘井泉香大地回春

★延寿百年虔修妙药 ‖ 春光三月喜驻华颜

★禹甸医林千花竞秀 ‖ 神州药苑百草吐芳

★共济同舟只求人少病 ‖ 相和仁术不虑药生尘

★太白饮千杯千杯不醉 ‖ 神农尝百草百草皆春

★品位虽贵必不敢减物力 ‖ 炮制虽繁却不可省人工

★一药一性岂能指鹿为马 ‖ 百病百方焉敢以牛易羊

★迎春晖禹甸医林千花竞秀 ‖ 含朝露神州药苑百草生香

★集千方值千金保老幼女男康健 ‖ 采百药除百病使春秋冬夏安宁

4.保健养生类对联

★元功滋补养 ‖ 康健庆长安

★病灾不染卫生地 ‖ 福寿常临康健家

★除恶习神清气爽 ‖ 扫烟尘益寿延年

★和调气血除隐患 ‖ 雅益身心壮精神

★健康是长寿之本 ‖ 强身乃事业之基

★健康是无价之宝 ‖ 知识乃保健阶梯

★讲卫生身强体壮 ‖ 爱清洁室雅人康

★练身体赛吃妙药 ‖ 讲卫生胜服灵丹

★莫道人生无百岁 ‖ 应知草木有重春

★前程远大足为重 ‖ 世途艰难步在先（足疗店）

★青菜萝卜糙米饭 ‖ 瓦壶天水菊花茶

★养生需要勤锻炼 ‖ 得病还得早就医

★千里之行始于足下 ‖ 万里鹏程源于健康（足疗店）

★和和睦睦肝脾肺腑顺 ‖ 雅雅儒儒气血筋骨通

★防为主治为宾养生之道 ‖ 热则清虚则补辨症而医

★益寿延年生命在于运动 ‖ 强身健体锻炼务必经常

★静亦静动亦静五脏克除夫欲火 ‖ 荣也忍辱也忍平生不履于危机

六、工矿交运对联

1.加工和制造业对联

★ 财源来浩荡 ‖ 声韵发铿锵

★ 日日争高产 ‖ 年年奏凯歌

★ 生产月月长 ‖ 幸福年年增

★ 改善经营管理 ‖ 提高技术水平

★ 设计匠心独运 ‖ 铸机妙手成春

★ 安全生产天天讲 ‖ 守纪遵章事事成

★ 富路新招唯科技 ‖ 名优产品靠人才

★ 劳动英雄登上榜 ‖ 文明模范戴红花

★ 人变精神厂变貌 ‖ 车如流水马如龙

★ 任劳任怨休辞苦 ‖ 同德同心岂畏难

★ 生产科研双胜利 ‖ 精神物质两丰收

★ 铁锤声声除旧岁 ‖ 钢花朵朵接新春（钢铁厂）

★ 与时俱进常先进 ‖ 开拓创新永出新

★ 技术革新求多求好 ‖ 产品制造保质保优

★ 银线遄飞牵四海春色 ‖ 金梭欢唱织五洲彩霞（纺织业）

★ 政策喜人人勤添干劲 ‖ 措施得力力奋争上游

★ 产销对路处处汇来定款 ‖ 质量优先频频推出名牌

★ 攻技术难关为神州创业 ‖ 创名牌产品给华夏争光

★守信誉经营财源通四海 ‖ 保优良生产商品达三江

★爱厂如家钻研技术争奉献 ‖ 以勤为乐振奋精神唱战歌

★按社会需求生产供销通畅 ‖ 取众人之智治厂事业兴隆

★产销对路多产多销多积累 ‖ 质量达标保质保量保安全

★机声阵阵车间喜结优良果 ‖ 笑语盈盈班组齐唱胜利歌

★讲道德讲文明改革出效益 ‖ 有理想有纪律生产创一流

★质优产高消耗低公司盈利 ‖ 物美价廉寿命长用户欢迎

★爱厂如家养成节俭勤劳习惯 ‖ 奉公克己焕发奋争拼搏精神

★管理鼓雄风产品双优销域外 ‖ 经营增秀色鲜花独放出墙头

★技术革新多种多样别开生面 ‖ 潜力挖掘一点一滴各显神通

★科学开花生产猛进丰收岁岁 ‖ 经济结果生活富裕大有年年

★文明生产保障有力效率取胜 ‖ 规范操作安全无忧科技创优

★民主管理实字出发事顺民心顺 ‖ 企务公开廉字为本家兴企业兴

★强化服务管理保障一线施工生产 ‖ 体现精神文明改善全体职工生活

★火花兴舞零件配件件件力求精工细作 ‖ 机床欢转此时彼时时时牢记减耗节支

2.能源、资源类对联

★城乡互助 ‖ 厂矿联盟

★光腾银汉 ‖ 辉映金山（金银矿）

★深山献宝 ‖ 大地喷油（石油）

★人勤山献宝 ‖ 火炼矿成金（冶金）

★是金曾入冶 ‖ 非茧亦抽丝（铜铁矿）

★协力山献宝 ‖ 同心土变金（金银矿）

★心中春浩荡 ‖ 井下日光华（煤炭开采）

★逐去千家冷 ‖ 迎来万户春（供暖）

★幸福全凭劳动 ‖ 矿丰切忌乱开

★地献乌金辞富岁 ‖ 天飘瑞雪兆丰年（煤炭开采）

★电力发展高科技 ‖ 光伏引领新能源（光电）

★国运兴隆如旭日 ‖ 电业发展胜阳春（电力）

★江山万里春光艳 ‖ 厂矿千军气势雄

★拳拳之心为大众 ‖ 涓涓清流进万家（水务）

★敲金奚止千锤下 ‖ 制器方成百炼精（铜铁矿）

★天生日月光寰宇 ‖ 地有金银富国家（金银矿）

★土地掘开来宝气 ‖ 山川凿破有原油（油气）

★挖矿做工多面手 ‖ 虚怀壮志一红心

★五金之外有余业 ‖ 百工相传无弃材（小金属矿）

★雪中送炭家家暖 ‖ 锦上添花户户春（供暖）

★一味黑时犹有骨 ‖ 十分红处便成灰（煤炭开采）

★煤海生辉满天溢彩 ‖ 矿山织锦遍地流金（煤炭开采）

★若金在熔刚柔相济 ‖ 治丝不紊条理分明（铜铁矿）

★探富源井前抒壮志 ‖ 夺高产山底炼红心（煤炭、石油）

★铜铁金钲无非器用 ‖ 唾壶脂盏总是生涯（铜铁矿）

★体贴入微感悟家庭温暖 ‖ 爱岗敬师践行电业精神（电力）

★春风送暖节能低碳促发展 ‖ 旭日牵情扩效增容跨转型（新能源）

★快乐工作电力通达助百业 ‖ 舒心生活问候送入暖千家（电力）

★矿富厂丰人人幸福人人好 ‖ 民安国泰户户欢欣户户甜

★如林铁塔高耸云天抒壮志 ‖ 似海油田纵横大地唱欢歌（石油）

★纵横交错远望平原千面明镜 ‖ 阳光普照带来边区万家通明（光电）

★好福气好财运绿色环保大家好 ‖ 新能源新气象清洁能源世界爱（新能源）

★勤勘大地资源化雨东风兴伟业 ‖ 开采神州矿产凌云壮志创新天

★ 建设祖国履艰探险不论天涯海角 ‖ 开掘宝藏迎风冒雨哪管水远山高

3.交通运输、物流业对联

★ 多拉快跑 ‖ 稳卸轻装

★ 双轮鼓浪 ‖ 一笛回风（水运）

★ 万民便利 ‖ 百货畅通

★ 物流万里 ‖ 情暖亿家

★ 朝发夕至 ‖ 送往迎来

★ 船中渡日月 ‖ 水上看风光（水运）

★ 同时间赛跑 ‖ 为人民立功（铁路）

★ 追风遵轨道 ‖ 缩地小寰球（铁路）

★ 货走百川顺利 ‖ 船行千里安全（水运）

★ 机越千山万水 ‖ 情送四面八方（空运）

★ 缩千里为咫尺 ‖ 连两地为一家（春运）

★ 迎送五洲胜友 ‖ 传递四海佳音（空运）

★ 飞轮滚滚歌一路 ‖ 马达声声传万家

★ 几经风雨几经浪 ‖ 一路平安一路歌（水运）

★ 靠靠停停汽车好 ‖ 和和气气服务周（客运站）

★ 客车满载满车客 ‖ 山货运输运货山

★ 满腔热情迎旅客 ‖ 一颗红心为人民（客运站）

★ 漫云无翅天难上 ‖ 为因有志空可凌（空运）

★ 梅花点点新春到 ‖ 汽笛声声旅客来（春运）

★ 千里祥云送万物 ‖ 四方福运通百家（快递业）

★ 人民铁路通四海 ‖ 祖国资源利八方（铁路）

★ 万里路程同轨迹 ‖ 九州旅客共心声（铁路）

★ 文明行车争先进 ‖ 礼貌服务似亲人（客运站）

★物通天下流四海 ‖ 财聚八方汇一方

★夕阳桂楫寻诗客 ‖ 运水兰槎载酒人（摆渡船）

★迎来送往越天堑 ‖ 破浪乘风渡险滩（水运）

★跃上高空程万里 ‖ 迎来胜友客千家（空运）

★运送长途无损破 ‖ 馈赠嘉宾增美光

★安全正点畅通无阻 ‖ 风驰电掣服务有方（铁路）

★道路畅通车如流水 ‖ 班组养护人似春风（客运站）

★激汽鼓轮大川利涉 ‖ 乘风破浪壮志堪酬（水运）

★近悦远来转运百货 ‖ 水程陆路惠利群商

★礼让三先为人为己 ‖ 平安一路利国利家

★吉祥转运一路平安无阻 ‖ 昌盛经营八方和气生财

★天下货经我手货通天下 ‖ 百家财在此游财富百家（横批：运通天下）

★喜迎八方来客平安一路 ‖ 满载五湖春意幸福一生（客运站）

★迅似电疾似风多拉快跑 ‖ 稳如山轻如燕准确安全

★以天下为己任丹心似火 ‖ 把旅客当亲人笑脸如春（客运站）

★运载春夏秋冬四季顺利 ‖ 物流东南西北八方通达

★礼让三分三分笑脸七分暖 ‖ 情牵一路一路春风九路歌

★货行海陆空交汇天涯如咫尺 ‖ 物流天地间集散海角即眼前

★四面八方南北东西是物皆运 ‖ 五湖四海左右前后飞流直达

★亲亲热热远接近迎使你来时满意 ‖ 上上下下车随客便让人去得称心

4.邮政电信业对联

★置邮传命 ‖ 为政在人

★佳讯从天降 ‖ 喜音逐电来

★平安劳远报 ‖ 消息赖沟通

★从此谈心多捷径 ‖ 何须握手始言欢

★捷报频传山海事 ‖ 佳音快达故人情

★千里春风劳驿使 ‖ 三秋芳讯托邮鸿

★千兆互联如虎添翼 ‖ 亲情服务碧海云天

★送佳音飞车连万户 ‖ 传喜讯银线达三江

★消息可通九千里外 ‖ 得来只要一须臾间

★邮传喜讯万里如咫尺 ‖ 电送佳音九州若毗邻

★邮件安全方便进万户 ‖ 信息迅速准确达九州

★沟通无限有别电信书信 ‖ 天涯咫尺不分中国外国

★九围风和一寸邮花开万里 ‖ 三胞韵美八行笺月照双心

★绿影鸿飞邮路春风播四海 ‖ 清音雁递电波喜讯报千家

★一路送春风温暖千家万户 ‖ 八方传喜讯鼓舞北地南天

★邮连四海常送佳音千里喜 ‖ 电贯五洲频传捷报万人欢

★未来近在咫尺生活多姿多彩 ‖ 通讯千里传音服务热情热心

★绿衣信使不贪污不受贿一身正气 ‖ 领头鸿雁说实话办实事两袖清风

七、商业商店对联

1.商业通用对联

★春风满面 ‖ 顾客盈门

★门迎喜气 ‖ 店满春风

★经商诚作本 ‖ 待客暖如春

★荟萃东西上品 ‖ 纷呈南北精华

★日日生财有道 ‖ 春春纳福无涯

★入店皆为上客 ‖ 进门胜似亲人

★树信树诚待客 ‖ 互惠互得经商

★心似春花怒放 ‖ 财如瑞雪翻飞

★八路财神添富贵 ‖ 四方福星保平安

★把酒临风同醉月 ‖ 兴家创业共迎春

★百般货色财源广 ‖ 满面春风顾客多

★财凭智取财源广 ‖ 富靠勤得富路长

★财源茂盛家兴旺 ‖ 富贵平安福满堂

★产品好客人满意 ‖ 信誉高企业兴隆

★诚信经营多得利 ‖ 公平交易永生财

★春风惠我财源广 ‖ 旭日临门喜事多

★登山靠左右两腿 ‖ 创业凭上下一心

★福旺财旺运气旺 ‖ 家兴人兴事业兴（横批：喜气盈门）

★富贵财源从地起 ‖ 平安福运自天来

★和气生财长富贵 ‖ 顺意平安永吉祥

★和气远招天下客 ‖ 公平广进四方财

★货有贵贱三等价 ‖ 客无高低一般亲

★经商有信财源广 ‖ 处世无欺事业昌

★满面春风迎顾客 ‖ 一番盛意送来宾

★门盈佳客人缘好 ‖ 户纳春风喜庆多

★平安富贵财源进 ‖ 发达荣华事业兴

★平安如意财源盛 ‖ 发达荣华事业兴

★勤劳创业财源广 ‖ 诚信经商富路宽

★人往人来含笑脸 ‖ 店中店外俱欢欣

★日子红火腾腾起 ‖ 财连亨通步步高（横批：迎春接福）

★四海经商无假货 ‖ 一生处事做真人

★四面贵人相照应 ‖ 八方财报进门庭

★生意兴隆财广进 ‖ 福星高照岁平安（横批：喜气临门）

★生意如春春意好 ‖ 财源似水水源长

★喜迎南北东西客 ‖ 呈上弟兄姐妹情

★一点公心平似水 ‖ 十分生意稳如山

★迎喜迎春迎富贵 ‖ 接财接福接平安（横批：吉祥如意）

★友善真诚迎顾客 ‖ 热情周到待嘉宾

★友以义交情可久 ‖ 财从德取利方长

★诚信经营财源茂盛 ‖ 热情服务顾客盈门

★礼貌经商门庭若市 ‖ 文明待客宾至如归

★灵活经营财源茂盛 ‖ 薄利多销生意兴隆

★满面春风喜迎宾至 ‖ 四时生意全在人为

★喜送笑迎来去高兴 ‖ 东挑西拣买卖公平

★ 薄利多销从不计得失 ‖ 和气生财只求结人缘（横批：回头再来）

★ 货真价实不做昧心事 ‖ 尺足秤够莫赚违法钱

★ 家有聚宝盆招财进宝 ‖ 院栽摇钱树致福生财

★ 经营有道货自八方至 ‖ 管理得方财从四面来（横批：团结奋进）

★ 子贡经商取利不忘义 ‖ 孟轲传教欲富必先仁

★ 辞旧岁迎新春抬头见喜 ‖ 抓良机走好运该我发财

★ 交以道接以礼满面和气 ‖ 近者悦远者来四海春风

★ 尽善尽美礼遇八方贵客 ‖ 至诚至信亲和四海高朋

★ 眼观六路分析市场变化 ‖ 耳听八方了解群众要求

★ 薄利多销价廉物美家家乐 ‖ 优质耐用近悦远来步步高

★ 出外求财八方来财财到手 ‖ 在家创业万事胜意业永隆（横批：和气生财）

★ 年年进宝年年添福年年乐 ‖ 岁岁来财岁岁增寿岁岁安

★ 文明经商门庭若市春满店 ‖ 礼貌待客宾至如家暖人心

★ 重信誉生财有道财源茂盛 ‖ 守法纪货真价实买卖兴隆

★ 百挑不厌百问不烦主宾皆有礼 ‖ 一次算清一言算数童叟俱无欺

★ 货物多挑挑选选件件称心如意 ‖ 质量好比比看看样样物美价廉

2.银行、保险、理财对联

★ 广开财路 ‖ 巧管资金

★ 聚沙为塔 ‖ 滴水成河

★ 投保一次 ‖ 得利长年

★ 一言九鼎 ‖ 允诺千金（信托）

★ 常存小额款 ‖ 可聚大盘金

★ 花小钱保险 ‖ 遇大祸无忧

★ 存款有备无患 ‖ 保险转危为安

★精业专投天下 ‖ 立诚信创未来

★投保利公利己 ‖ 防灾为国为民

★保来四面八方泰 ‖ 险去千家万户欢

★财产有价快保险 ‖ 水火无情早防灾

★常将有日思无日 ‖ 每到取时想储时

★集少成多储为本 ‖ 化零为整蓄当先

★集资储款保如障 ‖ 免祸消灾险亦安

★家家理财家家乐 ‖ 人人赚钱人人发

★家有千金宜防患 ‖ 腰缠万贯保为安

★交易自古存公道 ‖ 信托从来不负人（信托）

★金融富似春初草 ‖ 事业繁如锦上花

★金融有量诚无量 ‖ 事业无声信有声

★开源能引千泓水 ‖ 节流可聚万盘金

★千家保险千家乐 ‖ 万户平安万户欢

★融通九州连四海 ‖ 纳财八方达三江

★社会交流凭货币 ‖ 财源命脉系金融

★迎春歌唱九州乐 ‖ 保险花开万户欢

★一言九鼎为大信 ‖ 允诺千金是致诚（信托）

★出入角分尤当任怨 ‖ 收支千万更要留神

★村镇银行服务村镇 ‖ 金融诚信繁荣金融

★尽力开源资财不竭 ‖ 厉行节约周转有余

★利滚利利天下之利 ‖ 财聚财聚天下之财

★微笑赢取温馨如意 ‖ 诚信换得互惠双赢

★融汇五洲财创昌盛 ‖ 资助八方客造兴隆

★投身商海集亿万财富 ‖ 融合智慧创美好明天

★汇四海财源富乡村百姓 ‖ 通千家服务益小镇三农

★营业室中颗颗红心竞艳 ‖ 收银台上张张笑脸迎春

★谨慎行船莫到危时才补漏 ‖ 运筹生计安能渴甚始掘泉

★为国守库纵使有钱难买义 ‖ 替民理财须知无物可填贪

★贷一缕春风百业葱茏增秀色 ‖ 蓄千条细水大河汹涌济民生

★融千聚万海纳百川播种过去 ‖ 投万产亿广开财路收获未来

★取于民用于民心系万民忧乐 ‖ 功在国利在国事关一国长安

★为国家理财一颗红心千家暖 ‖ 替用户积资两袖清风万户欢

3.房地产、建筑、施工对联

★高楼手中建 ‖ 重担肩上挑

★千家安居地 ‖ 万户满意园

★人人安居乐业 ‖ 家家幸福安康

★幸福安居为首 ‖ 百事置业为先

★用心筑就品质 ‖ 责任缔造一流

★矗起摘星脚手架 ‖ 建成揽月摩天楼

★把精品留在当代 ‖ 将承诺告诉未来

★地产中介为百姓 ‖ 诚信服务到千家

★合力铺设光明路 ‖ 同心架起幸福桥

★劈山开路由我干 ‖ 阳光大道任你行

★品质楼房手中建 ‖ 责任安全记心间

★添瓦加砖筑大厦 ‖ 安居乐业住新楼

★万丈高楼平地起 ‖ 千幢大厦手中兴

★为国为民修大厦 ‖ 保质保量竣工程

★削平山岭铺大道 ‖ 跨越江河架宏桥

★群策群力科学管理 ‖ 戒骄戒躁保障安全

★姓甚名谁都是上帝 ‖ 百选千挑只推好房

★东西南北从这里跨越 ‖ 五湖四海由此地通达

★江山多娇放开千里目 ‖ 大厦有阶更上一层楼

★精心施工建一流品质 ‖ 爱岗敬业筑百年辉煌

★工地为家你家我家家家乐 ‖ 样板引路铁路公路路路通

★和谐新居你我同心共建 ‖ 平安工地友朋齐争双赢（横批：和谐至上）

★十分热情圆您安居梦想 ‖ 一片真心为君置业导航

★高速公路高新技术高科技 ‖ 新构华章新颖主题新思维

★华堂入云大好江山添一景 ‖ 广厦拔地四华英杰乐三春

★路路为盘着意布来宏业势 ‖ 桥桥结网殷勤筑就丰功碑

★顺风顺水风水宝地英才聚 ‖ 隆家隆业家业兴旺福星临（横批：万事亨通）

★惜秦砖汉瓦呵护民族瑰宝 ‖ 筑铁壁铜墙传扬华夏文明

★以全新理念构建和谐企业 ‖ 靠科学管理打造精品工程

★争建平安大厦安全要保障 ‖ 勇闯技术难关质量须过关

★凤舞水榭雨露滋润平安福地 ‖ 虎跃楼台日月沐浴美满家园

★高楼手中建为国为民修大厦 ‖ 重担肩上挑保质保量竣工程

4.餐饮业常用对联

★ 龙团凤饼 ‖ 雀舌蝉膏（茶馆、茶叶店）

★ 三江美味 ‖ 四海奇珍（水产品店）

★ 调羹和味 ‖ 取精用宏（调味品店）

★ 尝农家风味 ‖ 品乡土人情（农家乐）

★ 成糜和枣栗 ‖ 流滑溅珠玑（糕点店）

★ 淡酒邀明月 ‖ 香茶迎故人（茶馆）

★ 泛舶来珍品 ‖ 扬帆采石华（水产品店）

★ 甘甜堪适口 ‖ 香味欲醴牙（糖果零食店）

★ 继杜康事业 ‖ 承太白遗风

★ 开坛千君醉 ‖ 上桌十里香

★ 味香且止步 ‖ 知味暂停车

★ 煮沸三江水 ‖ 同饮五岳茶（茶馆）

★ 烤到外焦里嫩 ‖ 鸭如龙肝凤髓（烤鸭店）

★ 领略家乡风味 ‖ 温馨故里人情

★ 识得此中滋味 ‖ 觅来无上清凉（茶馆）

★ 四海珍馐荟萃 ‖ 五洲贵客光临

★ 陈年美酒迎风醉 ‖ 精制珍馐到口香

★ 从来名士能品水 ‖ 自古高人爱斗茶（茶馆）

★ 到来尽是甜言客 ‖ 此去应无苦口人（糖果零食店）

★ 短墙披藤隔闹市 ‖ 小桥流水连酒家

★ 饭菜誉满三江水 ‖ 情意饱暖四海心

★ 沽酒客来风亦醉 ‖ 欢宴人去路还香

★ 经济小吃饱暖快 ‖ 酒肴大宴余味长

★ 李白借问谁家好 ‖ 刘伶还言此处佳

★ 买肝买肺凭君选 ‖ 剁瘦剁肥等我来（肉食店）

★ 满面春风顾客喜 ‖ 一片诚心饭菜香

★ 美味招来八方客 ‖ 佳肴香满一店春

★ 入店闻香即忘返 ‖ 出门回味又思来

★ 味超玉液琼浆外 ‖ 巧在燃萁煮豆中（豆浆店）

★ 五味烹调香千里 ‖ 三餐饭美乐万家

★ 形味色香多雅趣 ‖ 烹烧蒸煮俱清香

★ 熏心只觉浓于酒 ‖ 入口方知气胜兰（茶馆）

★ 一年常有当令菜 ‖ 四季不乏地头鲜（果蔬店）

★ 餐用名厨饭香菜美 ‖ 料挑上等汤好味鲜

★ 窗外看山风生七碗 ‖ 楼头近水春满一壶（茶馆）

★ 得意言辞甘如蜜酪 ‖ 交心气味香似芝兰（糖果零食店）

★ 防暑降温何妨一试 ‖ 生津止渴邀请重来（冷饮店）

★ 桂馥兰芬闻香甚喜 ‖ 珠圆玉润入口皆甜（糖果零食店）

★ 酒好菜香宾朋满意 ‖ 价廉物美生意兴隆

★ 梁甫银泥渣滓尽去 ‖ 华山玉屑水乳交融（豆腐店）

★ 嫩色新香尽堪疗渴 ‖ 金英绿片悉是名珍（茶叶店）

★ 式饮庶几惟人自造 ‖ 藏冰在此却暑为宜（冷饮店）

★ 听雨春宵栖霞胜处 ‖ 牧童遥指酒客频来

★ 煮三江水迎接佳客 ‖ 垒七星灶选来香茗（茶馆）

★ 贮在玉壶全由人选 ‖ 结成晶块巧夺天工（冷饮店）

★ 饭香菜香八方客常满 ‖ 面好汤好四季店如春

★ 煎炒烹炸涮样样适口 ‖ 酱熏卤烤汆盘盘随心（横批：沧海之味）

★ 焦黄香脆嫩滑凭火候 ‖ 赞誉赏夸诚信见功夫（烤鸭、烤鸡店）

★ 来路可数歇半刻知味 ‖ 前途无量品一杯何妨（茶馆）

★ 色香味俱全食之不厌 ‖ 桃梅李并蓄买了再来（糖果零食店）

★ 酸甜苦辣都在火锅里 ‖ 古往今来皆于笑谈中

★酸甜苦辣咸味香千户 ‖ 油盐酱醋茶情牵万家（调味品店）

★布衣价格迎来八方顾客 ‖ 山珍火锅吃出四季康健

★美味佳肴迎来八方贵客 ‖ 热情笑脸温暖九州嘉宾

★石磨飞旋涌起涛涛玉液 ‖ 铁锅腾沸凝成闪闪银砖（豆腐店）

★厨下烹鲜门庭成市开华宴 ‖ 天宫摆酒仙女饮樽醉广寒

★饭热菜香贵客盈门庭似市 ‖ 言甜情厚高朋满座店如春

★荟萃东西海鲜涌香来福巷 ‖ 兴隆气象宾客满座居仁门

★货真价实诚待四海回头客 ‖ 店老馅美常诱八方客回头（饺子馆、包子铺）

★散郁鲜瓜红黄白绿般般好 ‖ 生津嫩菜春夏秋冬季季鲜（果蔬店）

★说地谈天且以烹茶寻雅趣 ‖ 怡情悦性还从赏月借春风（茶馆）

★蔬菜本无奇厨师巧制千般锦 ‖ 酒肉真有味顾客能闻百里香

★来不请去不辞无束无拘方便地 ‖ 烟自抽茶自酌说长说短自由天（茶馆）

★蒸饺水饺油煎饺各样皆合众人口 ‖ 花茶绿茶龙井茶请君更上一层楼

5.住宿、旅游业对联

★南来北往 ‖ 宾至如归

★进门都是客 ‖ 到此即为家

★览天下形胜 ‖ 会四方知音（旅游业）

★相逢似萍水 ‖ 小住胜亲人

★接待八方旅客 ‖ 欢迎四海亲人

★彩云伴日明如镜 ‖ 画舫迎波浪似花（旅游船）

★赤心迎来三江客 ‖ 笑颜送走四海宾

★地角天涯千里客 ‖ 五湖四海一家亲

★浮生若寄谁非梦 ‖ 到此能安即是家

★今晚栖身留燕寓 ‖ 明朝展翅赴鹏程

★揽中华千年形胜 ‖ 越神州万里河山（旅游业）

★旅游通途坦荡荡 ‖ 新春顺风喜盈盈（旅游业）

★萍水相逢如亲友 ‖ 停车暂住似归家

★仆仆风尘进客店 ‖ 盈盈笑语上征途

★似家非家比家好 ‖ 非家似家胜家安

★万里龙腾云山绕 ‖ 九州凤翥碧水柔（旅游业）

★迎八面春风入院 ‖ 接四方宾客归家

★带你畅游祖国名胜 ‖ 伴君尽览世界风光（旅行社）

★客从千里而来请进 ‖ 君自小店而去祝安

★萍水相逢见面如亲友 ‖ 停车暂住入店似归家

★交以诚接以礼一团和气 ‖ 近者悦远者来四海春风

★酒香菜美喜供嘉宾醉饱 ‖ 房洁被暖笑迎远客安居

★良友沓来共赏神州春色 ‖ 贵宾纷至同观华夏雄姿（旅游业）

★纵目驰怀走遍人间胜境 ‖ 游山玩水尽拾天下春光（旅游业）

★风景秀丽五洲好友慕名至 ‖ 江山多娇四海嘉宾接踵来（旅游业）

★门户敞开迎八方春风入院 ‖ 房舍洁净接九州宾客归家

★甚好风光四季花开迎贵客 ‖ 优良服务三秦名满待亲人

★玉宇琼楼迎来春夏秋冬客 ‖ 锦衾绣被温暖东西南北人

★树几株秦岭松喜聚五洲贵友 ‖ 掬一片长安春笑迎四海嘉宾

6.服装、珠宝首饰店对联

★双南品重 ‖ 千镒名高（珠宝店）

★时装随节候 ‖ 花色似奇葩

★珠光腾赤水 ‖ 宝匣蕴蓝田

★足印四海岛 ‖ 步履九州山（鞋店）

★宝盒丛中藏翡翠 ‖ 金钗队里护鸳鸯

★宝气珠光腾异彩 ‖ 金钗翠钿斗新妆

★翡翠通灵传真意 ‖ 白石润玉颂爱心

★贵客慧心知货俏 ‖ 名师巧手制衣新

★寒衣熨出春风暖 ‖ 彩线添来瑞日长（洗衣店）

★合身服饰方为美 ‖ 称意衣裳最是佳

★琳琅锦绣传千古 ‖ 美玉无暇牵良缘

★新装时尚招顾客 ‖ 笑语殷勤送友情

★行端表正神常健 ‖ 心净衣洁体自康（洗衣店）

★迎来东西南北客 ‖ 洗尽春夏秋冬尘（横批：喜上加洗）（洗衣店）

★玉缘奇情奇缘玉 ‖ 天华宝物宝华天

★指上一轮明月满 ‖ 耳边两朵彩霞飞

★中西内外时装美 ‖ 春夏秋冬款式新

★珠树一林皆隽品 ‖ 宝山片石亦奇珍

★足下生辉人高贵 ‖ 精品时尚价公平（鞋店）

★春服既成凭君选择 ‖ 寒衣俱备售价公平

★翡翠金钗娇添雅髻 ‖ 鸳鸯宝钿艳助凤鬟

★选选挑挑人人满意 ‖ 看看试试件件称心

★高足二三分倍添神气 ‖ 送君千万里无我不行（鞋店）

★翡玉冰洁似天妃出浴 ‖ 宝石琳琅如翠阁散珠

★款式美观巧合千家意 ‖ 时装新颖能欢万众心

★足下生辉走平安大道 ‖ 眉头添喜迎幸福人生（鞋店）

★春夏秋冬四季服装皆溢彩 ‖ 东南西北八方顾客尽开颜

★时泰年丰四季霓裳添异彩 ‖ 河清海晏九州风物换新颜（服装店）

★洗刷漂染烟尘不在驱旧貌 ‖ 推归拔烫风霜尽褪换新颜（洗衣店）

★规格由你挑大小浅深须合意 ‖ 式样任君选女男老少尽随时

★列万件时装装点人间皆秀色 ‖ 展千幅彩锦打扮天下尽春姿

★天地精华世代传承承载恒远 ‖ 玉石情缘永久铭刻刻人心间（横批：玉缘天华）

7.花鸟、古董、工艺品店对联

★ 书为心画 ‖ 画乃意书（书画店）

★ 观画如观景 ‖ 赏字胜赏花（书画店）

★ 花房避初旭 ‖ 帘影弄新晴

★ 花鸟引机绪 ‖ 诗书蕴道荄

★ 江山如有待 ‖ 花鸟更无私

★ 山光清眼界 ‖ 书味润心田（书画店）

★ 山中无岁月 ‖ 花草有春秋

★ 题鸟门留字 ‖ 求凰曲弄琴

★ 闲作来禽帖 ‖ 为求招鹤歌

★ 有歌皆招鹤 ‖ 无帖亦来禽

★ 雨过琴书润 ‖ 风来翰墨香（书画店）

★ 语传鹦鹉架 ‖ 词谱鹧鸪天

★ 异皿莹莹似宝 ‖ 珍禽栩栩如生（工艺品店）

★ 柏叶几枝祝上寿 ‖ 鲜花一束贺新婚（鲜花店）

★ 笔挥山水成春境 ‖ 墨泼乾坤在画中（书画店）

★ 过节逢年馈果品 ‖ 贺婚祝寿送鲜花（鲜花店）

★ 剪月裁云花四季 ‖ 穿林叠石景千盆

★ 连城价值龙泉剑 ‖ 倾国钱财金缕衣（古董店）

★ 满堂鼎彝列秦汉 ‖ 数窗图画灿云霞（古董店）

★ 奇花异草增春色 ‖ 雅菊幽兰缀市容

★ 世多庄子知鱼乐 ‖ 人慕陶公获利多（水族馆）

★ 三代鼎彝昭日月 ‖ 一堂图画灿云霞（古董店）

★ 四面烟岚新雨后 ‖ 一庭花鸟午晴初

★ 万紫千红工点缀 ‖ 春桃秋菊费平章（鲜花店）

★ 夏鼎秦砖赵国璧 ‖ 唐诗晋字汉文章（古董店）

★绚烂欣看绮席丽 ‖ 光华添得锦堂春（工艺品店）

★一池碧水映圆月 ‖ 九州花木沐春风

★碧水一泓清心养目 ‖ 金鳞数尾在藻依蒲（水族馆）

★草帖新书词林欣赏 ‖ 兰亭妙本学海珍藏（书画店）

★凤凰来仪和声鸣盛 ‖ 仙禽作市宜籁嬉春

★凤翥鸾翔光华相映 ‖ 鹊啼鸠舞喜庆大来

★鸟语花香青春鹦鹉 ‖ 箫声琴韵绿绮凤凰

★色香俱全花草风度 ‖ 形神兼备松柏精神

★西寺圣人须眉自古 ‖ 南山妙相面目毕真（工艺品店）

★夏鼎商彝陈列满室 ‖ 隋珠和璧价值连城（古董店）

★异草奇花装成春色 ‖ 幽兰雅菊美化市容

★玉出山中琢而成器 ‖ 石生水底雕以见珍（工艺品店）

★峻岭叠嶂生意与日升 ‖ 熙福绵长水族同民欢（水族馆）

★放眼橱窗尽是文房四宝 ‖ 兴怀风雅广交学海众儒（书画店）

★走线飞针仿制千年文物 ‖ 经编纬织绣出万里江山（工艺品店）

★万事付沉冥酒国溪山堪入画 ‖ 太和归酝酿醉乡花鸟亦长春

8.其他商业常用对联

★阳律阴吕 ‖ 玉振金声（乐器店）

★高悬如皓月 ‖ 远照若明星（灯具店）

★好货销海外 ‖ 盛誉满国中（外贸公司）

★利用傲竹木 ‖ 列座倾壶觞（竹木器店）

★满室明如昼 ‖ 流光夺月辉（灯具店）

★巧理千家事 ‖ 温暖万人心（家政）

★清香飘远近 ‖ 润色着芳华（化妆品店）

★求新不如旧 ‖ 访古即在兹（二手物品店）

★玩中增智慧 ‖ 具里长精神（玩具店）

★悬将小日月 ‖ 照彻大乾坤（眼镜店）

★镶嵌女子饰 ‖ 点缀美人妆（饰品店）

★云霞呈五色 ‖ 锦绣展千重（纺织品店）

★莫道情犹好古 ‖ 漫云器唯求新（二手物品店）

★虽为毫末技艺 ‖ 却是顶上功夫（美发店）

★韵出高山流水 ‖ 曲追白雪阳春（乐器店）

★百货超市百般便 ‖ 一回交易一场欢（百货）

★帮宝宝聪明灵巧 ‖ 让娃娃活泼健康（玩具店）

★光耀九天能夺目 ‖ 辉煌一室胜悬珠（灯具店）

★慧眼明分真善美 ‖ 宝光细验假高低（眼镜店）

★货物花姿多似锦 ‖ 服务态度暖如春（百货）

★家事琐事烦心事 ‖ 帮你帮他帮大家（家政）

★贸易五洲赢大利 ‖ 交游四海结高朋（外贸公司）

★每求新面从头起 ‖ 长喜春风顶上来（美发店）

★千选不烦随你意 ‖ 百看不厌称君心（百货）

★琴奏瑟和留古调 ‖ 客来商往尽知音（乐器店）

★少小可观云里月 ‖ 高年能辨雾中花（眼镜店）

★汤泉里有浮沉客 ‖ 暖室中多健康人（洗浴业）

★条条信息为财富 ‖ 刻刻时间是金钱（信息公司）

★我岂肯得新忘旧 ‖ 君何妨以有易无（二手物品店）

★喜为月老牵红线 ‖ 乐做红娘搭鹊桥（婚介所）

★衣柜卧椅功夫硬 ‖ 雕床画橱式样新（竹木器店）

★异彩缤纷看不厌 ‖ 琳琅满目选随心（百货）

★有吾将迷雾看透 ‖ 助你把秋毫明察（眼镜店）

★玉嵌金镶呈贵府 ‖ 花明字显重官窑（陶瓷品店）

★助尔美容添妩媚 ‖ 帮汝英俊具雄姿（化妆品店）

★雕刻成纹材殊樗栎 ‖ 琢磨为器品重檀梨（竹木器店）

★天使美容长存信誉 ‖ 人工抗皱永葆青春（化妆品店）

★用之则明形悬日月 ‖ 配之如意洞察乾坤（眼镜店）

★远照高灯明星闪烁 ‖ 装潢彩饰异焰霓霞（灯具店）

★集八方信息生财有道 ‖ 传四海科技致富无涯（信息公司）

★九畹兰馨美人呈秀质 ‖ 三春日暖天使展华姿（化妆品店）

★细理乌丝容光增几许 ‖ 巧梳青鬓春色丽无边（美发店）

★热心周到服务千家万户 ‖ 干练细致温暖各类人群（家政）

★觅觅寻寻韶华转眼飞逝 ‖ 犹犹豫豫知音再度难逢（婚介所）

★出出进进笑颜开人人满意 ‖ 挑挑选选品种全件件称心（百货）

★创业兴家刻刻时间莫放过 ‖ 发财致富行行信息要灵通（信息公司）

★春满商场五光十色呈春意 ‖ 货盈橱架万紫千红有货源（百货）

★荡漾香汤和气阳洗心涤虑 ‖ 淋漓津汉长精神振衣弹冠（洗浴业）

★美女俊男过门不入憾中憾 ‖ 云鬟花髻妙手梳成奇里奇（美发店）

★时间是金钱分分不可错过 ‖ 信息为至宝处处必须灵通（信息公司）

★绫罗绸缎丝纶棉麻顾客至上 ‖ 针头线脑化妆日用童叟无欺（百货）

★巍巍大厦汇集东西南北热门货 ‖ 灿灿华灯映照春夏秋冬新款装（百货）

第四章

节日对联

　　节日来临时，张贴对联无疑能增加节日的气氛。在传统习俗中，春节是集中贴对联的佳节，其他节日很少使用，所以春联的数量极多，几乎占了对联的半壁江山，因而我们把春联单独列章处理。随着对联文化的发展，其他节日的对联在现代社会也被越来越广泛地使用了，本章我们分别来介绍。

一、公历节日联

1.元旦节对联

世界各国，特别是古代，新年都有不同的日期，现代多数国家，包括中国已定为公元制纪年的 1 月 1 日为新年。因此，大部分元旦节对联可以直接使用春联。为避免重复，本小节只收录针对元旦节的对联。

★元旦人同乐 ‖ 神州地共春

★庆幸一元复始 ‖ 祝福万户更新

★和风依依春意到 ‖ 红日融融元旦开（横批：辞旧迎新）

★节到满年人满意 ‖ 阳开生泰旦生元

★九州喜度元春日 ‖ 四海欢呼大有年

★轻飞曼舞庆元旦 ‖ 欢声笑语迎新年（横批：万象更新）

★庆元旦人财两旺 ‖ 贺佳节福寿双全

★日出平湖光耀世 ‖ 人逢元旦喜盈门（横批：好事临门）

★日月光华歌复旦 ‖ 云霞灿烂乐长春

★一元复始呈兴旺 ‖ 万象更新起宏图

★元旦喜斟祝福酒 ‖ 春风初放团圆花

★载歌载舞辞旧岁 ‖ 同心同德贺新元

★冬去春来一元复始 ‖ 云开日丽万象更新

★风纪书元人间改岁 ‖ 鸡声告旦天下皆春

★鼓乐齐鸣一元复始 ‖ 笙簧迭奏万象更新

★ 瑞气盈门一元复始 ‖ 春风拂面万象更新

★ 万象更新无山不秀 ‖ 一元复始有水皆清

★ 一元复始九州同庆 ‖ 八方和协四季平安

★ 春风引紫气一元复始 ‖ 大地发春华万物更新（横批：春满人间）

★ 东风吹地暖一元复始 ‖ 大地发春华万象更新

★ 人间传喜讯一元复始 ‖ 大地发春华万木争荣（横批：时和岁好）

★ 喜讯迎新元旦升丽日 ‖ 凯歌送旧佳节庆丰年

★ 辞旧岁凯歌声声人添喜 ‖ 迎新元红灯闪闪国增辉

★ 律转璇枢三殿星云复旦 ‖ 时调玉烛前门花柳同春

★ 迎新元满园春色满园锦 ‖ 辞旧岁遍地鲜花遍地歌

★ 绚丽舞台共展风采庆元旦 ‖ 风火神州更待凯歌迎新年

★ 一元复始瞩目欣看春来早 ‖ 万象更新举首敢笑燕归迟

★ 元超于——心耿耿创大业 ‖ 旦就是朝朝气勃勃奔前程

2.妇女节对联

★ 三八宏图展 ‖ 九州春意浓

★ 承前启后春光好 ‖ 巾帼须眉功勋多（横批：同志加油）

★ 春色艳为九州锦 ‖ 彩霞红透半边天

★ 巾帼英雄胆气壮 ‖ 劳动模范精神新

★ 水绿四时无止境 ‖ 桃红三月半边天

★ 为妇女扬眉吐气 ‖ 与男儿并驾齐驱

★ 昔日巾帼多贡献 ‖ 当今妇女再登攀

★ 争当三八红旗手 ‖ 敢胜九州热血男

★ 中华妇女立壮志 ‖ 当代巾帼谱新篇

★ 中华巾帼多奇志 ‖ 当代女流胜伟男

★ 天地乾坤共荣共盛 ‖ 须眉巾帼同德同心

★建设祖国全靠心红手巧 ‖ 勤俭持家还要女衬男帮

★发愤图强为妇女添光争气 ‖ 同心协力与男儿并驾齐驱

★赶海弄潮巾帼不输男子汉 ‖ 争奇斗艳缤纷最是女儿花

★中华腾飞巾帼英雄创大业 ‖ 神州振兴各族儿女展宏图

★祖国腾飞巾帼英雄创大业 ‖ 神州振兴中华儿女展宏图

★不染尘埃三八骨肉清纯似水 ‖ 休言脆弱一世心灵美丽如霞

★为妻子教子相夫睦邻友好家常乐 ‖ 做母亲孝亲敬老德礼风行品自高

★自尊自爱自重自强挑起时代重任 ‖ 多才多艺多胆多识争做巾帼英雄

★三春化雨八面来风家庭美满身心健 ‖ 妇顶半边女增一节事业辉煌赞誉多

★为女孝为妻贤为母爱本是家庭顶梁柱 ‖ 对人诚对业敬对国忠自为社会半边天

★又遇良辰十分好景在今时三月春明芳草地 ‖ 莫耽佳节一意舒心来此处八方风暖艳阳天

3.植树节对联

★绿化中华大地 ‖ 装点祖国江山

★造福子孙后代 ‖ 绿化祖国山川

★治山常留春色 ‖ 植树造福后人

★处处造林林似海 ‖ 家家植树树成荫

★敢叫荒山成林海 ‖ 誓将沙漠变绿洲

★荒山秃岭成昔日 ‖ 绿海青峰看今朝

★植树造林滋沃土 ‖ 防风固沙护良田

★植树造林绿大地 ‖ 栽花种草美人间

★植树造林山山绿 ‖ 种草育花处处春

★年年岁岁义务植树 ‖ 世世代代绿化祖国

★栽花种草装点庭院 ‖ 植树造林绿化祖国

★植柏植松无山不绿 ‖ 栽杨栽柳有岭皆春

★植树造林青山不老 ‖ 种槐栽柳富水长流

★植树造林青山永不老 ‖ 种草栽花赤县更增光

★植树造林人人有义务 ‖ 栽松育柳个个当先锋

★年年义务植树无山不翠 ‖ 岁岁绿化造林有岭皆春

★屋前宅后栽树延年益寿 ‖ 荒山隙地造林利国富民

★植树造林绿化神州大地 ‖ 栽花种草点缀锦绣江山

★植树造林平衡自然生态 ‖ 开源增产促进社会文明

★植树造林四水三湖耸翠 ‖ 栽花种草千家万户飘香

★翠柏苍松彩染神州千岭绿 ‖ 朝霞夕照点缀江山万里红

★嘉树满山村村造林年年翠 ‖ 鲜花夹道人人育果处处甜

★绿化祖国山青水碧千秋美 ‖ 平衡生态人杰地灵万物春

★让丛丛绿树绿遍文明城市 ‖ 教簇簇香花香满美好乐园

★树木又树人人才出于桃李 ‖ 造林即造福福泽荫及子孙

★植树造林叫山河长留春色 ‖ 绿化大地让前人造福子孙

★山坡植树河岸造林青峰环绿水 ‖ 街道种花社区栽草闹市荡春潮

★植树造林平衡生态神州处处松杉绿 ‖ 栽花种果美化江山华夏家家玛瑙红

4.劳动节对联

★美酒敬模范 ‖ 红花献英雄

★劳动创造世界 ‖ 春天属于人民

★争当劳动模范 ‖ 勇做改革尖兵

★敢想敢为齐奋勇 ‖ 克勤克俭共腾飞

★挥毫大写英雄谱 ‖ 展卷欣描幸福图

★火炬光辉红五月 ‖ 东风吹遍好河山

★劳动方为救世主 ‖ 奢淫最是寄生虫

★石榴开花花胜火 ‖ 劳动造福福无边

★同心续写共运史 ‖ 异口高唱国际歌

★革命红旗高高举起 ‖ 劳动本色代代相传

★革命事业鹏程万里 ‖ 劳动人民力量无边

★劳动光荣劳工神圣 ‖ 生产发展生活提高

★祖国山河飞花点翠 ‖ 英雄儿女继往开来

★奇迹非奇劳动可创造 ‖ 高山不高只要肯登攀

★齐心攻难关心红似火 ‖ 立志学先进志坚如钢

★万象更新成城集众志 ‖ 千帆竞发破浪乘长风

★劳劳心出谋献策和谐建 ‖ 动动手绣锦描春事业腾

★一饭一衣当思劳动不易 ‖ 珍山珍水莫忘生存维艰

★庆祝劳动节开展生产竞赛 ‖ 迎接红五月提高质量指标

★迎接红五月个个倍增干劲 ‖ 庆祝劳动节人人喜笑颜开

★有志夺魁行行业业能拔萃 ‖ 忘我工作勤勤恳恳即风流

★劳动支撑一切无论劳心劳力 ‖ 知识开启未来不分知理知文

★百业各行贵贱无分皆为劳动者 ‖ 全球今日和谐共处都是幸福人

5.青年节对联

★江山披锦绣 ‖ 人物倍风流

★青春红似火 ‖ 大志壮如山

★创业多蒙先驱者 ‖ 守成要靠后来人

★当代青年多壮志 ‖ 今朝学士尽英才

★革命前辈创大业 ‖ 长征新秀绘宏图

★革命青年循正道 ‖ 赤诚新秀写春秋

★锦绣江山留胜迹 ‖ 风流人物看今朝

★宜将青春献华夏 ‖ 莫让韶光付水流

★鱼跃碧海赞海阔 ‖ 鸟飞蓝天颂天高

★壮丽青春绣美景 ‖ 广阔天地放英华

★三春雨露共荣万树 ‖ 一代风流同振九州

★时代青年耀今烁古 ‖ 新兴事业继往开来

★一代英豪九州生色 ‖ 八方儿女四海为家

★振兴中华当改革闯将 ‖ 建设祖国做创新标兵

★奋勇当先莫负青春岁月 ‖ 坚贞立志只争松柏精神

★绿满田野点缀祖国彩画 ‖ 汗珠晶莹闪射青春火花

★洒汗水让理想开花结果 ‖ 献青春为祖国耀彩增辉

★祖国青年争创人间奇迹 ‖ 炎黄儿女敢超世界水平

★承前启后神州河山皆秀丽 ‖ 继往开来华夏儿女更风流

★发愤图强成才不负青云志 ‖ 鞠躬尽瘁报国常存赤子心

★炎黄子孙德才兼备建伟业 ‖ 华夏儿女文武双全展宏图

★英雄辈出茂林新叶接陈叶 ‖ 大江东去流水前波让后波

★奋勇当先锋珍惜青春莫虚度 ‖ 坚贞承大业刻苦学习早成才

★洁心灵整仪态心灵同仪态并美 ‖ 修品德精学业品德与学业兼优

★老一辈打江山出生入死功垂史册 ‖ 后继人创宏业履艰踏险志跃青云

★心怀凌云壮志行一腔誓愿几许气魄 ‖ 脚踏实地功夫洒十分血汗何等光荣

6.儿童节对联

★祖国花朵 ‖ 未来主人

★儿心多烂漫 ‖ 童趣贵天真

★六月花枝俏 ‖ 一朝麟凤鸣

★ 年少宏图远 ‖ 人小志气高

★ 祖国新花朵 ‖ 未来小主人

★ 今日无忧小草 ‖ 他年有用栋梁

★ 儿童乐园无限好 ‖ 祖国花朵别样红

★ 宏伟理想鼓斗志 ‖ 幼小心灵开红花

★ 金色童年金色梦 ‖ 太阳笑靥太阳花

★ 六合雨露随风润 ‖ 一校李桃逐日红

★ 六月韶风熏小草 ‖ 一朝甘露润新花

★ 绿野新苗苗苗秀 ‖ 赤县花朵朵朵香

★ 模范队员个个赞 ‖ 三好学生人人夸

★ 莫笑今朝花朵嫩 ‖ 须知翌日栋梁强

★ 少将情趣付风月 ‖ 多把爱心献未来

★ 学习勤奋争三好 ‖ 德智优良树一流

★ 园里雏鹰初试翼 ‖ 山中新笋渐出头

★ 绽蕾花树株株秀 ‖ 破土春笋节节高

★ 幼苗逢喜雨百花吐艳 ‖ 新树度春风万木争荣

★ 红孩子红领巾红心向党 ‖ 新少年新风貌新颜向阳

★ 习习春风催放祖国花朵 ‖ 丝丝化雨陶冶童稚心灵

★ 株株幼苗好似灵芝出土 ‖ 张张笑脸有如春花绽蕾

★ 儿梦而飞飞步书山高揽月 ‖ 童心同举举身学海戏擒龙

★ 清脆歌声有如百鸟枝头叫 ‖ 天真笑脸好似梅花雪里红

★ 一园新蕾逢喜雨百花吐艳 ‖ 千顷幼苗沐甘霖万木争荣

★ 旭日正初升到处皆呈新气象 ‖ 幼苗须爱护将来都是栋梁材

7.建党节对联

★ 红旗擎天地 ‖ 妙手绣乾坤

★红日千秋照 ‖ 乾坤万代红

★爱党心诚葵向日 ‖ 孚民德重凤朝阳

★彩笔传情歌伟业 ‖ 丹霞达意颂党恩

★共祝党与天齐寿 ‖ 更愿民同地永宁

★光荣归于共产党 ‖ 幸福不忘毛泽东

★国策英明千业振 ‖ 党风纯正万事兴

★国运昌隆民做主 ‖ 人心欢愉党指程

★花木向阳春不老 ‖ 人民跟党志难移

★岁月逢春花遍地 ‖ 人民有党志登天

★先辈业绩牢牢记 ‖ 光荣传统代代传

★政策英明开盛世 ‖ 党风纯正惠民心

★中华崛起迎盛业 ‖ 巨龙腾飞颂党恩

★爱党爱国全心全意 ‖ 为公为民尽责尽心

★共产党红旗飘万代 ‖ 新中国伟业展千秋

★国策鼎新人心皆向 ‖ 党风纯正众望所归

★共产党伟大光荣正确 ‖ 好政策春风时雨甘霖

★葵花镶金箔赤心向党 ‖ 瑞彩添红霞丹凤朝阳

★党风正民风顺社会风气好 ‖ 国事兴人事和建设事业新

★党有良策人欢马跃新崛起 ‖ 国当盛世海啸山呼大腾飞

★快马加鞭协力同心跟党走 ‖ 葵花吐蕊栉风沐雨向阳开

★天时地利人和神州呈福兆 ‖ 党兴民福国强中华必腾飞

★向阳花花开朝日越开越盛 ‖ 共产党党指大路愈指愈宽

★祖国昌盛千秋功在共产党 ‖ 中华崛起万物荣赖改革风

★党恩播福泽九州昌盛千家乐 ‖ 国策赐祯祥百业兴隆万里春

★党风正民风好巍巍社稷有幸 ‖ 任人贤用人当济济良才无穷

★党风正世风清上空有星皆拱北 ‖ 士气高民气顺大地无水不流东

8.建军节对联

★ 人民卫士 ‖ 祖国长城

★ 人民战士 ‖ 祖国精英

★ 英雄军队 ‖ 钢铁长城

★ 不怕流血汗 ‖ 但求安家邦

★ 钢枪慑敌胆 ‖ 炮火振国威

★ 钢铁长城固 ‖ 英雄军队坚

★ 宏谋抒虎啸 ‖ 士气奋鹰扬

★ 江山金汤固 ‖ 战士铁甲寒

★ 热血洒疆土 ‖ 铁臂筑长城

★ 山河金汤固 ‖ 官兵铁铠寒

★ 壮士诗言志 ‖ 沙场夜枕戈

★ 祖国铁龙阵 ‖ 人民子弟兵

★ 加强国防建设 ‖ 保卫世界和平

★ 八一军旗红大地 ‖ 万千劲旅壮河山

★ 八一军旗红天下 ‖ 万千肝胆壮河山

★ 白云丹桂边关色 ‖ 明月清风将士心

★ 光荣传统光荣史 ‖ 钢铁长城钢铁兵

★ 军号嘹亮将军志 ‖ 杜鹃花红战士心

★ 军号入云添斗志 ‖ 战旗映日动豪情

★ 人民战士千古美 ‖ 革命英雄百世芳

★ 天地有情留正气 ‖ 江山无恙慰忠魂

★ 英雄肝胆男儿血 ‖ 祖国疆土母亲心

★ 战士血热融冰雪 ‖ 哨所威高镇边关

★ 人民军队所向披靡 ‖ 钢铁长城坚不可摧

★ 战士闻军号倍添斗志 ‖ 英雄见锦旗更动豪情

★跨骏马保边疆高山列队 ‖ 握钢枪守国土青松结屏

★厉兵扶弱加强国防建设 ‖ 秣马镇强保卫世界和平

★战士忠心铸作铜墙铁壁 ‖ 英雄虎胆化为彩练红霞

★钢铁长城守土镇边存浩气 ‖ 人民子弟保家卫国献丹心

★红星绿甲人民军队猛似虎 ‖ 金城汤池祖国屏障坚如钢

★加强战备守国土森严壁垒 ‖ 提高警惕保边疆众志成城

★抢险救灾时代乐章惊天宇 ‖ 守边镇土英雄奇迹耀人寰

★人民卫士待旦枕戈纾国难 ‖ 祖国长城镇边守土保民安

★人民战士赤胆忠心千古颂 ‖ 祖国英雄丰功伟绩万年芳

★人民子弟为人民赴汤蹈火 ‖ 钢铁长城胜钢铁卫国保家

★十月同庆阔步挺胸保疆土 ‖ 八一建军扬眉吐气壮国威

★铁马金戈千里征程安社稷 ‖ 寒冬酷暑一腔热血铸长城

★为国为民英模奇迹惊天宇 ‖ 可歌可泣时代乐章动人寰

★跃马横刀观国际风云变幻 ‖ 枕戈披甲防边庭虎豹凶狂

★守土靠将士颗颗丹心映日月 ‖ 卫国保边陲熊熊烈火写春秋

9.教师节对联

★润花着果 ‖ 催笋成竹

★碧血催桃李 ‖ 丹心育栋梁

★春霖滋沃土 ‖ 矢志育新苗

★栋梁砥大厦 ‖ 桃李芳九州

★桃李交谊笃 ‖ 橘柚及时登

★培育祖国花朵 ‖ 造就建设人才

★白发喜见迎春柳 ‖ 丹心笑种向阳花

★百年树人成大计 ‖ 一心跟党献红心

★乐教梓楠同受范 ‖ 喜观桃李广成才

★培育名花香天下 ‖ 造就栋梁建中华

★千篇新诗园丁赞 ‖ 万首衷曲育人歌

★且喜满园桃李艳 ‖ 莫悲两鬓霜雪寒

★热汗染成千顷绿 ‖ 丹心育出万代红

★热血丹心育桃李 ‖ 栉风沐雨做园丁

★日暖风和开桃李 ‖ 笔酣墨浓写春秋

★喜掬丹心培后代 ‖ 好研朱墨写春秋

★喜看桃李香天下 ‖ 乐洒甘霖育新苗

★一片丹心随世古 ‖ 千声赞语颂师恩

★园丁汗香馨苗圃 ‖ 教师伟绩振中华

★终身育才人人敬 ‖ 红烛火种代代传

★烛炬昭昭辛燃夜 ‖ 园丁眷眷总浇花

★尊师重教兴风尚 ‖ 育德培才出壮苗

★讲台展开千秋画卷 ‖ 神州绽放万树蓓蕾

★立足本职献身教育 ‖ 为人师表无上光荣

★重教尊师人文蔚起 ‖ 育才献智国运昌隆

★似黄牛耕耘知识土壤 ‖ 如蜡烛照亮美好心田

★掏出丹心谱写园丁曲 ‖ 洒尽汗水甘当种树人

★重德重才培养新一代 ‖ 自尊自强争当好园丁

★东风拂大地桃李千枝秀 ‖ 红日照征程胸怀一片诚

★似园丁汗水浇开桃李蕊 ‖ 如慈母心血育出栋梁材

★育人才苦口婆心似慈母 ‖ 授知识千丝万缕如春蚕

★恩比青天广施甘露千株翠 ‖ 节犹黄花报得春风一寸丹

★豪情不减一腔热血浇桃李 ‖ 白霜日增满腹文章颂春秋

★呕心沥血桃李盛开香天下 ‖ 授课传业英俊辈出光中华

★如春蚕毕生献给教育事业 ‖ 似红烛精心培养建设人才

★三尺讲台笔霜染白青春鬓 ‖ 一片丹心热血铸就栋梁材

★松梅傲冬圃匠何畏风雪日 ‖ 桃李妆春园丁欣迎艳阳天

★栽桃育李名花朵朵酬墨客 ‖ 崇文重教妙歌曲曲颂园丁

★人民好园丁爱国为民育桃李 ‖ 灵魂工程师呕心沥血树英才

★传道授业解惑教书为快育人为乐 ‖ 崇德爱岗敬业工作是幸奉献是福

★披星戴月一支粉笔谱春秋名扬华夏 ‖ 呕心沥血三尺讲台铸师魂桃李芬芳

★如春蚕无怨无悔毕生献给教育事业 ‖ 像红烛发光发热精心培育国家良才

★生活已无忧政府更定节加薪谁人不乐 ‖ 教书本有趣社会又尊师重学我也高歌

10.国庆节对联

★神州巨变 ‖ 祖国腾飞

★万民有庆 ‖ 百族共和

★国庆逢盛世 ‖ 中秋喜团圆

★国庆日常丽 ‖ 中秋月更圆

★举国民同庆 ‖ 中秋月共圆

★山河十月秀 ‖ 祖国万年春

★中秋同赏月 ‖ 国庆共思亲

★国庆普天同庆 ‖ 中秋遍地金辉

★高秋好赋腾飞曲 ‖ 盛世当歌奋进诗

★国逢盛典民同庆 ‖ 节至中秋月正圆

★国临大庆旗如海 ‖ 人盼中秋月似珠

★国庆彩旗扬大地 ‖ 中秋明月耀长天

★国庆佳节开盛典 ‖ 中秋美酒乐祥年

★国庆日辉金世界 ‖ 中秋月映玉乾坤

★花灯万盏贺华夏 ‖ 美酒千杯祝母亲

★举杯国庆同天醉 ‖ 翘首中秋共月圆

★人逢国庆精神爽 ‖ 月到中秋玉宇明

★十月举国庆华诞 ‖ 中秋阖家看月圆

★四海笙歌讴盛世 ‖ 九州爆竹庆尧天

★喜迎国庆普光照 ‖ 恰逢中秋月正圆

★又夺丰收迎国庆 ‖ 再鼓干劲展宏图

★中秋圆月迎国庆 ‖ 国庆盛典闹中秋

★祖国花好人同乐 ‖ 故乡月明燕思归

★祖国有天皆丽日 ‖ 神州无处不春风

★祖国与天地同寿 ‖ 江山共日月争辉

★国诞佳节欣逢大庆 ‖ 中华盛世喜庆金秋

★国庆威扬尧天尽彩 ‖ 中秋人聚秦月正圆

★日月光华红旗万岁 ‖ 河山锦绣祖国长春

★莺歌燕舞普天同庆 ‖ 鸟语花香大地皆春

★中华大地喜迎国庆 ‖ 盛世黎民欢度中秋

★年年国庆庆祝新胜利 ‖ 处处笙歌歌唱大丰收

★盛世庆和谐与民同乐 ‖ 神州铺锦绣举国联欢

★各族人民喜庆神州华诞 ‖ 中天皓月且歌天下和谐

★双庆临门家庆欣逢国庆 ‖ 三阳播彩小阳喜叠重阳

★红日吐辉伟大祖国更兴旺 ‖ 江山多娇锦绣前程倍光明

★欢度国庆恰逢稻熟丰登日 ‖ 喜迎佳节正值秋高气爽天

★盛世良辰民安国泰普天庆 ‖ 金风玉露水好山奇万物谐

★民富国强数今朝欢笑迎国庆 ‖ 山南海北赞改革歌舞颂党恩

★母亲庆寿时仰望中天腾瑞气 ‖ 游子归宗日遥观濠海漾清波

★神州化盛妆碧水蓝天迎国庆 ‖ 大业添浓彩红旗赤县耀光华

★碧水扬波鱼跃龙腾共歌国德厚 ‖ 苍山吐翠花繁叶茂齐赞党恩深

★神州同庆寿喜天喜地喜心欢喜 ‖ 华夏中秋月圆国圆家圆人团圆

★霞披五彩香满琅寰缤纷花国庆 ‖ 乐奏八音情浓晟宇荏苒酒中秋

★国强民富显龙威彩旗飘扬迎国庆 ‖ 碧空月圆逐花影龙灯笑舞闹中秋

★国福军威气壮山河华夏龙腾欢庆典 ‖ 民强业盛光辉日月中秋风舞乐升平

★人月两团圆欣今夜流光溢彩和谐处处 ‖ 家国同喜庆愿明朝雨顺风调富裕年年

★生日辉煌听五洲儿女同声祝福声声切 ‖ 蓝图宏伟看各族人民齐步向前步步高

★十月山河秀祖国溢彩火树银花称盛世 ‖ 一天日月明大庆延年莺歌燕舞乐昌时

二、夏历节日联

1.元宵节对联

★三五夜 ‖ 一重春

★光天满月 ‖ 火树银花

★春风助宵暖 ‖ 灯光掩月华

★灯楼灿明月 ‖ 火树暖春风

★放手擎明月 ‖ 开心闹元宵

★共饮太平酒 ‖ 同猜元宵谜

★ 火树祥光丽 ‖ 星桥宝炬红

★ 明月千门雪 ‖ 银灯万树花

★ 千家春不夜 ‖ 万里月连宵

★ 天上冰轮满 ‖ 人间彩灯明

★ 万家元夕宴 ‖ 一路太平歌

★ 元夕万家宴 ‖ 宵月千里明

★ 访鸾镜于日下 ‖ 驾鳌山之海峤

★ 长夜春灯环树彩 ‖ 满霄清月借歌欢

★ 除夕楹联红未褪 ‖ 上元火树花又开

★ 灯火烟花三五夜 ‖ 春风明月上元时

★ 灯同月色连天照 ‖ 花怯春寒傍月开

★ 火树银花城不夜 ‖ 欢声笑语月长圆

★ 街头灯影逐花影 ‖ 村中梅香伴酒香

★ 龙飞凤舞元宵夜 ‖ 弦乐笙歌太平春

★ 明月千光临白雪 ‖ 清风万缕戏红灯

★ 千盏红灯映明月 ‖ 万家烟火闹元宵

★ 溶溶月色连灯市 ‖ 霭霭春风满夜城

★ 身置灯海愁夜短 ‖ 眼观礼花恨天低

★ 天上皓月一轮满 ‖ 人间佳节万里明

★ 万户春灯报元夜 ‖ 一天瑞雪兆丰年

★ 五夜星桥连月阙 ‖ 六街灯火步天台

★ 雪月梅柳开春景 ‖ 花灯龙鼓闹元宵

★ 一曲笙歌春似海 ‖ 千门灯火夜如年

★ 玉宇无尘一轮月 ‖ 银花有艳万点灯

★ 元宵圆月家家庆 ‖ 花海华灯处处春

★ 月映明灯灯映月 ‖ 花催细雨雨催花

★张灯结彩长春地 ‖ 火树银花不夜天

★灯火良宵鱼龙百戏 ‖ 琉璃世界锦绣三春

★灯火万家良宵美景 ‖ 笙歌一曲盛世佳音

★万点春灯银花有色 ‖ 一轮皓月玉宇无尘

★玉宇无尘一轮皓月 ‖ 银花有色万点春灯

★远景近景良宵美景 ‖ 灯花礼花火树银花

★不夜灯光便是玲珑世界 ‖ 通宵月色无非圆满乾坤

★春色无边良宵玉宇初圆月 ‖ 太平有象火树银花不夜天

★地乐天乐地天共乐元宵夜 ‖ 灯辉月辉灯月交辉太平春

★皓月满轮玉宇无尘千顷碧 ‖ 紫箫一曲银河有焰万里春

★火树银花今夜元宵竟不夜 ‖ 碧桃春水洞天此处别有天

★喜气融春万户华灯飞锦绣 ‖ 元宵焕彩九天明月映和谐

★玉树银花万户当门观瑞雪 ‖ 欢歌笑靥千家把酒赏花灯

★明月映花灯夜色缤纷春烂漫 ‖ 银河飞焰火天音激荡地欢腾

★瑞霭诵千重万户笙歌明月里 ‖ 祥光迷五色满城箫鼓彩云中

★元知正月中好趁良宵营岁计 ‖ 欲上重宵九摘来皓月作花灯

★圆月照千家千家和美千家乐 ‖ 花灯明万户万户繁华万户春

★庆此良辰任玉漏催更还须彻夜 ‖ 躬逢美景不金鱼换酒尚待何时

★春风入野瑞雪入时高朋入座吟千曲 ‖ 皓月在天花灯在市美酒在席醉万家

2.寒食节、清明节对联

★冷节传榆火 ‖ 前村闹杏花（寒食节）

★痛心伤永逝 ‖ 挥泪忆深情

★烟景催槐叶 ‖ 风期数楝花

★泪是连天夜雨 ‖ 情归野陌荒坟

★ 悯介推而禁火 ‖ 怅崔护之题门（寒食节）

★ 先烈功垂千古 ‖ 英名流传万年

★ 燕子来时春社 ‖ 梨花落后清明

★ 残月晓风杨柳岸 ‖ 淡云微雨杏花天（寒食节）

★ 睹物思亲常入梦 ‖ 训言在耳犹记心

★ 逢年祭扫先祖墓 ‖ 各处犹存长春风

★ 寒食雨传百五日 ‖ 花信风来廿四春（寒食节）

★ 槐火光阳春替换 ‖ 杏花消息雨传知（寒食节）

★ 家家把酒话亲友 ‖ 处处持帚扬遗风

★ 骄阳如火映肥草 ‖ 春风化雨祭清明

★ 禁火今年逢节早 ‖ 飞花镇日为谁忙（寒食节）

★ 名铸人间香草木 ‖ 魂归地府泣瘟神

★ 年年祭扫先人墓 ‖ 处处长存长者风

★ 清风拂醒花草境 ‖ 花草欲饰先人茔

★ 清风明月本无价 ‖ 近水遥山皆有情

★ 清风扫墓天飞泪 ‖ 明月藏枝影附烟

★ 清明雨落祭先辈 ‖ 春风花开怀故情

★ 人泪落时天泪落 ‖ 水声吟处雨声吟

★ 三月春风拂大地 ‖ 四月清明人断魂（横批：清明春来）

★ 三月光阴槐火换 ‖ 二分消息杏花知（寒食节）

★ 岁岁今天尽伤雨 ‖ 绵绵此恨无绝期

★ 桐叶枣花风四月 ‖ 蓼洲苹淑露三秋（寒食节）

★ 细雨蒙蒙濯尘去 ‖ 素花点点祭先宗

★ 星稀月落长天晓 ‖ 日暖风和大地春（寒食节）

★ 秀野踏青晨行早 ‖ 芳草拾翠暮忘归

★ 烟销皓月临江浒 ‖ 日出晴霞亘海门（寒食节）

★雨过平添三尺水 ‖ 风寒为勒一分花（寒食节）

★广市卖饧箫声吹暖 ‖ 前村禁火雨意催晴（寒食节）

★清明祭扫思时之敬 ‖ 寒食禁烟怀古之心

★杏酪榆羹当来次第 ‖ 石泉槐火梦到赏时（寒食节）

★逢盛世更加感谢前辈 ‖ 遇佳节愈益思念亲人

★春回大地九千万里寒食雨 ‖ 日暖神州二十四番花信风（寒食节）

★春雨翻飞不知何处杜鹃泣 ‖ 烛香祭告又是一年杨柳青

★三杯美酒脉脉悠香传孝道 ‖ 一束鲜花枝枝素雪见家风

★阵阵凄风灰飞烟灭魂将断 ‖ 丝丝泪雨洒尽香残心更寒

★百六日佳晨杏酪榆羹何处梦 ‖ 廿四番花信石泉槐火为谁新（寒食节）

★细雨潇潇踏一路哀思怀往事 ‖ 山花默默奠三杯薄酒诉深情

3.端午节对联

★九子粽 ‖ 五彩丝

★兰汤试浴 ‖ 蒲酒盈卮

★日逢重五 ‖ 节序天中

★保艾思君子 ‖ 依蒲祝圣人

★春秋屈子泪 ‖ 端午汨罗魂

★九域食香粽 ‖ 千秋唱楚骚

★酒酌金卮满 ‖ 盘盛角黍香

★蒲带荣封一品 ‖ 艾旗捷报三元

★端午池莲花解语 ‖ 夏晨岸柳鸟能言

★端午粽香闻千载 ‖ 楚时忠誉传万年

★芳草美人屈子赋 ‖ 冰心洁玉大夫诗

★孤忠有幸名千载 ‖ 流水无端奏九歌

★结艾钗头轻战虎 ‖ 夺标船首惯成龙

★竞渡龙舟怀古恨 ‖ 吐幽艾叶祭忠魂

★九州艾叶千门挂 ‖ 一曲离骚万户知

★龙舟竞渡波澜阔 ‖ 华夏中兴日月甜

★绿艾悬门漆藻彩 ‖ 青蒲注酒益芬芳

★千载招魂悲楚士 ‖ 万人抚卷叹离骚

★青粽嘉旬称益智 ‖ 赤符灵术善驱邪

★节启朱明榴图南瑞 ‖ 辉增翠葆艾绶翔华

★一树栀花犹开我梦 ‖ 千层芦叶难裹乡愁

★艾叶吐幽芳香溢四海 ‖ 龙舟掀巨浪气吞八荒

★石榴映红日千门喜庆 ‖ 鼓乐催龙舟万水欢歌

★包粽子举国欢宴聚亲友 ‖ 赛龙舟把酒吟诗慰圣贤

★龙舟竞渡不忘楚风余韵 ‖ 诗台抒怀更忆圣哲先贤

★念故人万户千家包粽子 ‖ 庆佳节敲锣打鼓赛龙舟

★龙舟竞渡凭吊屈子怀古恨 ‖ 赤县雄飞喜谱今朝爱国篇

★糯粽飘香汩汩江涛怀屈子 ‖ 龙舟竞渡声声锣鼓祭忠魂

★箬叶飘香一粽尝来千古事 ‖ 龙舟逐水百桡划出四时情

★赛龙夺锦鼓声催发健儿奋 ‖ 端日弄波浆拍浩汤舟队威

★上下而求索原只为苍生社稷 ‖ 高低分唱吟却长留青史人间

★樽俎应无恙万家门牖添艾翠 ‖ 忠贞当缅邈千里楚风漾粽香

4.中秋节对联

★甘露被宇 ‖ 明月映天

★擎杯邀月 ‖ 奏曲思乡

★薄帷鉴明月 ‖ 高情属云天

★尘中人自老 ‖ 天际月常明

★天上一轮满 ‖ 人间万户明

★一天秋似水 ‖ 满地月如霜

★游子邀明月 ‖ 母亲望彩云

★中天一轮满 ‖ 秋野万里香

★银汉水天一色 ‖ 金秋风月无边

★把酒轻歌邀月舞 ‖ 举杯畅饮伴君欢

★枫笺染秀中秋夜 ‖ 兰墨熏香圆月风

★高天皓月金秋耀 ‖ 四海和风玉露晶

★桂花馥郁千家喜 ‖ 秋月辉煌四海明

★海上蟾生情共寄 ‖ 天边鸟倦念当归

★几处笙歌留朗月 ‖ 万家箫管乐中秋

★几处笙歌邀月老 ‖ 万家糕饼乐中秋

★轮影渐移花树下 ‖ 镜光如挂玉楼头

★人逢喜事精神爽 ‖ 月到中秋光辉增

★人影欢移花树下 ‖ 蟾光高挂玉楼头

★日射晚霞新世界 ‖ 月临天宇玉乾坤

★三五良宵开玉宇 ‖ 大千世界涌冰轮

★笙歌曲中千家月 ‖ 红藕香里万颗珠

★通宵天上一轮满 ‖ 达旦人间万里明

★团圆共赏团圆月 ‖ 喜庆齐吟喜庆诗

★喜得天开清旷域 ‖ 宛然人在广寒宫

★乡愁似酒催人醉 ‖ 归意如帆伴月行

★叶脱疏桐秋正半 ‖ 花开丛桂树齐香

★玉轮光满大千界 ‖ 银汉秋澄三五宵

★远离故土思亲切 ‖ 每到中秋望月圆

★月静池塘桐叶影 ‖ 风摇庭幕桂花香

★中秋共赏一轮月 ‖ 华夏同迎万户康

★中天皓月明世界 ‖ 遍地笙歌乐团圆

★最是蟾精无贵贱 ‖ 平分秋色到蓬瀛

★桂花开际香云成海 ‖ 月轮高处玉窟为宫

★银汉流光水天一色 ‖ 金商应律风月双清

★月兔霜娥上方拱照 ‖ 琼楼玉宇到处沾光

★把酒言欢人间多友爱 ‖ 举杯邀月天下共团圆

★良夜天清冰盘生玉魄 ‖ 中秋月皓银汉漾金辉

★歌伴酒酒醉人人欢家乐 ‖ 叶随风风驱云云淡月明

★琼宇高寒捧出一轮月影 ‖ 冰壶朗澈平分五夜天香

★风爽此时寄语临风芳草渡 ‖ 月明今夜思亲望月彩云归

★辉映终宵明月妆成银世界 ‖ 香波满斗瑞烟笼罩碧琉璃

★思意浓浓痛把乡愁掺进酒 ‖ 归心切切错将明月当成桥

★眼望桂蟾游子三更难入梦 ‖ 心牵桑梓逆儿无日不思亲

★月耀中天九州快舞嫦娥影 ‖ 花开秋圃四处欣闻丹桂香

★中秋赏月月影婆娑心影动 ‖ 子夜吟诗诗情摇曳旧情生

★对月举金樽欲伴兔娥喝桂酒 ‖ 朝星呈玉饼思邀牛女下凡尘

★八月金秋玉宇澄清水天同秀色 ‖ 九霄银汉苍穹爽朗星月共光辉

★红灯彩带鲜花网上寻佳联雅韵 ‖ 美酒香茗皓月屏中会旧雨新知

5.重阳节对联

★延寿 ‖ 登高

★黄花宴 ‖ 红叶诗

★观菊来瑞鹤 ‖ 绕膝戏玄孙

★敬老成时尚 ‖ 举贤传德风

★临风乌帽落 ‖ 送酒白衣香

★拈菊欣忆旧 ‖ 抚幼励承先

★三三迎节令 ‖ 九九乐芳辰

★题糕惊僻字 ‖ 飞屐发豪情

★院闭青霞入 ‖ 松高老鹤寻

★一片秋香世界 ‖ 几层凉雨阑干

★步步登高开视野 ‖ 年年重九胜春光

★何处题糕酬锦句 ‖ 有人送酒对黄花

★话旧他乡曾做客 ‖ 登高佳节倍思亲

★孟参军龙山落帽 ‖ 陶居士三径衔杯

★劝君一醉重阳酒 ‖ 邀月同观敬老花

★千金难买老来乐 ‖ 古稀仍发少年狂

★三径归时岁月在 ‖ 重阳近日风雨多

★赏秋畅饮菊花酒 ‖ 登高喜度老年节

★乌台好仿黄花宴 ‖ 凤笛催成红叶诗

★壮心未与年同老 ‖ 白发犹能再生辉

★习射谈经天高地爽 ‖ 佩萸插菊人寿花香

★人生易老童心不能老 ‖ 天地永存壮志需常存

★老骥伏枥退休续谱夕阳曲 ‖ 苍松傲雪余生再唱春牛歌

★夕照恋青山共兴华夏千秋业 ‖ 老龄逢盛世同绘江山万里图

三、其他节日对联

1.其他传统民俗节日联

★元都大献 ‖ 赤壁漫游（中元节）

★子晋控鹤 ‖ 王母乘鸾（七夕节）

★腊日开年味 ‖ 粥羹品岁香（腊八节）

★桥填闻噪鹊 ‖ 河渡眷牵牛（七夕节）

★韶华三月远 ‖ 春色二分娆（花朝节）

★坛滴槐花露 ‖ 香飘柏子风（中元节）

★腾欢敲蝶板 ‖ 作贺闹蜂衙（花朝节）

★五夜照天汉 ‖ 双星会女牛（七夕节）

★育蚕人早至 ‖ 扑蝶会初开（花朝节）

★郭公果膺寿考 ‖ 杨妃私语长生（七夕节）

★二月芳辰多胜景 ‖ 百花诞日是今朝（花朝节）

★后梭喜应丁家祷 ‖ 乞巧犹传柳子文（七夕节）

★记曾大建玄都醮 ‖ 准备清游赤壁舟（中元节）

★朗诵苏髯赤壁赋 ‖ 豪吟卢子羽衣诗（中元节）

★牛女二星河左右 ‖ 参商两曜斗西东（七夕节）

★扑蝶会中同戏乐 ‖ 鬻蚕市上作逍遥（花朝节）

★桥填五更来乌鹊 ‖ 河渡双星会女牛（七夕节）

★三月风筝逐燕戏 ‖ 旧时竹马倚梅青（风筝节）

★时逢数九光阴快 ‖ 节至腊八祥瑞添（腊八节）

★未到中秋开月桂 ‖ 且看嘉会集盂兰（中元节）

★天街夜永双星会 ‖ 云汉秋高半月明（七夕节）

★粥熬喜庆千家暖 ‖ 酒祭丰收一碗香（腊八节）

★春色二分及时延赏 ‖ 韶华三月次第来游（花朝节）

★帝女合欢水仙含笑 ‖ 牵牛迎辇翠雀凌霄（七夕节）

★柳岸浓烟时临淑景 ‖ 杏园斜日节届良辰（花朝节）

★金粟栏边曾否仙娥来降月 ‖ 盂兰会里犹传救母得升天（中元节）

★粥寓吉祥腊八一碗年年顺 ‖ 酒盛快乐冬九三杯岁岁安（腊八节）

★乘风欲踏云无靠无依难壮志 ‖ 逐梦难离线有牵有挂怎登天（风筝节）

★金鼓和秋声赖有梵音苏滞魄 ‖ 菩提栽佛地采将余实济游魂（中元节）

2.其他现代及舶来节日联

★满脸威严相 ‖ 一颗慈爱心（父亲节）

★春追雷锋精神在 ‖ 秋至英杰志向随（学雷锋日）

★孤馆无眠儿望月 ‖ 高堂有母发如霜（母亲节）

★肩似高山擎望远 ‖ 爱如旭日励行坚（父亲节）

★浪子异乡流落梦 ‖ 山花幽谷暗自香（母亲节）

★母爱无私天下广 ‖ 亲情有暖世间新（母亲节）

★浓情总在肃容下 ‖ 深爱藏于严教中（父亲节）

★如山臂膀遮风雨 ‖ 似海心胸纳地天（父亲节）

★一枕青丝为谁着雪 ‖ 数道阡陌因我成川（母亲节）

★祝无爱者早有伴侣 ‖ 愿有情人眷属终成（情人节）

★母念儿虽行千里勿忘我 ‖ 儿祝母唯愿一生康乃馨（母亲节）

★背负家庭挡雨遮风情似水 ‖ 肩扛责任顶天立地爱如山（父亲节）

★大爱如斯只使人间春满处 ‖ 真情于此遍寻文字意不如（母亲节）

★儿虽立业仍是娘亲心里宝 ‖ 女已成家依然慈父掌中珠（母亲节、父亲节）

★救死扶伤碧血丹心书壮志 ‖ 倾情献爱白衣素手写风流（护士节）

★母爱似海海有边际爱无际 ‖ 亲情如天天无根源情有源（母亲节）

★母爱最无私胜似春晖荣大地 ‖ 亲情难定价宛如宝库灿金光（母亲节）

★慈母线游子衣寸草春晖千古韵 ‖ 哺鸦心跪羊意庭萱晚景万福情（母亲节）

★朝朝暮暮天使穿行生命线无悔青春岁月 ‖ 点点滴滴爱心谱就健康歌相约美好人生（护士节）

第五章

结婚对联

　　婚联是用于祝贺结婚这一人生大事和乐事所题的对联，能让婚庆在字里行间透出幸福的气氛。结婚贴婚联是一种传统习俗，很多婚联具有艳丽的文采，深浅皆成趣，雅俗均可赏，不仅祥和喜庆，读来也能颇获教益。

一、新婚通用对联

1.四至六字通用婚联

★白头偕老 ‖ 同道永春

★凤麟起舞 ‖ 奎璧联辉

★花开并蒂 ‖ 缘结同心

★乾坤交泰 ‖ 琴瑟和谐

★情归四韵 ‖ 缘定三生

★天长地久 ‖ 花好月圆

★天成佳偶 ‖ 金玉良缘

★投情合意 ‖ 携手同心

★雁鸣旭旦 ‖ 凤哕朝阳

★鸳鸯比翼 ‖ 龙凤呈祥

★鸳鸯对舞 ‖ 鸾凤和鸣

★芝兰千茂 ‖ 鸾凤百鸣

★百年琴瑟好 ‖ 千载凤麟祥

★并蒂花尤俏 ‖ 同心爱更深

★并蒂花最美 ‖ 同心情更真

★才高鹦鹉赋 ‖ 春暖凤凰楼

★当门花并蒂 ‖ 迎户树交柯

★凤凰鸣瑞世 ‖ 琴瑟谱新声

★花色偕车秀 ‖ 箫声引凤来

★欢歌随凤舞 ‖ 笑语伴龙腾

★欢声偕鱼水 ‖ 喜气溢门庭

★皆大欢欣日 ‖ 共同幸福时

★锦瑟调鸿业 ‖ 香词谱凤台

★琴和瑟亦雅 ‖ 花好月为圆

★情山栖鸾凤 ‖ 爱水浴鸳鸯

★琼楼新眷属 ‖ 洞府美鸳鸯

★雀屏欣吉日 ‖ 鸿案庆良辰

★雀屏欣中目 ‖ 鸿案举齐眉

★摄成双璧影 ‖ 缔结百年欢

★十分美好日 ‖ 一往情深时

★孰云花落去 ‖ 依旧凤飞来

★双莺鸣翠树 ‖ 对燕舞繁花

★四季花长好 ‖ 百年月永圆

★祥云辉绣辇 ‖ 瑞气霭华堂

★向阳花并蒂 ‖ 幸福结同心

★玉堂歌燕喜 ‖ 金屋啭莺娇

★杨柳含春意 ‖ 天涯有知音

★芝兰茂千载 ‖ 琴瑟乐百年

★白发同偕千岁 ‖ 红心共映春秋

★并蒂花开四季 ‖ 比翼鸟伴百年

★佳偶百年欣遇 ‖ 知音千里相逢

★槛外红梅竞放 ‖ 檐前紫燕双飞

★良日良辰良偶 ‖ 佳男佳女佳缘

★同德同心同志 ‖ 知寒知暖知音

★喜共花容月色 ‖ 何分秋夜春宵

★喜迎亲朋贵客 ‖ 欣接伉俪佳人

2.七字通用婚联

★爱情花常开不谢 ‖ 幸福泉源远流长

★爱情坚贞花正好 ‖ 志趣融洽月常圆

★百事开怀百事咏 ‖ 两心相重两心知

★杯交玉液飞鹦鹉 ‖ 乐奏瑶池舞凤凰

★比飞却似关雎鸟 ‖ 并蒂常开连理枝

★碧海云生龙对舞 ‖ 丹山日出凤双飞

★并蒂花开连理树 ‖ 新醅酒进合欢杯

★长天欢翔比翼鸟 ‖ 大地喜结连理枝

★吹笙簧百年偕老 ‖ 鼓琴瑟五世其昌

★大雁比翼飞万里 ‖ 夫妻同心乐百年

★凤凰麒麟在郊薮 ‖ 珊瑚玉树交柯枝

★凤落梧桐梧落凤 ‖ 珠联璧合璧联珠

★宫线新添同命缕 ‖ 绣帏初放合欢花

★关雎笑述好逑句 ‖ 渭滨喜传佳偶风

★海阔天空双比翼 ‖ 月好花好两知心

★海誓山盟期百岁 ‖ 情投意合乐千觞

★合欢共醉黄封酒 ‖ 度岁新添翠袖人

★合家畅饮新婚酒 ‖ 夫妇同吟比翼诗

★红花并蒂相偕美 ‖ 紫燕双飞试比高

★花好月圆青春艳 ‖ 妇随夫唱恩爱长

★花深处鸳鸯并列 ‖ 枝稀间凤凰共栖

★欢庆此日成佳偶 ‖ 且喜今朝结良缘

★金鹏举翼凌云上 ‖ 彩凤含情展翅随

★九畹兰香花并蒂 ‖ 千枝梧碧凤双栖

★君子攸宁于此日 ‖ 佳人作合自天缘

★伉俪好合般般好 ‖ 家庭新建样样新

★伉俪云临门结彩 ‖ 夫妻志铭心如磐

★兰浥瑶阶花并蒂 ‖ 光耀华屋户三星

★乐奏林钟谐凤侣 ‖ 诗歌南国叶螽斯

★连理喜结万年果 ‖ 比翼欢度千春秋

★连理枝头腾凤羽 ‖ 合欢筵上对鸳杯

★连理枝喜结大地 ‖ 比翼鸟欢翔长天

★两姓联婚成大礼 ‖ 百年偕老乐长春

★龙凤呈祥虎添翼 ‖ 夫妻共勉帆起航

★鸾凤和鸣昌百世 ‖ 麒麟献瑞庆千祥

★鸾妆并倚人如玉 ‖ 燕婉同歌韵似琴

★梅楼翡翠开交语 ‖ 镜水鸳鸯暖共游

★美酒佳肴逢喜日 ‖ 银筝玉管迎新人

★秾李芳华歌燕尔 ‖ 摽梅迨吉赋宜其

★琴瑟调和多乐事 ‖ 亲友团聚溢欢心

★情歌唱乐水中月 ‖ 喜酒催开庭前花

★情山花香舞鸾凤 ‖ 爱河水甜喜鸳鸯

★笙管齐奏迎淑女 ‖ 宾朋共杯贺新郎

★诗礼庭前歌窈窕 ‖ 鸳鸯笔下展经纶

★双飞黄鹂鸣翠柳 ‖ 并蒂红花映碧波

★堂前奏笛迎宾客 ‖ 户外吹笙引凤凰

★天结良缘绵百世 ‖ 凤成佳偶肇三多

★同心永结幸福果 ‖ 并蒂新开合欢花

★文鸾对舞合欢树 ‖ 俊鸟双栖连理枝

★喜结鸾盟永相爱 ‖ 壮怀鹏志共双飞

★喜看新郎争采桂 ‖ 欣迎淑女乐留枫

★相亲相爱好伴侣 ‖ 同德同心美姻缘

★新结同心香未落 ‖ 长守山盟情永鲜

★绣阁烛映鸳鸯立 ‖ 花坛影偕蝴蝶飞

★一对璧人留小影 ‖ 无双国士缔良缘

★一岭桃花红锦绣 ‖ 百盘银烛引新人

★一世良缘同地久 ‖ 百年佳偶共天长

★一朝喜结千年爱 ‖ 百岁不移半寸心

★已向蓝田收白璧 ‖ 还于绣幕引红绳

★意似鸳鸯飞比翼 ‖ 情如鸾凤宿同林

★玉树风前花并蒂 ‖ 绣帏月下鸟双栖

★月圆花好鸳鸯笑 ‖ 璧合珠联鸾凤飞

★志同道合百年好 ‖ 地久天长幸福多

★紫鸾对舞菱花镜 ‖ 海燕双栖玳瑁梁

★自去自来堂上燕 ‖ 相亲相爱水中鸳

3.八至十字通用婚联

★白首齐眉鸳鸯比翼 ‖ 青阳启瑞桃李同心

★薄酒酬宾图图热闹 ‖ 烟糖敬友表表衷情

★宝马香车天仙下降 ‖ 银花火树人月团圆

★才子凌云佳人咏雪 ‖ 榴花映日蒲叶摇风

★彩集凤毛庆衍麟趾 ‖ 瑞凝芝草祥发桐枝

★风暖丹椒青鸟对舞 ‖ 日融翠柏宝镜初开

★花好月圆姻缘美满 ‖ 天长地久幸福延绵

★家庭和睦红花并蒂　‖　琴瑟相谐金屋生辉

★日丽风和门庭有喜　‖　月圆花好家室咸宜

★下玉镜台笑谈佳话　‖　种蓝田玉喜缔良缘

★箫彻玉楼声如凤侣　‖　花盈金屋香满蟾宫

★新婚新偶新人如意　‖　佳景佳期佳月称心

★新郎新娘心心相印　‖　似龙似凤事事呈祥

★绣阁灯明鸳鸯并立　‖　妆台烛立翡翠同栖

★一代良缘九天丽日　‖　八方贵客七色彩虹

★芝秀兰馨荣滋雨露　‖　鸿仪凤彩高焕云霄

★爱情并蒂花开开不败　‖　伴侣常偕心乐乐无穷

★白璧种蓝田千年合好　‖　红丝牵绣纬百载良缘

★不愿似鸳鸯嬉戏浅水　‖　有志像海燕抟击长风

★交颈鸳鸯并蒂花下立　‖　协翅紫燕连理枝头飞（横批：鸾凤和鸣）

★结一世姻缘山盟海誓　‖　祝百年伉俪地久天长

★良冶良弓喜箕裘克绍　‖　宜家宜室欣琴瑟新调

★绿叶衬红花花繁叶茂　‖　情歌谱新曲曲美歌甜

★明灯鸳鸯并立齐欢笑　‖　照镜鸾凤和鸣共吐心（横批：新婚燕尔）

★天喜地喜催得红梅放　‖　主欢宾欢迎将新人来

★夫妻携手共织爱情经纬　‖　男女并肩同酿事业琼浆

★缕结同心日丽屏间孔雀　‖　莲开并蒂影摇池上鸳鸯

★脉脉情意似春晖育桃李　‖　耿耿丹心如烛光照春秋

★配佳偶两片赤诚行大礼　‖　结良缘百年美满乐长春

★喜酒喜糖办喜事盈门喜　‖　新郎新娘树新风满屋新

★新婚新偶新人人人如意　‖　佳丽佳期佳景景景称心

4.十字以上通用婚联

★赐福降祥生成佳偶今如愿 ‖ 志同道合珍惜春光大有秋

★鹤舞楼中玉笛琴弦迎淑女 ‖ 凤翔台上金箫鼓瑟贺新郎

★红雨花村交颈鸳鸯成匹配 ‖ 翠烟柳驿和鸣鸾凤共于飞

★花好月圆岭上梅花双喜字 ‖ 情深爱永筵前酒醉合欢杯

★家业宏图自今天开始起步 ‖ 柔情燕尔从此刻真正同心

★郎才女貌喜结良缘牵连理 ‖ 才子佳人永结同心伴一生

★绿竹红梅梅蕊初开君子伴 ‖ 仙娥素月月光喜照美人来

★鸾凤谐鸣万里云天看比翼 ‖ 夫妻恩爱百年事业结同心

★你敬我爱你我好比鸳鸯鸟 ‖ 情投意合情意恰似连理枝

★麒麟初登科进洞房花烛夜 ‖ 玉兔出桂宫乘香辇喜临门

★千里良缘共贺联姻成大礼 ‖ 百年佳偶定教偕老乐长春

★日丽风和两朵红花开并蒂 ‖ 花好月圆一对伴侣结同心

★喜气满门春风堂上双飞燕 ‖ 新事临阶丽日池边并蒂莲

★相爱相亲家和人寿吉星照 ‖ 同心同德水秀山青喜事连

★相敬如宾好好和和四季乐 ‖ 钟情似海恩恩爱爱百年长

★绣阁灯明鸳鸯并立齐欢笑 ‖ 妆台镜照凤鸾和鸣共吐心

★绣虎雕龙才子窗前挥彩笔 ‖ 描鸾刺凤佳人帘下度银针

★一对鸳鸯湖泊游泳清波水 ‖ 成双彩凤森林栖楼梧桐枝

★志同道合海阔天空双比翼 ‖ 意厚情深月圆花好两知心

★初鼓月才明高手欲攀丹桂蕊 ‖ 十年闺待字赤绳已系玉人心

★初月筛银光诗题红叶同心句 ‖ 三更絮蜜语酒饮黄花合卺杯

★初衷遂两姓偕长并乾坤之寿 ‖ 六律和五音协永调琴瑟之欢

★二士钟恩情双飞彩凤朝天舞 ‖ 八方呈秀色并蒂红花向阳开

★携手结伴侣眼窝眉梢皆喜色 ‖ 同心话爱情灯前月下有知音

★鸳鸯爱碧水畅游同歌乾坤暖 ‖ 翡翠喜蓝天高飞共享日月光

二、四季新婚对联

1.春季新婚对联

★春风琴瑟韵 ‖ 旭日芝兰香

★春和花并蒂 ‖ 日暖树交柯

★春回谐凤律 ‖ 风静奏鸾箫

★琴瑟春常润 ‖ 人天月共圆

★新婚吉庆日 ‖ 大喜艳阳春

★春风笑引比翼鸟 ‖ 红雨催开并蒂莲

★春花绣出鸳鸯谱 ‖ 明月香斟琥珀杯

★春结良缘花正好 ‖ 喜逢佳节月同圆

★芙蓉帐里春宵暖 ‖ 梅柳江头物候新

★凤凰双栖桃花岸 ‖ 莺燕对舞艳阳春

★凤翔鸾鸣春正丽 ‖ 莺歌燕舞日初长

★花灿银灯鸾对舞 ‖ 春归画栋燕双栖

★花从春来香能久 ‖ 爱到深处情自投

★花开并蒂蝴蝶舞 ‖ 连理同根杨柳青

★花开并蒂山河暖 ‖ 燕结同心杨柳新

★花好月圆欣喜日 ‖ 桃红柳绿幸福时

★花烛银灯鸾对舞 ‖ 春归画栋燕双飞

★佳儿佳女成佳偶 ‖ 春日春人舞春风

★ 交柯松树傲腊雪 ‖ 并蒂梅花报新春

★ 结彩张灯良夜美 ‖ 鸣鸾和风伴春来

★ 两情鱼水春做伴 ‖ 百年夫妻日常新

★ 柳丝喜发千枝绿 ‖ 桃蕾欣开并蒂红

★ 鸾凤和鸣昌百世 ‖ 鸳鸯合好庆三春

★ 秦晋联姻春意闹 ‖ 凤鸾比翼彩虹飞

★ 日丽风和桃李笑 ‖ 珠联璧合凤凰飞

★ 十里好花迎淑女 ‖ 一庭芳草长宜男

★ 堂栖彩燕双星耀 ‖ 岭放红梅万象新

★ 喜鹊喜期报喜讯 ‖ 新春新燕闹新房

★ 晓起妆台鸾对舞 ‖ 春归画栋燕双栖

★ 莺燕双栖芳草地 ‖ 凤鸾对舞艳阳天

★ 迎春风双飞燕舞 ‖ 向旭日并蒂花开

★ 雨露滋培连理树 ‖ 春风吹放合欢花

★ 鸳鸯夜月铺金帐 ‖ 孔雀春风软玉屏

★ 缘结同心春酒绿 ‖ 花开并蒂蜡灯红

★ 苑内桃花开并蒂 ‖ 檐前燕子习双飞

★ 春暖花朝彩鸾对舞 ‖ 风和日丽红杏添妆

★ 春日融融红梅朵朵 ‖ 花香阵阵彩蝶双双

★ 风暖丹椒青鸾起舞 ‖ 日融翠柏彩凤来翔

★ 花好月圆春风得意 ‖ 妻贤夫德幸福无边

★ 江上渔歌白鸥同舞 ‖ 舟中春暖紫燕双飞

★ 鸾凤和鸣春光满目 ‖ 燕莺比翼壮志凌云

★ 日丽华堂莺歌燕语 ‖ 春融绣幕凤舞鸾翔

★ 日月知心红花并蒂 ‖ 春风得意金屋生辉

★ 百花齐放爱情花更美 ‖ 万木争春连理木常青

★春风薰梅染柳绣大地 ‖ 情侣蜜意柔情乐洞房

★日丽风和果结如意树上 ‖ 春暖冰融花开幸福泉边

★大地香飘蜂忙蝶戏相为伴 ‖ 人间春到莺歌燕舞总成双

★夫妻情长苍松翠柏润春色 ‖ 征途路远玉树琼姿绽新蕾

★美酒同斟忠贞爱情春添趣 ‖ 幸福共享和睦家庭乐无边

★一对璧人来彩笔题成鹦鹉赋 ‖ 几番花信至春风吹引凤凰箫

★英才成佳偶杨柳舒新呈美景 ‖ 两姓结良缘桃花依旧笑春风

★喜期办喜事吃喜糖喝喜酒皆大欢喜 ‖ 新春结新婚瞧新娘闹新房焕然一新

★佳期值佳节喜看阶前佳儿佳妇成佳偶 ‖ 春庭开春筵敬教座上春日春人醉春风

2.夏季新婚对联

★荷开并蒂 ‖ 芍结双花

★红莲开并蒂 ‖ 彩凤喜双飞

★红烛映红牖 ‖ 白莲并白头

★莲花开并蒂 ‖ 兰带结同心

★榴花添爱意 ‖ 仲夏暖衷情

★榴开映碧水 ‖ 蝶舞乘东风

★绿竹恩爱意 ‖ 榴花新人情

★倚栏芍药艳 ‖ 满架蔷薇香

★朝阳彩凤双双舞 ‖ 向日红莲朵朵开

★出水芙蓉开并蒂 ‖ 朝阳彩凤喜双飞

★雏燕呢喃歌大喜 ‖ 榴花放彩映红妆

★对对莲开映碧水 ‖ 双双蝶舞乘东风

★翡翠翼交连理树 ‖ 藻芹香绕合欢杯

★酷暑锁金金屋见 ‖ 荷花吐玉玉人来

★莲开绿雨同心果 ‖ 香吐红榴幸福花

★莲沼鸳鸯歌福禄 ‖ 蓉屏孔雀绚文章

★两朵红莲开并蒂 ‖ 一生忠贞结同心

★榴火烧天符系赤 ‖ 荔云笼院叶题红

★日丽云和莲并蒂 ‖ 龙飞凤舞树交柯

★双飞黄鹂鸣翠柳 ‖ 荷塘并蒂当知时

★梧桐枝上栖双凤 ‖ 菡萏花间立并鸳

★喜酒香浮蒲酒绿 ‖ 榴花艳映佩花红

★喜迎东风双飞燕 ‖ 心朝旭日并蒂莲

★映日红莲开并蒂 ‖ 同心伴侣喜双飞

★云路高翔比冀鸟 ‖ 龙池深种并头莲

★沼上莲花舒并蒂 ‖ 庭中荔子缀连枝

★枝上榴花红艳艳 ‖ 帏中凤侣意绵绵

★艾绶舒风榴花耀火 ‖ 鸣鸾歌日彩凤翔云

★并蒂花开莲房有子 ‖ 同心缕结竹簟生凉

★花烛光中莲开并蒂 ‖ 笙簧声里带结同心

★槐荫连枝百年启瑞 ‖ 荷开并蒂五世征祥

★新莲沐朝阳并蒂竞绽 ‖ 乳燕乘东风比翼齐飞（横批：笙磬同谐）

★翠竹碧梧丽色映屏间孔雀 ‖ 绿槐新柳欢声谐叶底新蝉

3.秋季新婚对联

★桂宫蟾耀彩 ‖ 桐院凤栖身

★画屏银烛灿 ‖ 宝镜玉台新

★喜望金菊放 ‖ 乐迎新人来

★中天一轮满 ‖ 秋日两姓欢

★不劳鸿雁传尺素 ‖ 且喜秋声入洞房

★丹桂香飘云路近 ‖ 玉箫声绕镜台高

★方借花容添月色 ‖ 欣逢秋夜作春宵

★鸿雁贺喜衔霜叶 ‖ 秋风迎亲带桂香

★黄菊绽金贺佳偶 ‖ 枫叶流红庆良缘

★吉日恰逢桂子熟 ‖ 新婚喜共月儿圆

★几朵秋花簪凤髻 ‖ 一弯新月画蛾眉

★借得花容添月色 ‖ 且将秋夜作春宵

★九华灯映销金帐 ‖ 七孔针穿彩绿帏

★秋色清华迎吉禧 ‖ 威仪徽美乐陶情

★秋宵如此浑无价 ‖ 良夜何其乐未央

★人间好句题红叶 ‖ 天上良缘系彩绳

★诗题红叶同心句 ‖ 酒饮黄花合卺杯

★绣幄宵长情馥郁 ‖ 桂枝香透月团圆

★玉镜人间传合璧 ‖ 银河天上渡双星

★云梯欲上攀丹桂 ‖ 月殿先登晤素娥

★彩凤和鸣梧桐阴茂 ‖ 关雎雅化蘋藻仪修

★鸾凤和鸣秋光满月 ‖ 雁翔比翼壮志凌云

★秋水银堂鸳鸯比翼 ‖ 天风玉宇鸾凤和声

★绣幕风清凤箫吹处 ‖ 金轮月满鸾镜圆时

★玉律鸣秋鹊桥路近 ‖ 金风涤暑鱼水欢谐

★朗月庆长圆光照庭前连理树 ‖ 卿云何灿烂瑞符天上吉奎星

4.冬季新婚对联

★凤振双飞翼 ‖ 梅开并蒂花

★红梅开并蒂 ‖ 雪烛照双花

★梅帐同甘梦 ‖ 兰房送异香

★雪伴红梅放 ‖ 门迎淑女来

★雪飘双飞燕 ‖ 灯映并头梅

★并蒂红梅相映美 ‖ 双飞紫燕试比高

★彩日流辉迎凤辇 ‖ 祥云呈瑞覆鸾妆

★苍松翠柏沐喜气 ‖ 玉树银枝迎新人

★翠黛画眉才子笔 ‖ 红梅点额美人妆

★皓月描来双燕影 ‖ 寒霜映出并头梅

★红灯高照鸳鸯舞 ‖ 鸾凤和鸣岭上梅

★红梅并蒂相映美 ‖ 矫燕双飞试比高

★吉日花开梅并蒂 ‖ 良宵家庆月双圆

★良缘一世花开艳 ‖ 美景三冬月更圆

★梅花芳讯先春试 ‖ 柏叶吟怀小雪初

★梅雅兰馨称上品 ‖ 雪情月意缔良缘

★松梅高傲坚贞爱 ‖ 霜雪难欺金玉缘

★雪雁双飞严寒退 ‖ 红梅并放坚冰融

★咏雪庭中迎淑女 ‖ 生花笔下是才郎

★锦瑟瑶琴房中奏乐 ‖ 腊梅天竹堂一生春

★青松枝头白鹤为偶 ‖ 紫竹园里翠鸟成双

★雪地冰天洞房春暖 ‖ 月圆花好鱼水情深

★白雪无尘如爱情纯美 ‖ 红梅有信似婚姻初新

★三冬喜气盈种来碧玉成伉俪 ‖ 十里梅花艳盈得清香满乾坤

三、月令、节日新婚对联

1.月令新婚对联

★二美百年好 ‖ 双星七巧逢（七月）

★荷塘新蕊放 ‖ 月色慧心圆（六月）

★蓝桥恩爱重 ‖ 瓜节谊缘长（七月）

★蓝田曾种玉 ‖ 红叶自题诗（九月）

★榴花添爱意 ‖ 仲夏暖衷情（五月）

★牛女夜相会 ‖ 朱陈酒合欢（七月）

★笙箫迎淑女 ‖ 桂酒贺新郎（八月）

★桃李香三月 ‖ 姻缘庆百年（三月）

★天上双星会 ‖ 人间两姓婚（七月）

★小春迎雅客 ‖ 阳月惠佳人（十月）

★新笔红叶句 ‖ 华堂友琴章（九月）

★好山好水好景 ‖ 新岁新春新人（正月）

★才贴桃符梅正艳 ‖ 又迎鸾凤喜添翎（正月）

★彩笺吟就新诗好 ‖ 红袖擎来菊酒香（九月）

★春风春雨春日丽 ‖ 新岁新人新事多（正月）

★翡翠帘垂初夜月 ‖ 芙蓉镜映小阳春（十月）

★凤冠逢人间七月 ‖ 鹊桥渡天上双星（七月）

★凤凰簪挂茱萸蕊 ‖ 鹦鹉杯浮杞菊香（九月）

★宫线新添同命缕 ‖ 绣帏初放合欢花（冬月）

★合欢共举黄封酒 ‖ 辞岁新添翠袖人（腊月）

★阖家欢庆腊月禧 ‖ 并蒂盛开一枝梅（腊月）

★荷叶池中鱼比目 ‖ 蓝桥石畔凤双飞（六月）

★画屏射雀成双璧 ‖ 桂树鸣鸾庆百年（八月）

★书届冬前迎淑女 ‖ 时交秋末宴嘉宾（九月）

★交柯松树傲腊雪 ‖ 并蒂梅花报新春（腊月）

★九华灯映销金帐 ‖ 七孔针穿彩缕丝（七月）

★菊花艳放迎淑女 ‖ 竹叶香浮宴贵宾（九月）

★菊酒对饮欢两姓 ‖ 月华结盟喜一心（九月）

★伉俪并鸿光竞美 ‖ 生活与岁序更新（正月）

★腊梅怒放联佳偶 ‖ 瑞雪纷飞庆良辰（腊月）

★腊月梅花勿让雪 ‖ 新春玉步待迎人（腊月）

★腊粥试调新妇手 ‖ 春醅初熟阖家欢（腊月）

★礼行奠雁三春后 ‖ 诗咏关雎四月中（四月）

★柳绿花明春正半 ‖ 珠联璧合影成双（二月）

★柳叶眉添金兆笔 ‖ 藕丝纱罩美人裳（六月）

★柳阴双栖莫忘晓 ‖ 荷塘并蒂当知时（六月）

★六月红莲双蒂艳 ‖ 一堂好友共交杯（六月）

★牡丹香里人如玉 ‖ 喜字门前笑绽花（四月）

★鹊桥初架双星渡 ‖ 熊梦新征百子祥（七月）

★色香露沾蔷薇架 ‖ 富贵花开芍药栏（四月）

★双星牛女窥银汉 ‖ 并蒂芙蓉映彩霞（七月）

★岁月春新地泛绿 ‖ 洞房花妍影摇红（正月）

★堂上瑟琴看并蒂 ‖ 天边鸿雁听和鸣（九月）

★桃符新换迎娶帖 ‖ 椒酒还斟合枕杯（正月）

★天上牛郎织女会 ‖ 地下佳男淑女合（七月）

★调羹新遣细君肉 ‖ 雪藕同调公子冰（六月）

★喜把桃夭歌八月 ‖ 冀将桂酒醉千盅（八月）

★喜酒香浮蒲酒绿 ‖ 楠花艳映佩花红（五月）

★喜酒饮来三日醉 ‖ 早梅分得一枝春（十月）

★喜鹊喜期报喜讯 ‖ 新春新燕闹新房（正月）

★新秋金阁成佳偶 ‖ 瓜月婚期结良缘（七月）

★雪案初吟才女絮 ‖ 玉盆新供水仙花（冬月）

★燕子漫疑钗作玉 ‖ 牛郎应司鹊为桥（七月）

★瑶琴一曲双声奏 ‖ 日殿三秋五桂香（八月）

★一线日长量晷影 ‖ 二南曲奏叶徽音（冬月）

★引入凤凰歌雅曲 ‖ 奠来鸿雁喜新秋（七月）

★茱囊色映齐眉案 ‖ 菊圃香传合卺杯（九月）

★玉种蓝田偕佳侣 ‖ 香飘丹桂谱华章（八月）

★云汉鹊桥牛女渡 ‖ 秦台玉箫凤凰飞（七月）

★云开兰叶香风起 ‖ 火灿榴花暖意融（五月）

★云楼欲上攀丹桂 ‖ 月殿先登晤素娥（八月）

★仲阳柳绿飞鹦鹉 ‖ 花月新风迎凤凰（二月）

★艾绶舒风榴花耀火 ‖ 鸣鸾歌日彩凤翔云（五月）

★才子佳人世间两美 ‖ 牛郎织女天上双星（七月）

★绤绂新成兰汤乍试 ‖ 瑟琴好合薰轸初调（五月）

★丹桂香飘姻联两姓 ‖ 蟾宫月满喜照人间（八月）

★锦里枫丹芳联奕叶 ‖ 华堂藻丽瑞霭琼英（十月）

★麟趾呈祥一阳初复 ‖ 螽斯衍庆五世其昌（冬月）

★青松枝头白鹤为偶 ‖ 紫竹园里翠鸟成双（冬月）

★筮近新年丝牵翠幕 ‖ 缔成佳偶玉种蓝田（腊月）

★喜气绕梁梁待春燕 ‖ 金光满屋屋迎新人（腊月）

★新妇羹汤樱厨初试 ‖ 美人香草兰佩乍贻（四月）

★新岁新人新歌盈耳 ‖ 春风春雨春色满园（正月）

★雪藕调冰两情蜜月 ‖ 鼓琴被衿一曲薰风（六月）

★银汉双星金秋七月 ‖ 人间巧节天上佳期（七月）

★喜期办喜事皆大欢喜 ‖ 新春结新婚焕然一新（正月）

★红梅映冬云飞雪迎春早 ‖ 新岁结良缘心潮逐浪高（正月）

★旧岁将辞且趁吉时行吉礼 ‖ 新年即届迎来春始探春人（腊月）

★试问夜如何牛女双星缠碧汉 ‖ 欲知春几许凤凰比翼下秦台（七月）

2.节日新婚对联

★旦晨传佳话 ‖ 元日成良缘（元旦）

★新婚吉庆日 ‖ 大喜艳阳春（春节、元旦）

★百合香车迎淑女 ‖ 中秋朗月照宾朋（中秋）

★百族万方歌国庆 ‖ 一门二秀唱家祥（国庆）

★爆竹声中辞旧岁 ‖ 华灯影下看新人（春节）

★高会后重九九日 ‖ 佳偶是无双双星（重阳）

★合欢共举黄封酒 ‖ 辞岁新添翠袖人（春节、元旦）

★花烛辉联元夜月 ‖ 凤箫吹彻玉堂春（元宵）

★吉日恰逢丹桂硕 ‖ 新婚喜庆月儿圆（中秋）

★佳节佳期得佳偶 ‖ 新岁新春做新人（春节、元旦）

★建家立业逢盛世 ‖ 庆贺大喜国人知（国庆）

★今宵年满心尤满 ‖ 明日人新岁变新（春节、元旦）

★金屋光辉花并蒂 ‖ 玉楼春暖月初圆（元宵）

★伉俪并鸿光竞美 ‖ 生活与岁序更新（春节、元旦）

★良缘喜结衍圣地 ‖ 吉日欣逢建国时（国庆）

★巧借新年迎淑女 ‖ 善将春节作婚期（春节）

★秋色平分佳节夜 ‖ 月华照见美人妆（中秋）

★笙歌彻夜香车过 ‖ 箫鼓元宵宝镜圆（元宵）

★桃符新换迎春帖 ‖ 椒酒还斟合卺杯（春节）

★五律向鸣歌道喜 ‖ 一堂大庆雁来朝（五一）

★五星旗下青春健 ‖ 一德诗中情谊长（五一）

★香梅迎春灯结彩 ‖ 喜气入户月初圆（元宵）

★翔凤乘龙两姓偶 ‖ 新年玉步待迎人（春节、元旦）

★新婚幸共国同庆 ‖ 金菊香同家获麟（国庆）

★新岁新婚新起点 ‖ 喜人喜事喜开端（春节、元旦）

★一元复始祯嘉庆 ‖ 万象更新迎新人（春节、元旦）

★亿万人民迎国庆 ‖ 八方亲朋贺新婚（国庆）

★玉楼光辉花并蒂 ‖ 金屋春暖月初圆（元宵）

★载歌载舞辞旧岁 ‖ 同喜同乐迎新人（春节、元旦）

★丹桂香飘姻缘两姓 ‖ 蟾宫月满喜照东床（中秋）

★国庆新婚重重见喜 ‖ 年丰人寿岁岁呈祥（国庆）

★贺新年新人谱新曲 ‖ 庆佳节佳话联佳姻（春节、元旦）

★酿熟黄华节逢重九 ‖ 眉分碧月样画初三（重阳）

★庆新春新春办新事 ‖ 贺佳节佳节成佳期（春节、元旦）

★佳节娶佳人频传佳话 ‖ 新年更新貌同谱新篇（春节、元旦）

★庆新春新春又办新事 ‖ 贺佳节佳节喜成佳期（春节、元旦）

★喜期办喜事皆大欢喜 ‖ 新春结新婚焕然一新（春节、元旦）

★锣鼓喧天同庆太平盛世 ‖ 鞭声震地共守白头之约（国庆）

★金秋叶茂喜迎祖国大庆 ‖ 紫薇花繁共度佳人新婚（国庆）

★春节喜联姻良日良辰良偶 ‖ 岁朝欣合卺佳男佳女佳缘（春节）

★国庆联姻聊陈薄酒邀戚友 ‖ 中秋出阁喜将红妆耀亲朋（国庆、中秋）

★旧岁将辞且趁吉时行吉礼 ‖ 新年即届迎来春始探春人（春节、元旦）

★喜爆鸣喜新郎乐点朝天响 ‖ 新饺孕新喜妇巧包敬老欢（春节）

★彩灯照洞房新年共饮交心酒 ‖ 华诞款嘉客宾主同端贺喜杯（元旦）

★今日新婚礼一杯香茶酬宾客 ‖ 来年会嘉宾两朵红花赞英雄（五一）

★正过新年传来阵阵欢呼载歌载舞 ‖ 清如明镜照得双双俪影如玉如珠
（春节）

四、职业婚联和其他婚联

1.职业新婚对联

★诗题红叶 ‖ 彩耀青鸾（文艺界）

★橘井龙吟月 ‖ 杏林凤唱春（医务界）

★体坛同获锦 ‖ 婚礼共开樽（体育界）

★爱情因事业增美 ‖ 成就靠知识闪光（科技界）

★稻秀谷香抒稔岁 ‖ 秋高气爽娶新人（农界）

★得意唱随山水外 ‖ 钟情拓入画图中（文艺界）

★灯下畅谈情侣爱 ‖ 书房尽醉桃李香（教育界）

★分担家国平章事 ‖ 载咏河洲窈窕诗（政界）

★钢铁长城千里固 ‖ 丝萝佳偶百年春（军界）

★国有贤才扶世运 ‖ 光摇烛影看新人（政界）

★结百年凤鸳伴侣 ‖ 偕一路戎马生涯（军界）

★今夕交杯传蜜意 ‖ 来朝出诊送温馨（医务界）

★经营有道金为信 ‖ 恋爱无暇贵守诚（工商界）

★久勤耕作事农圃 ‖ 新有室家长子孙（农界）

★军民同谱凯旋曲 ‖ 夫妇共浇恩爱花（军界）

★六月红莲开并蒂 ‖ 一乡师友结同心（教育界）

★门书喜字财源远 ‖ 家到新人幸福长（工商界）

★盟书早订三生愿 ‖ 教案常开五色花（教育界）

★ 荣耀门庭添凤彩 ‖ 英雄战士喜鸾鸣（军界）

★ 诗歌南国好逑句 ‖ 书赋东莱博议篇（文艺界）

★ 书海相游互勉励 ‖ 征途同步共攀登（教育界）

★ 松竹梅兰同相爱 ‖ 琴棋书画共抒情（文艺界）

★ 堂上鸣琴留政绩 ‖ 房中鼓瑟缔良缘（政界）

★ 天台路近逢仙子 ‖ 科海波平渡鹊桥（科技界）

★ 万卷诗书宜子弟 ‖ 一帘明月喜新人（教育界）

★ 帷房曲奏军中乐 ‖ 甲帐盟成石上缘（军界）

★ 雪案联吟诗有味 ‖ 冬窗伴读墨生香（教育界）

★ 宜国宜家新伴侣 ‖ 能文能武好英才（体育界）

★ 英男慧女结佳偶 ‖ 玉管金弦赞独生（文艺界）

★ 愿期天下人常健 ‖ 何啻洞房夜永甜（医务界）

★ 钟爱风流高格调 ‖ 敢随时尚巧梳妆（文艺界）

★ 麦浪芳菲莺花共艳 ‖ 桃潭浓郁鱼水同欢（农界）

★ 武术有源千流一脉 ‖ 婚姻守信百年同春（体育界）

★ 稻熟果香丰收张喜宴 ‖ 秋高气爽两姓结新婚（农界）

★ 蓝天高正看鸳鸯比美 ‖ 校园阔欣期龙凤呈祥（教育界）

★ 日月合璧映出光明世界 ‖ 伴侣同心迎来美好家庭（科技界）

★ 赐福赐祥结成佳偶今如愿 ‖ 图强图奋珍惜春光大有为（军界）

★ 同培桃李恩爱夫妻情谊重 ‖ 共奋教坛光荣带来福缘长（教育界）

★ 运动场并肩竞赛两遂志愿 ‖ 家庭里携手同行一往情深（体育界）

★ 男女并肩为锦绣江山添异彩 ‖ 夫妻携手向伟大祖国献青春（政界）

2.其他婚联

★ 创业成知己 ‖ 属职结良缘（夫妻同行）

★ 皆大欢欣日 ‖ 共同幸福时（集体婚礼）

★鸟入同行侣 ‖ 花开连理枝（夫妻同行）

★琴弦欣再续 ‖ 宝镜喜重圆（复婚）

★孰云花落去 ‖ 依旧凤飞来（再婚）

★天意怜幽草 ‖ 人间重晚晴（老年婚）

★同学加同事 ‖ 同伴又同行（夫妻同学加同事）

★好水好山好景 ‖ 新岁新居新人（乔迁结婚）

★苑上梅花二度 ‖ 房中琴瑟重调（复婚、再婚）

★祝乔迁迎百喜 ‖ 贺新婚纳万福（乔迁结婚）

★伯仲同婚花献彩 ‖ 股肱共喜鸟添翎（兄弟同日婚）

★重圆镜形成双照 ‖ 叠韵琴声奏二弦（复婚）

★父婚衬映儿婚喜 ‖ 雏凤相偕老凤欣（父子同日婚）

★吉期欢娶红颜女 ‖ 合卺倍思白发亲（丧后结婚）

★空山闲挂迟迟日 ‖ 满室繁演慕慕情（老年婚）

★莲花并首开并蒂 ‖ 夫妇同龄结同心（夫妻同龄）

★梁孟齐眉五十载 ‖ 汾阳世第福无边（庆金婚）

★两小合欢红玉锦 ‖ 一堂寿庆白头翁（婚寿同日）

★鸾胶新续夸双美 ‖ 凤翼齐飞庆百年（再婚）

★满园春色蜂蝶舞 ‖ 一堂喜气燕莺鸣（集体婚礼）

★梅开二度花仍艳 ‖ 鹊桥再架情更深（复婚）

★暮岁新交同路伴 ‖ 余生乐度艳阳秋（老年婚）

★千里姻缘一夕会 ‖ 半生结偶百年亲（再婚）

★缺月今朝成满月 ‖ 故人仍就做新人（复婚）

★三生希望终生事 ‖ 半世姻缘一世情（再婚）

★少是夫妻老是伴 ‖ 新来媳妇乍来婆（父子同日婚）

★寿辰联璧双重喜 ‖ 菽水承欢百世昌（婚寿同日）

★双双蝴蝶随风舞 ‖ 对对鸳鸯戏水游（集体婚礼）

★同胞今日齐成礼 ‖ 妯娌此时共相亲（兄弟同日婚）

★同龄巧结同心偶 ‖ 并世喜开并蒂莲（夫妻同龄）

★同姓巧遂同道侣 ‖ 并肩喜结并头梅（夫妻同姓）

★完婚恨晚亲无在 ‖ 开宴未迟客复来（丧后结婚）

★温峤良缘窥玉镜 ‖ 庐陵佳偶续金弦（再婚）

★一世光阴今过半 ‖ 百年伉俪喜成双（老年婚）

★月下花前同姓恋 ‖ 堂中烛后对家喜（夫妻同姓）

★鼓琴鼓瑟鸾胶新续 ‖ 宜室宜家凤翼齐飞（再婚）

★两情鱼水雅歌复咏 ‖ 百岁鸳鸯宝镜重圆（复婚）

★男男女女恩恩爱爱 ‖ 对对双双喜喜欢欢（集体婚礼）

★新婚新偶新人人人如意 ‖ 佳期佳景佳时时时称心（集体婚礼）

★风雨同舟五十年艰辛共度 ‖ 夫妻相爱半世纪幸福和谐（庆金婚）

★昔日同窗竹马青梅谈理想 ‖ 今宵合卺高山流水话知音（夫妻同学）

★新家有新禧双喜临门吉祥降 ‖ 新居迎新人合卺洞房如意多（乔迁结婚）

★半世纪牵手苦也恩爱乐也恩爱 ‖ 五十载同行悲也同心喜也同心（庆金婚）

★携手一甲子琴瑟和鸣调麒麟继续美满 ‖ 育儿六十年枝叶繁茂礼父母幸福吉祥（庆钻石婚）

★六十年牵手养儿育女柴米油盐苦也恩爱乐也恩爱磕磕绊绊终不悔 ‖ 六十载同心事业家庭酸甜苦辣苦也甜蜜笑也甜蜜风风雨雨永相随（庆钻石婚）

五、贺嫁娶、宅地对联

1.贺嫁女、招婿、娶媳对联

★金枝荣春绿 ‖ 玉树衬花红

★良辰辉绣辇 ‖ 吉日过嘉门

★桃面喜陪嫁 ‖ 梅香和衬妆

★祥光拥大道 ‖ 喜气满闺门

★新春迎爱婿 ‖ 美酒宴宾朋（贺招婿）

★才女惟应逢雅士 ‖ 彩鸾端合配文箫

★车轮鸟翼联同体 ‖ 伯爱叔恩脉一源（贺嫁侄女）

★翠楼酣醉吟声响 ‖ 争诵而翁嫁女篇

★东床幸选乘龙婿 ‖ 旭日增辉嫁女天

★家人易卜占归妹 ‖ 君子诗词咏好逑（贺嫁妹）

★嫁女喜逢大好日 ‖ 送亲正遇幸福年

★快意尔翁开口笑 ‖ 璧人成对见容仪

★聊陪诗笺东坡礼 ‖ 暗助少游西月联（贺嫁妹）

★满堂溢彩嫁侄女 ‖ 香奁添妆送新娘（贺嫁侄女）

★名流喜得名门婿 ‖ 才女欣逢才子家（贺招婿）

★是女是媳媳即女 ‖ 亦儿亦婿婿当儿（贺招婿）

★翁上为翁翁不老 ‖ 妇前称妇妇皆贤（贺娶孙媳）

★喜见凤雏亲老凤 ‖ 笑看枝杈育孙枝（贺嫁孙女）

★翔凤乘龙两姓偶 ‖ 好花圆月百年春

★绣阁昔曾传跨凤 ‖ 德门今喜近乘龙

★序列三阶孙娶妇 ‖ 祥开四叶子为翁（贺娶孙媳）

★一索得男占取妇 ‖ 大邦有子咏宜家（贺娶儿媳）

★有缘过门聚白首 ‖ 同步偕婚结青鸾

★赠嫁当夸钟进士 ‖ 联吟不让鲍参军（贺嫁妹）

★招得贤才来作子 ‖ 育成好女亦如男（贺招婿）

★珠楼喜见乘龙选 ‖ 璇阁还闻夸凤姿

★子平欣遂浮生愿 ‖ 谦益却工嫁女诗

★奏得催妆歌一曲 ‖ 相失有礼室家宜

★凤律归昌克绳其祖 ‖ 雀屏获选附列于孙（贺嫁孙女）

★弹琴咏絮宜其家室 ‖ 承欢侍膳贻厥子孙（贺娶儿媳）

★饴座承欢兰荪茁秀 ‖ 枣杯叶吉瓜瓞赓绵（贺娶孙媳）

★是婿是女两姓成一体 ‖ 乃媳乃儿合家庆团圆（贺招婿）

★婿是儿儿是婿美中添美 ‖ 媳是女女是媳亲上加亲（贺招婿）

★吉日良辰欣逢盛世迎佳婿 ‖ 英男淑女喜结新婚共此生（贺招婿）

★梅蕊冲寒幸沐春光迎贵客 ‖ 松针吐翠喜送淑女赴新婚

2.宅地婚联

★金风吹静夜 ‖ 明月照新房（洞房）

★梅帐同甘梦 ‖ 兰房送异香（洞房）

★清风入蜜月 ‖ 喜气来洞房（洞房）

★香掩芙蓉帐 ‖ 烛辉锦绣帏（洞房）

★祥云绕屋宇 ‖ 喜气盈门庭（厅堂）

★月掩芙蓉帐 ‖ 香添锦绣帏（洞房）

★竹风留客饮 ‖ 松月对宾筛（后门）

★喜迎亲朋贵客 ‖ 欣接伉俪佳人（厅堂）

★大驾光临门第耀 ‖ 良辰吉聚主宾欢（横批：喜气盈门）（大门）

★贵客频来祝大喜 ‖ 礼房笑语贺佳人（客房）

★花烛笑迎比翼鸟 ‖ 洞房喜开并头梅（洞房）

★家门有幸孙为婿 ‖ 宾客尤欢子作翁（祖父母房）

★净扫庭阶迎客驾 ‖ 乐弹琴瑟接鸾舆（横批：天地同庆）（大门）

★堪夸堂上鸳鸯侣 ‖ 喜慰闺中姊妹花（姊妹房）

★客溢篷门家有幸 ‖ 席陈淡酒主怀惭（厅堂）

★礼乐于今歌大雅 ‖ 媳儿立志旺小家（父母房）

★柳色映眉妆镜晓 ‖ 桃花映面洞房春（洞房）

★六礼周全迎凤侣 ‖ 双亲欢笑看儿婚（侧门、重门）

★陋室摆筵酬厚意 ‖ 嘉宾上座叙欢情（厅堂）

★绿蚁浮杯邀客醉 ‖ 蓝田得玉吉婚成（重门）

★满庭兰桂称心愿 ‖ 几架诗书乐韶年（书房）

★门前大道飞龙马 ‖ 屋后崇山翥凤凰（后门）

★碰杯邀客开宏量 ‖ 举箸筵宾表至诚（厅堂）

★琴韵谱成同梦语 ‖ 灯花笑对含羞人（洞房）

★三杯淡酒酬宾客 ‖ 一席粗肴宴懿亲（厅堂）

★顺睦齐家和乃贵 ‖ 忠诚处事乐与欢（兄弟房）

★堂前奏乐迎宾客 ‖ 门外吹箫引凤凰（厅堂）

★万卷诗书宜子弟 ‖ 一帘明月喜新人（书房）

★望子媳齐眉举案 ‖ 酬亲朋弄盏传杯（父母房）

★喜溢重门迎凤侣 ‖ 光增隔室迓宾车（重门）

★一对鸳鸯成好梦 ‖ 五更鸾凤换新声（洞房）

★娱情笔墨写双喜 ‖ 含爱诗书歌百祥（书房）

★鸳鸯相戏水色美 ‖ 琴瑟偕弹福音多（洞房）

★在户吉星昭喜气 ‖ 适门淑女孝高堂（父母房）

★子作阿翁舒晚景 ‖ 孙为快婿慰余年（祖父母房）

★座上飘香飘上座 ‖ 堂中溢喜溢中堂（厅堂）

★淑女迎来蓬门添异彩 ‖ 嘉宾驾到筚户倍生辉（侧门）

★洞房花烛交颈鸳鸯双得意 ‖ 夫妻恩爱和鸣凤鸾两多情（洞房）

★金屋藏娇喜抱鸳衾开锦帐 ‖ 玉堂燕誉笑依鸿案进芳杯（洞房）

★屈尊陋室大筵亲朋酬厚意 ‖ 欢迎嘉宾上座永日盼春霞（横批：吉日良辰）（大门）

第六章

庆生贺寿对联

　　贺寿是指在老人过生日时，晚辈对长辈或亲友的一种敬重之举，现代已发展成庆祝生日的代名词，寿联也逐渐演变为庆祝生日的对联，不仅仅用于老人。不管怎样，寿联的内容要认清对象，恰如其分，才能引起别人的共鸣。

一、男女通用庆生贺寿联

★ 德为世重 ‖ 寿以人尊

★ 福如东海 ‖ 寿比南山

★ 福同海阔 ‖ 寿与天齐

★ 人歌上寿 ‖ 天与稀龄（七十岁）

★ 人增高寿 ‖ 天转阳和

★ 百岁为上寿 ‖ 一言乃千金（百岁）

★ 福如东海大 ‖ 寿比南山高

★ 寿同山峦永 ‖ 福同海天长

★ 勋迹光日月 ‖ 精神富流年

★ 风赐福五岁诞 ‖ 帆送喜千载欢（五岁）

★ 福临寿星门第 ‖ 春驻年迈人家

★ 晨曦景观无限好 ‖ 一岁庆生百岁年（周岁）

★ 春酒流香酤寿酒 ‖ 耄龄添美祝遐龄（八十岁）

★ 当看山河今宛在 ‖ 谁言七十古来稀（七十岁）

★ 得道多助古稀乐 ‖ 善良长寿齐天福（七十岁）

★ 福星高照满庭庆 ‖ 寿诞生辉合家欢

★ 高龄稳许同龟鹤 ‖ 瑞世应知有凤毛

★ 家中早酿千年酒 ‖ 盛世长歌百岁人（百岁）

★ 甲子重新新甲子 ‖ 春秋几度度春秋（六十岁）

★ 鸣花炮声声道喜 ‖ 庆周岁人人祝福（周岁）

★莫道人生无百岁 ‖ 须知草木有重春（百岁）

★年逢花甲福满满 ‖ 寿奕子孙乐融融（六十岁）

★鹊唱晨祝周岁喜 ‖ 家欢风送众亲临（周岁）

★天边已满一轮月 ‖ 世上同钟百岁人（百岁）

★迎喜一帧周岁照 ‖ 同欢三代全家福（周岁）

★乐奏云璈歌百岁 ‖ 德辉彤史祝千秋（百岁）

★周天行健人常健 ‖ 九日登高寿更高

★立德立言于兹不朽 ‖ 寿人寿世共此无疆

★璞玉浑金是寿者相 ‖ 碧梧翠竹得气之清

★天与长春灵芝献瑞 ‖ 人传济美宝树敷荣

★白发朱颜登八旬大寿 ‖ 丰衣足食享五福晚年（八十岁）

★晨升艳阳度十三年绚丽 ‖ 景仰亲母谢十整月慈怀（十三岁）

★廿载风雨桃李芬芳美姿盛 ‖ 十年寒窗大器玉成玲琅清（二十岁）

★山明水秀八节四时颜不老 ‖ 风和日丽千年万古景长春

★乐享晚年漫道世间难逢百岁 ‖ 宜登上寿且看堂上再过十年（九十岁）

★儿孙欢聚庆贺长辈一甲子大寿 ‖ 满门喜庆感谢老人几十年辛劳
（六十岁）

二、男性庆生贺寿联

1.男性贺寿通用联

★蝉鸣高柳 ‖ 鹤栖长松

★福禄欢喜 ‖ 长生无极

★云山风度 ‖ 松柏气节

★北斗临台座 ‖ 南山献寿杯

★筹添沧海日 ‖ 嵩祝老人星

★青松多寿色 ‖ 丹桂有丛香

★松柏长春茂 ‖ 颐年养性情

★松鹤千年寿 ‖ 子孙万代福

★仙鹤千年寿 ‖ 苍松万古春

★乃文乃武乃寿 ‖ 如竹如梅如松

★柏节松心宜晚翠 ‖ 童颜鹤发胜当年

★昌盛吉门松不老 ‖ 喜庆人家鹤长鸣

★东海白鹤千秋寿 ‖ 南岭青松万载春

★福如东海长流水 ‖ 寿比南山不老松

★既效关卿不服老 ‖ 更同孟德有雄心

★南州冠冕此其选 ‖ 上古千秋可与俦

★寿域宏开松显劲 ‖ 春堂众庆鹤含欢

★仙家日月壶公酒 ‖ 名士风流太傅诗

★宵汉鹏程腾九万 ‖ 锦堂鹤算颂三千

★野鹤巢边松最老 ‖ 仙人掌上雨初晴

★坐看溪云忘岁月 ‖ 笑扶鸠杖话桑麻

★得古人风有为有守 ‖ 唯仁者寿如冈如陵

★功和龙阁名垂青史 ‖ 心怀虚谷安度晚年

★迹隐丹崖品征琛玉 ‖ 名齐渭水胸贮经纶

★鸠杖引年椒花献瑞 ‖ 鹤筹添算椿树留荫

★南极腾辉彤云瑞霭 ‖ 西池宴会绛雪香芳

★颂献嘉平诗歌福禄 ‖ 人称寿考乐叙偏常

★有德流仁讴歌送喜 ‖ 增荣益誉眉寿保年

★左吟太行右挟东海 ‖ 光浮南极星起老人

★精神矍铄似东海云鹤 ‖ 身体老健如南山劲松

★乐享遐龄寿比南山松不老 ‖ 欣逢盛世福如东海水长流

★蓬莱仙界幻如蜃楼在此地 ‖ 南极寿星恰似画者是斯人

★斯世尚浮夸祈年多拾冈陵句 ‖ 吾翁欣矍铄介寿宜陈封祝词

2.一至二十岁男孩庆生联

★戴洋不作天边吏 ‖ 逸少偷窥枕内书（十岁）

★即日初庚已有数 ‖ 自此记岁不从零（周岁）

★庆贺今朝迎周岁 ‖ 展望未来是栋梁（周岁）

★射策才应如贾傅 ‖ 请缨志不让终军（二十岁）

★十六年华无虚度 ‖ 二八岁月正少年（十六岁）

★万里鹏程先初步 ‖ 一生大业待开局（周岁）

★星灿五岁童喜岁 ‖ 烨同天子音庆生（五岁）

★一筹大展登云志 ‖ 十载自能弄海潮（十岁）

★一朝日子年轮满 ‖ 六小龄童岁复生（六岁）

★幼儿今年佳十二 ‖ 金麟来日化神龙（十二岁）

★花季少年血色浪漫 ‖ 二八年华飞舞青春（十六岁）

★华庭生辉辉辉照耀 ‖ 爱子三岁岁岁平安（三岁）

★就傅芳年丰神俊逸 ‖ 授书绮岁头角峥嵘（二十岁）

★就傅胜衣贤揆初度 ‖ 垂髫总角岐嶷英姿（十岁）

★十六儿郎年华正风茂 ‖ 千百亲朋欢庆贺良辰（十六岁）

★天道行健得子周一岁 ‖ 地德载物寄睿满四时（周岁）

★悄然秦音歌我心驰神往 ‖ 悦耳迪声沉醉双十年华（二十岁）

★英雄出少年今日十三岁 ‖ 豪杰跨宝马他朝万里行（十三岁）

★龙游天地引福寿双子如意 ‖ 凤舞人间祝健康六载吉祥（六岁）

★年交二九舞象时节庆生诞 ‖ 告别十八青春做伴闯天涯（十八岁）

★三度春秋华耀家门同欢乐 ‖ 一生幸福子超亲朋共祝福（三岁）

★书山有路十岁书童勤跋涉 ‖ 学田无涯一代学子苦耕耘（十岁）

★一辰华诞麟子可爱真堪喜 ‖ 百岁吉祥少年睿智敢不欢（周岁）

★英气初成十三秋前程似锦 ‖ 豪情常怀一百年功业如山（十三岁）

★芳香四周春风应解年少十六 ‖ 兰生幽谷思涵恰逢青春二八（十六岁）

★良时吉日笑纳五湖四海宾客同庆 ‖ 十龄生辰恭迎亲朋戚友欢聚一堂（十岁）

3.三十至六十岁男性庆生贺寿联

★杯倾北海辰初度 ‖ 颂献南山甲再周（六十岁）

★不惑但从今日始 ‖ 知天犹得十年来（四十岁）

★七篇道德称尧舜 ‖ 四十存心全天真（四十岁）

★颂晋林壬欣介寿 ‖ 算周花甲乐延年（六十岁）

★五十华诞开北海 ‖ 三千朱履庆南山（五十岁）

★延龄人种神仙草 ‖ 纪算新开甲子花（六十岁）

★海屋添筹林壬洽颂 ‖ 乡间进杖花甲征祥（六十岁）

★花甲正圆十年再造 ‖ 林壬入颂百岁半临（五十岁）

★甲子重新如山如阜 ‖ 春秋不老大德大年（六十岁）

★教秉尼山乐天安命 ‖ 学符伯玉寡过知非（五十岁）

★人方中年五十日艾 ‖ 天予上寿八千为春（五十岁）

★燕桂谢兰年经半甲 ‖ 桑弧蓬矢志在四方（三十岁）

★青春飞翠才过五十载 ‖ 快乐茂华还须一百年（五十岁）

★花甲虽周犹可大显身手 ‖ 精神尚旺定能再先扬鞭（六十岁）

★海屋添筹不纪山中花甲子 ‖ 花封多祝应知天上老人星（六十岁）

★正值壮年应知不朽方为寿 ‖ 恰当而立须识文章可永龄（三十岁）

★立志存高远五十乐观一百步 ‖ 图强略古今半生历览四千年（五十岁）

★六花轮圆圆成美满上慈下孝 ‖ 十甲展望望重德高邻敬朋尊（六十岁）

★半百人生沧海桑田已功成名就 ‖ 天命之年厉兵秣马再大展宏图（五十岁）

★和泰春多福禄甲子福翁福如东海 ‖ 靖康年逢寿喜六旬寿星寿比南山（六十岁）

★花甲初周长春不老茂如松柏青云志 ‖ 长庚朗耀六旬安康乐庆长寿百世荣（六十岁）

4.七十岁男寿联

★稀有尊大寿 ‖ 椿室发华光

★从古称稀尊上寿 ‖ 自今以始乐余年

★国中从此推鸠杖 ‖ 池上天今有凤毛

★千秋留墨于何处 ‖ 卅载邀公至百龄

★青霜不老千年鹤 ‖ 锦鲤高腾太液波

★入国正宜鸠作杖 ‖ 历年方见鹤添筹

★三千岁月春常在 ‖ 六一丰神古所稀

★童颜鹤发寿星体 ‖ 松姿柏态古稀年

★休辞客路三千远 ‖ 须念人生七十稀

★庆祝三多琼筵晋爵 ‖ 祥开七秩玉杖扶鸠

★为学有宗古稀成庆 ‖ 诲人无倦恩重及门

★杖国鸠扶人歌上寿 ‖ 筹添鹤算天与稀龄

★海屋添筹古来稀者今来盛 ‖ 华筵庆衍福有五兮祝有三

★素有大福福如东海长流水 ‖ 善能长寿寿比南山不老松

★明月有恒纪年合献七如子颂 ‖ 长春不老添寿当称古稀贤人

★休言七十古来稀鹤算松年德高乃寿 ‖ 莫放三千佳日过金尊檀板酒满宜歌

★七旬参取舍看先生学海泛舟驭得天风轻牧马 ‖ 三德淡沉浮挥橡笔烟云养生拈来野草尽成章

5.八十岁男寿联

★八旬酬盛世 ‖ 一生焕清辉

★八旬高健尝鲜果 ‖ 四序更新乐寿星

★八旬共献长生果 ‖ 四代同瞻老寿星

★春酒流香酤寿酒 ‖ 耄龄添美祝遐龄

★告存不待邀天禄 ‖ 梦卜能遗显国琛

★渭水一竿闲试钓 ‖ 武陵千树笑行舟

★仙居十二楼之上 ‖ 大寿八千岁为春

★卓尔经纶传渭水 ‖ 飘然风致并香山

★杖朝步履春秋永 ‖ 钩渭丝纶日月长

★八秩康强春秋永在 ‖ 四时健旺岁月优游

★白发朱颜登八旬大寿 ‖ 仁心善举望百岁期颐

★精神矍铄似东海云鹤 ‖ 身板老健如南山劲松

★启泰安尊八旬老叟通天意 ‖ 珍荣惜誉百岁童颜尚此生

★日岁能预期廿载后如今日健 ‖ 群芳齐上寿十年前已古来稀

★逾古稀又十年可喜慈颜久驻 ‖ 去期颐尚廿载预征后福无疆

★羡高年精神矍铄花甲重添二十载 ‖ 居上寿齿德俱尊松年永享八千秋

6.九十至百岁男寿联

★歌人生三乐 ‖ 颂天保九如（九十岁）

★盛世常青树 ‖ 百年不老松（百岁）

★活百岁松钦鹤羡 ‖ 数一生苦尽甜来（百岁）

★九老曾留千载寿 ‖ 十年再进百龄觞（九十岁）

★蓬莱盘进长生果 ‖ 玳瑁筵开百岁觞（百岁）

★琼材歌舞群仙会 ‖ 海屋衣冠百寿图（百岁）

★人近百岁犹赤子 ‖ 天留三公看玄孙（九十岁）

★人生不满公今满 ‖ 世上难逢我正逢（百岁）

★三千美景添筹算 ‖ 九十风光乐有余（九十岁）

★桃花已发三层浪 ‖ 人瑞先征五色云（九十岁）

★愿效嵩呼歌大寿 ‖ 还随莱舞祝期颐（九十岁）

★宝树灵椿三千甲子 ‖ 龙眉华顶九十春光（九十岁）

★礼祝期颐庄椿无算 ‖ 诗歌福履虞寿同登（百岁）

★上寿期颐庄椿不老 ‖ 君子福履洪范斯陈（百岁）

★寿晋期颐天年永运 ‖ 光增史乘人瑞流传（百岁）

★闲雅鹿裘人生三乐 ‖ 逍遥鸠杖天保九如（九十岁）

★明月有恒纪年合献九如颂 ‖ 长春不老添闰当称百岁人（九十岁）

★丘壑足烟雾九十年来留逸志 ‖ 屋堂多雨露八千岁后又生春（九十岁）

三、女性庆生贺寿联

1.女性贺寿通用联

★ 辉腾福婺 ‖ 香发琪花

★ 萱荣堂北 ‖ 婺焕弧南

★ 萱堂日永 ‖ 兰阁风薰

★ 白鹤翔万里 ‖ 红桃寿千秋

★ 慈萱春不老 ‖ 古树寿长青

★ 萱草凌霜翠 ‖ 灵芝浥露香

★ 玉树盈阶秀 ‖ 金萱映日荣

★ 丹桂飘香开月阙 ‖ 金萱称庆咏霓裳

★ 福护慈萱人不老 ‖ 喜弥寿树岁长春

★ 辉腾宝婺三千丈 ‖ 青发奇花十万枝

★ 金桂生辉老益健 ‖ 萱草长春庆古稀

★ 梅子绽时酣夏雨 ‖ 萱花称满霭慈云

★ 祥鸾仪羽来三鸟 ‖ 慈姥峰峦出九霄

★ 萱草含芳千年艳 ‖ 桂花香动五株新

★ 芝兰玉树竞娟秀 ‖ 青鸟蟠桃共岁华

★ 宝婺生光彩嬉莱子 ‖ 华堂开宴酒晋麻姑

★ 彩绚琼枝萱堂日暖 ‖ 春生玉砌鸾佩风和

★ 鹤算添筹瑞凝萱室 ‖ 兕觥晋酒雅谱三陔

★ 兰阁风薰瑶池益算 ‖ 萱堂日永彩帨延龄

★ 桃熟三千瑶池启宴 ‖ 筹添一百海屋称觞

★ 天上三秋婺星几转 ‖ 人间百岁萱草长荣

★ 萱茂华堂辉生锦帨 ‖ 桂开月殿曲奏霓裳

★ 玉树阶前莱衣竞舞 ‖ 金萱堂上花甲初周

2.一至二十岁女孩庆生联

★ 绿琪千年树 ‖ 红尘十二春（十二岁）

★ 百岁犹余九十载 ‖ 笄年尚待月初三（十岁）

★ 二八芳龄风华茂 ‖ 芊芊少女才思高（十六岁）

★ 锦瑟挥弦添五数 ‖ 璇闺设帨正兼旬（二十岁）

★ 炮鸣千声迎周岁 ‖ 花开万枝尽轻阳（周岁）

★ 十六烛光照碧玉 ‖ 一年如意沐春晖（十六岁）

★ 暑往冬来十六载 ‖ 春闺秋波二八年（十六岁）

★ 喜迎金枝岁初满 ‖ 玉叶一笑花自开（周岁）

★ 玉液琼酥庆周岁 ‖ 银花火树开佳节（周岁）

★ 周岁新添阖院乐 ‖ 娇声又引睦邻来（周岁）

★ 贺小女健康满三岁 ‖ 恭大家闺秀称千金（三岁）

★ 兰质蕙心二旬初度 ‖ 柳诗茗赋双美兼收（二十岁）

★ 弹指光阴一旬甫届 ‖ 当头日月百岁同光（十岁）

★ 赵女披纱喜迎二十生辰 ‖ 玉容醉人胜似碧玉年华（二十岁）

3.三十至六十岁女士庆生贺寿联

★ 宝婺星辉延六秩 ‖ 蟠桃瑞献祝千秋（六十岁）

★ 东序兰草三春劲 ‖ 北堂萱华满院香（四十岁）

★ 海屋筹添春半百 ‖ 琼池桃熟岁三千（五十岁）

★ 花乃金萱开六甲 ‖ 星真宝婺焕中天（六十岁）

★ 辉腾宝婺三十寿 ‖ 青发娇花而立年（三十岁）

★ 际此欣逢设帨日 ‖ 而今初倍及笄年（四十岁）

★ 蟠桃捧日三千岁 ‖ 萱树参天五十围（五十岁）

★ 三十初进留龄酒 ‖ 百年永开艳丽花（三十岁）

★ 桃熟正逢花甲茂 ‖ 兰开几阅福寿添（六十岁）

★ 庭帨长驻三春景 ‖ 海屋平分百岁筹（五十岁）

★ 彤管飞音歌玉树 ‖ 绿云分彩护金萱（六十岁）

★ 玉芽久种春秋圃 ‖ 青液频浇甲子花（六十岁）

★ 婺宿腾辉百龄半度 ‖ 天星焕彩五福骈臻（五十岁）

★ 瑶池桃熟王母降乐 ‖ 碧沼荷开灵娥陪观（四十岁）

★ 玉树阶前莱衣竞舞 ‖ 金萱堂上花甲初周（六十岁）

★ 六十年度似芙蓉出水 ‖ 二回甲子如桃花初开（六十岁）

★ 记八千为一春萱草千年绿 ‖ 再五十便百岁桃花万树红（五十岁）

4.七十至八十岁女寿联

★ 八旬且献瑶池瑞 ‖ 四代同瞻宝婺辉（八十岁）

★ 沧海月莹寿母相 ‖ 瑶台仙近女人星（八十岁）

★ 金桂生辉老益健 ‖ 萱草长春庆古稀（七十岁）

★ 年迈七旬称健姥 ‖ 寿添三十享期颐（七十岁）

★ 七旬菊香秋后献 ‖ 五云花洁日边来（七十岁）

★ 寿衍七旬辉宝婺 ‖ 堂开四代乐薰风（七十岁）

★ 四代斑衣荣耋寿 ‖ 八旬福婺庆遐龄（八十岁）

★ 月满桂花诞七秩 ‖ 庭留萱草茂千秋（七十岁）

★ 日照萱花云征异彩 ‖ 天留婺宿人庆稀年（七十岁）

★ 桃熟三千欣看献瑞 ‖ 旬开八十庆溢添筹（八十岁）

★ 萱寿八千八旬伊始 ‖ 范福九五九畴乃全（八十岁）

★八秩寿筵开萱草眉舒绿 ‖ 千秋佳节届蟠桃面映红（八十岁）

★八月称觞桂花投肴延八秩 ‖ 千声奏乐萱草迎笑祝千秋（八十岁）

★逾古稀又十年可喜慈颜久驻 ‖ 去期颐尚廿载预征后福无疆（八十岁）

★两番画获昌欧门六一堂玉为树 ‖ 群星奉觞祝金母三千年桃始花（八十岁）

★圆月吉祥慈母七十载贤德聪慧 ‖ 金风送爽福拜古稀寿恭贺吉祥（七十岁）

★梓舍功高庆麟阁双登寿母八旬跻八座 ‖ 苏枝荫大值霓裳同咏名经千佛祝千春（八十岁）

5.九十至百岁女寿联

★芝荣五色 ‖ 图献九如（九十岁）

★一乡称寿母 ‖ 九十不为奇（九十岁）

★鹤发童颜臻上寿 ‖ 兰馨桂馥乐余年（百岁）

★华筵九秩莱子乐 ‖ 慈训三迁孟母贤（九十岁）

★九旬鹤花同金母 ‖ 老秩斑衣学老莱（九十岁）

★乐奏云瑕歌百岁 ‖ 德辉彤史祝千秋（百岁）

★庆花甲一周添半 ‖ 祝萱堂百岁有奇（九十岁）

★堂北萱花荣九秩 ‖ 天南宝婺耀千秋（九十岁）

★瑶池果熟三千岁 ‖ 海屋筹添九十春（九十岁）

★瑶池喜晋千年酒 ‖ 海屋欣添百岁筹（百岁）

★妇德交称上寿允享 ‖ 孙荣竞秀五世其昌（百岁）

★桃熟三千瑶池启宴 ‖ 筹添一百海屋称觞（百岁）

★桃熟三千樽开北海 ‖ 春光九十诗倾南山（九十岁）

★天上三秋婺星几转 ‖ 人间百岁萱草长荣（百岁）

★锦帏动春风寿延九秩 ‖ 萱花标经色庆衍千秋（九十岁）

★桃熟三千美果平分仙洞 ‖ 春光九十称觞偏占佳期（九十岁）

★明月有恒纪年合献九如颂 ‖ 长春不老添闺当称百岁人（九十岁）

★设帏溯当年喜花甲一周又半 ‖ 称觞逢此日祝萱龄百岁有奇（九十岁）

四、双寿联

★椿萱并茂 ‖ 庚婺同明

★河山并寿 ‖ 日月双辉

★并蒂花开瑶岛树 ‖ 合欢酒进碧筒杯

★椿萱并茂交柯树 ‖ 日月同辉瑶岛春

★风和璇阁恒春树 ‖ 日暖萱庭长乐花

★福星高照父安健 ‖ 寿比南山母宁康（横批：福寿安康）

★鸾凤和鸣昌百世 ‖ 麒麟瑞叶庆千龄

★鸾笙合寿和声乐 ‖ 鹤算同添大耋年（八十岁）

★梅竹平安春意满 ‖ 椿萱并茂寿源长

★南极星辉牛斗度 ‖ 北堂萱映凤凰枝

★人近百年犹赤子 ‖ 天留二老看玄孙（九十岁）

★西望瑶池降王母 ‖ 南极老人应寿昌

★瑶觞春介齐眉寿 ‖ 锦砌晖承绕膝花

★花放水仙夫妻偕老 ‖ 图呈王母庚娄双辉

★花甲齐年项臻上寿 ‖ 芝房联句共赋长春（六十岁）

★耄耋齐眉春深爱日 ‖ 孙曾绕膝瑞启颐年（九十岁）

★南极星辉斑联玉树 ‖ 北堂瑞霭花发金萱

★人瑞同称耀联弧帨 ‖ 天龄永享庆溢期颐（百岁）

★日月双辉唯仁者寿 ‖ 阴阳合德真古来稀（横批：盘献双桃）（七十岁）

★恩父慈母古稀同瑞寿 ‖ 儿女子孙献福齐安康（横批：家和万代）（七十岁）

★屈指三秋天上又逢乞巧 ‖ 齐眉百岁人间应有双星（五十岁）

★鹤寿频添年逾七十椿不老 ‖ 龟龄永享寿高百岁萱并荣（横批：天上双星）（七十岁）

★孙子生孙上寿同臻称国瑞 ‖ 老人偕老百年共乐合家欢（百岁）

★有日高升木公金母春无数 ‖ 慈云共覆桂子兰孙乐有余（横批：儿孙满堂）

★七十古稀年年岁岁福寿双至 ‖ 华夏美谈子子孙孙金玉满堂

★月圆人共圆看双影今宵清光普照 ‖ 客满樽俱满羡齐眉此日秋色平分

★龙凤呈祥福如东海多儿多女多福寿 ‖ 琴瑟和鸣寿比南山好山好水好晚年

★望三五夜月对影而双天上人间齐焕彩 ‖ 占八千春秋百分之一椿庭萱舍共遐龄（八十岁）

第七章

庆贺庆典联

在工作和生活中，除了逢年过节、婚配祝寿，还有很多值得庆贺的事情，比如喜得贵子或千金、乔迁新居、开业、升学、庆功，等等。在特定的日子和场合，张贴合适的对联，不仅可以抒发美好的愿望，也能使喜庆的氛围更加浓郁。

一、生育对联

1.贺生男孩对联

★ 舞鹤衔芝待 ‖ 祥麟吐玉书

★ 川媚山辉蓝玉朗 ‖ 天高月满蚌珠肥（秋生子）

★ 春来绿竹抱新笋 ‖ 福到红楼藏玉珠

★ 德门喜庆添双子 ‖ 英物啼祥惊四邻（生双男）

★ 德门喜庆添一子 ‖ 英物啼祥乐四邻

★ 奉子成婚喜上喜 ‖ 承恩而生乐更乐（奉子成婚）

★ 父拜花堂人成对 ‖ 儿闹洞房喜成双（奉子成婚）

★ 花萼相辉开并蒂 ‖ 埙篪齐奏叶双声（生双男）

★ 结连理恩爱永久 ‖ 得贵子幸福终身

★ 良缘天定迟迟到 ‖ 贵子祈福早早来（横批：喜事成双）

★ 秋月晚生丹桂宝 ‖ 春风新长紫兰芽（晚年生子）

★ 日暖兰阶花吐秀 ‖ 雷惊竹院笋抽芽（春生子）

★ 石麟果是真麟趾 ‖ 雏凤清于老凤声（冬生子）

★ 啼声报喜生英物 ‖ 春色入门贺栋材

★ 天赐麟儿全家乐 ‖ 户迎贵人满堂辉

★ 添丁添福添喜庆 ‖ 继灿继旺继满盈（百日）

★ 喜见红梅欣结子 ‖ 笑看绿竹又生孙（生孙／曾孙）

★ 有道明时兰为贵 ‖ 天涯福气竹生孙（生孙／曾孙）

★玉种蓝田征合璧 ‖ 树栽碧海喜交柯（生双男）

★月窟培生丹桂子 ‖ 云阶育出玉兰芽

★月满天高桂结子 ‖ 地灵人杰庭降龙（满月）

★新丁驾到喜上加喜 ‖ 新人恩爱年复一年

★新家百日添英物 ‖ 福院三更哄俊娃（百日）

★佳气充间倍添春色 ‖ 英声载路喜得宁馨（春生子）

★美济凤毛兰荪茁秀 ‖ 谋贻燕翼瓜瓞绵长（生孙／曾孙）

★瑞雪盈庭石麟降世 ‖ 祥云护舍玉燕投怀（冬生子）

★天赐石麟祥开四叶 ‖ 庭投玉燕瑞庆一堂

★子种莲房新苗茁壮 ‖ 梦延瓜瓞日见长绵（夏生子）

★奉子成婚大吉大利双喜天降 ‖ 合家旺福同欢同乐四季春风（奉子成婚）

2.贺生女孩对联

★弄璋欣有喜 ‖ 产凤庆生辉

★女婴啼春晓 ‖ 母乳哺月圆

★双喜临福地 ‖ 千金耀华门

★今日喜得天仙女 ‖ 他日欣逢博士郎

★今朝喜降嫦娥女 ‖ 他岁笑看穆桂英

★千金坠地合家喜 ‖ 众客盈门百福临

★绕庭已喜临风玉 ‖ 照室还看入掌珠

★瑞应宝婺离双阙 ‖ 喜见仙娥坠九天

★啼声无语时牵众 ‖ 娇面如花总快心

★天生丽质西施愧 ‖ 地灵人杰心兰蕙

★天使玲珑今满月 ‖ 神童智慧大成才（满月）

★谢庭喜擢芝兰秀 ‖ 周雅欣赓瓜瓞篇

★瑶池嫩叶初呈瑞 ‖ 玉树新枝正发荣

★玉树生花开七彩 ‖ 闺房弄瓦得千金

★玉燕投怀生宝贝 ‖ 金盆浴女看明珠

★云中新凤双飞翼 ‖ 掌上明珠两颗星（生双女）

★喜邀嫦娥满月来弄瓦 ‖ 兴拜麻姑瑞年庆千金（满月）

3.龙凤胎和男女通用联

★今朝满月酒 ‖ 他年凌云阁（满月）

★降龙欣有喜 ‖ 产凤庆生辉（龙凤胎）

★双喜临华第 ‖ 孪生降福门（双胞胎）

★百天初入茫茫路 ‖ 三代同倾眷眷情（百日）

★儿女双全父母愿 ‖ 椿萱并茂子孙心（二胎、龙凤胎）

★儿女双全迎满月 ‖ 门庭五福颂佳年（二胎、龙凤胎满月）

★凤舞九天迎满月 ‖ 龙腾四海御青云（龙凤胎满月）

★龙行瑞雨兆佳运 ‖ 凤舞吉祥送温馨（龙凤胎）

★设帨门前知降凤 ‖ 悬弧堂上喜生龙（龙凤胎）

★一孩落地合家喜 ‖ 四睦盈门百福临

★耀天啼声惊四座 ‖ 家门喜气洽三多

★转瞬新婴迎百日 ‖ 展眉老幼庆天伦（百日）

★喜事福运来临嘉宸齐增色 ‖ 金童玉女下凡桃李共生辉（龙凤胎）

★凤愿得偿福地欣喜逢秋雨 ‖ 伦常有续阖门欢庆获宁馨

二、筑屋乔迁联

1.新屋落成对联

★福临吉地 ‖ 春满华堂

★竹苞松茂 ‖ 业乐居安

★宝盖万年在 ‖ 华厦千秋辉

★东风开画栋 ‖ 旭日映华堂

★吉星照佳地 ‖ 紫气指新梁

★远山花作伴 ‖ 近岸柳为城

★甲第新开美景 ‖ 子孙大展宏图

★承家事业辉堂构 ‖ 经世文章裕栋梁

★春风丽日开画栋 ‖ 绿柳红花掩门庭

★栋宇连云子孙愿 ‖ 华堂耀日父母心

★画栋连云光旧业 ‖ 华堂映日耀新居

★基实奠定千秋业 ‖ 柱正撑起万年梁

★添砖加瓦起广厦 ‖ 画栋雕梁饰华房

★小楼上下皆春意 ‖ 新第旁围多睦邻

★新厦落成增瑞气 ‖ 华门安居进财源

★新屋落成千载盛 ‖ 阳光普照一家春

★莺声到此鸣金谷 ‖ 麟趾于今步玉堂

★择地适值东风劲 ‖ 上梁正遇丰收年

215

★ 平安福地紫微指栋 ‖ 吉庆人家春风架梁

★ 日永华堂祥光四射 ‖ 云连夏屋气象一新

★ 新居焕彩盈门秀色 ‖ 华构落成满座春风

★ 何须大厦高楼方称杰构 ‖ 就此青山绿水便好安居

★ 画栋连云燕子重来应有异 ‖ 笙歌遍地春光长驻不须归

★ 小院四方几度春风几度雨 ‖ 新房一座半藏农具半藏书

★ 新居落成生意兴隆通四海 ‖ 小楼建就财源广进达三江

★ 兴大厦建乐园景色如画美 ‖ 住新居创家业生活似蜜甜

★ 杰构地仍幽水如碧玉山如黛 ‖ 诗人居不俗风有高梧鹤有松

★ 山河气象果新奇到处莺歌燕舞 ‖ 栋宇规模真壮丽满眼虎踞龙蟠

2.搬迁新居对联

★ 新居焕彩 ‖ 华堂生辉

★ 莺迁仁里 ‖ 燕贺德邻

★ 玳梁欣贺燕 ‖ 乔木喜迁莺

★ 风和新居暖 ‖ 日丽甲第安

★ 祥光临福地 ‖ 喜气满新居

★ 燕喜开新第 ‖ 莺迁转上林

★ 玉堂浮瑞气 ‖ 金室耀祥光

★ 古渡桥头铺锦绣 ‖ 新居院里启仁风

★ 红日高照新居户 ‖ 喜花常开幸福家

★ 江山聚秀归新宇 ‖ 奎璧联辉映画堂

★ 迁居新逢吉祥日 ‖ 安宅正遇如意春

★ 庆乔迁合家皆禧 ‖ 居新宅世代永安

★ 日照新居添锦绣 ‖ 花栽园圃吐芬芳

★ 添喜进福当鸿运 ‖ 栋梁结彩贺乔迁

★祥云环绕新门第 ‖ 红日光临喜人家

★新地新居新气象 ‖ 好山好水好风光

★燕过重门留好语 ‖ 莺迁乔木报佳音

★燕贺新居传喜讯 ‖ 莺迁乔木展雄风

★燕喜新居春正暖 ‖ 莺迁乔木日初长

★莺迁乔木松流韵 ‖ 月洗高秋桂生香

★增辉日月照华夏 ‖ 如意春风拂新居

★吉日迁居万事如意 ‖ 良辰安宅百年遂心

★迁入新宅吉祥如意 ‖ 搬进高楼福寿安康

★乔木阴浓迁徙莺谷 ‖ 琼楼秋爽高向蟾宫

★乔迁喜天地人共喜 ‖ 新居荣福禄寿全荣

★彩云萦画栋物华天宝 ‖ 秀水绕新居人杰地灵

★笑语声声共庆乔迁喜 ‖ 腊梅朵朵同妆进取楼

★居卜德邻人杰地灵觇瑞气 ‖ 宅迁仁里珠兰玉桂兆奇英

★喜临华堂佳气缭绕百事顺 ‖ 乐住新屋阳光普照万代昌

★燕喜新居迎得春风栽玉树 ‖ 莺迁乔木蔚成大器建家园

三、庆开业常用对联

1.工矿交运建开业对联

★宏图大展 ‖ 裕业有孚

★尽人之力 ‖ 为国生财

★隆声远布 ‖ 兴业长新

★升临福地 ‖ 祥集德门

★兴隆大业 ‖ 昌裕后人

★大业开鹏举 ‖ 东风启壮图

★飞驰千里马 ‖ 更上一层楼

★开张迎喜报 ‖ 举步尽春光

★凌霄挥巨手 ‖ 立地起高楼（建筑）

★为子孙创业 ‖ 替民族增光

★雄心创大业 ‖ 壮志写春秋

★乘风誓兴鹏程路 ‖ 兴厂功高有志人

★机器好顾客满意 ‖ 信誉高工厂兴隆

★吉行千里送万物 ‖ 昌聚四面通八方（运输）

★科研生产联姻果 ‖ 富裕文明并蒂花

★铺成团结光明路 ‖ 开出生财幸福泉

★财似云来通四海 ‖ 货如轮转达三江（运输）

★万众一心齐奋力 ‖ 百舸千里竞争流

★乌龙竞舞振兴志 ‖ 新矿宏开奋起图（矿产）

★无限春光无限路 ‖ 有为时代有为人

★取天地大气营万家辉煌 ‖ 树百世新风净千古人间（风电）

★良行数亿家物资信誉最重 ‖ 驰骋九万里纵横使命必达（运输）

★树雄心创大业江山添锦绣 ‖ 立壮志写春秋日月耀光华

★就地取材只为乡村多特产 ‖ 适时建厂总因企业有能人

2.文教医疗界开业对联

★尊师重教 ‖ 育才兴邦（教育）

★大地文风布 ‖ 长空墨气存（文艺）

★但愿人皆健 ‖ 何妨我独贫（医疗）

★倾一腔热血 ‖ 育百代英才（教育）

★文坛生异彩 ‖ 艺苑奏新声（文艺）

★欣文坛喜溢 ‖ 看艺苑花荣（文艺）

★雄心开伟业 ‖ 妙墨系春秋（文艺）

★学烛炬气概 ‖ 效春蚕精神（教育）

★妙手描山绣水 ‖ 雄心强国富民（文艺）

★除三山五岳病痛 ‖ 收四海九州精华（医疗）

★大地山川生笔底 ‖ 神州伟业出毫端（文艺）

★风月有情常似旧 ‖ 丹青妙处不可言（文艺）

★文坛时雨增秀色 ‖ 艺苑春风育新枝（文艺）

★固本兴邦唯教育 ‖ 开来继往赖人才（教育）

★国运昌隆兴教育 ‖ 校风严谨利学人（教育）

★乐教梓楠同受范 ‖ 喜看桃李广成才（教育）

★乐土文坛皆雅士 ‖ 仁乡艺苑尽才人（文艺）

★两只起死回生手 ‖ 一颗安民济世心（医疗）

★妙手两肩担道义 ‖ 良医三指续春秋（医疗）

★名士千里辉煌路 ‖ 豪杰万事爱惜足（足疗）

★誓奉银针开笑面 ‖ 愿将玉液护春晖（医疗）

★书画诗词歌大治 ‖ 吹拉弹唱庆升平（文艺）

★文坛鸟唱和衷曲 ‖ 协会云拥艺术家（文艺）

★艺苑花开添锦绣 ‖ 文坛春暖布阳和（文艺）

★园丁励志栽桃李 ‖ 伯乐诚心育英才（教育）

★展望文山增智慧 ‖ 挖掘遗产写新篇（文艺）

★逐鹿文坛争榜首 ‖ 摘星艺苑上摩天（文艺）

★认真发掘文学宝库 ‖ 积极扶植艺苑新花（文艺）

★修千载养生之圣术 ‖ 得百年身心之安康（武馆、养生馆）

★金盆泡脚尽驱平日辛苦 ‖ 石狮伫立恭迎贵客登门（足疗）

★救死扶伤医术高明精道业 ‖ 励精图治国家昌盛灿春霞（医疗）

★新校始开全靠春风时雨润 ‖ 教坛肇庆尽催桃李梓楠新（教育）

★沾禧露医林劲旅千花竞秀 ‖ 迎春晖华夏药坛百草生香（医疗）

★庆新校改颜国旗招展腾腾气 ‖ 祝教园更貌院舍生辉振振歌（教育）

3.商业店铺类开业对联

★八面进宝 ‖ 四方来财

★财源茂盛 ‖ 生意兴隆

★财源若海 ‖ 顾客盈门

★萃集百货 ‖ 丰盈八方

★财源通四海 ‖ 客路达三江

★昌期开景运 ‖ 泰象启阳春

★吉星欣在店 ‖ 祥霭喜盈门

★开张添吉庆 ‖ 启步肇昌隆

★利泽源头水 ‖ 生意锦上花

★楼小乾坤大 ‖ 酒香顾客多（餐饮）

★清音盈客座 ‖ 和气透茶杯（茶馆）

★生意如春意 ‖ 财源似水源

★同行增劲旅 ‖ 商界跃新军

★盈门飞酒韵 ‖ 开业会春风（餐饮）

★琢玉能为器 ‖ 点石可成金（工艺品）

★八方财富八方景 ‖ 十里春风十里街

★财如晓日腾云起 ‖ 利似春潮带雨来

★财源涌起千重浪 ‖ 宝地聚来万两金

★春夏秋冬走鸿运 ‖ 东西南北广进财

★堆金积玉无双美 ‖ 聚宝藏珍第一家（古玩）

★饭肴誉名三江水 ‖ 信誉感召四海心（餐饮）

★红梅献瑞祝新店 ‖ 瑞雪拥祥贺启门

★湖海交游凭道义 ‖ 市场贸易具经纶

★货畅其流通四海 ‖ 誉取于信达三江

★佳肴美酒千人醉 ‖ 饭暖茶香万客尝（餐饮）

★经营不让陶朱富 ‖ 贸易长存管鲍风

★酒店新开杨柳岸 ‖ 青帘高挂杏黄旗（餐饮）

★看今日吉祥开业 ‖ 待明朝大富启源

★利如晓日腾云起 ‖ 财似春潮带雨来

★名震塞北三千里 ‖ 味压江南十二楼（餐饮）

★三江顾客盈门至 ‖ 百货称心满街夸

★色香味形多雅趣 ‖ 烹调蒸煮俱清奇（餐饮）

★生意兴隆通四海 ‖ 财源茂盛达三江

★生意兴隆通四海 ‖ 风味佳美誉三秦（餐饮）

★ 四季来财财滚滚 ‖ 八方见喜喜连连

★ 五湖寄迹陶公业 ‖ 四海交游晏子风

★ 雅逸门庭茶逸雅 ‖ 清真饭馆菜真清（餐饮）

★ 迎八面春风志禧 ‖ 祝十方新路昌隆

★ 翠木枝枝无穷雅韵 ‖ 鲜花朵朵占尽风流（花草、鲜花）

★ 东西南北财源广进 ‖ 春夏秋冬生意常隆

★ 开业经营门庭若市 ‖ 热心服务寒月如春

★ 绿绿红红一年皆秀 ‖ 娉娉袅袅四季如春（花鸟）

★ 气爽天高经营伊始 ‖ 日增月盛利益均红

★ 夏鼎商彝传流千古 ‖ 秦砖汉瓦罗列一堂（古玩）

★ 有名店店有名名扬四海 ‖ 迎客楼楼迎客客满一堂

★ 春满山中采得新芽供客饮 ‖ 茶销海外赢来蜚誉耀神州（茶叶店、茶馆）

★ 宏图大展生意兴隆通四海 ‖ 伟业宏开财源广进达三江

★ 举鹏程北汇南通千端称意 ‖ 祝新业东成西就万事顺心

★ 开张呈喜无边春色融融乐 ‖ 举业有方不尽财源滚滚来

★ 祝开门大吉喜看四方进宝 ‖ 贺同道呈祥欣期八路来财

四、升学、庆功对联

1.升学宴、谢师宴对联

★升学阖院喜 ‖ 启步九天欢

★十年学子苦 ‖ 半世父兄恩

★谢此大恩光学海 ‖ 师从教育惠书山（横批：师德永铭）（谢师）

★一世饱读千世史 ‖ 十年寒窗百年荣

★十年苦读亲朋目润 ‖ 一朝中第男儿志远

★桃李天下遍大江南北 ‖ 寒窗苦读感恩师栽培（谢师）

★书蕴海桃李芬芳仕途好 ‖ 学登峰山河锦绣前程明

★龙虎榜前长记恩师沾雨露 ‖ 风云路上时怀戚友嘱叮咛（谢师）

★入学喜报饱浸学子千滴汗 ‖ 开宴鹿鸣荡漾恩师万缕情（谢师）

★题名喜报蘸沾学子千滴汗 ‖ 开宴鹿鸣荡漾恩师万缕情（谢师）

★松柏无言谢恩师谆谆教诲 ‖ 赞歌高唱贺学子金榜题名（谢师）

★志存远见金榜题名天地喜 ‖ 平步高升前程似锦亲朋欢

★承父老错爱会此吉日宴亲友 ‖ 蒙恩师重情得遇他朝谢西宾（谢师）

★苦读寒窗日排疑除惑凉心暖 ‖ 成就事业时感恩戴德热泪滴（横批：恩同再造）（谢师）

★金木水火土五行俱全焚香谢造物 ‖ 哲史数理化各科皆佳摆酒庆登科

★十载求学纵苦三伏三九无悔无怨 ‖ 一朝成就再忆全心全力有苦有乐

★一朝金榜题名成八斗奇才傲天下 ‖ 十年寒窗苦读效三皇五帝逐群雄

2.表彰会、庆功会对联

★英豪济济 ‖ 阵势堂堂

★花献革新者 ‖ 功昭创业人

★业著光荣榜 ‖ 花开报喜春

★功高且把云为鉴 ‖ 誉重宜将岭作师

★顾大局扬长避短 ‖ 学英雄振奋建功

★奖杯凝聚千钧力 ‖ 锦匾汇融万缕情

★声声颂誉催人奋 ‖ 朵朵红花向党红

★千声颂乐歌功著 ‖ 一卷宏图举业新

★遵纪守规当模范 ‖ 增收节约立新功

★做贡献青春灿烂 ‖ 勇登攀事业辉煌

★辞旧岁总结辉煌成果 ‖ 迎新春展望灿烂前程

★改革涌新潮群龙戏水 ‖ 振兴挥壮志大浪催舟

★巨龙崛起英雄兴大业 ‖ 华夏腾飞时势造新人

★励精图治雄心抒壮志 ‖ 足智多谋胜纪建奇功

★日月光昭数风流人物 ‖ 春秋笔在歌盛世英雄

★花献革新者业著光荣榜 ‖ 功昭创业人花开报喜春

★业绩辉煌无愧英雄本色 ‖ 鹏风浩荡首推志士精神

★大事共商又献丹心谈妙计 ‖ 雄姿再展更添豪气立新功

★壮志凌云英雄奇迹惊天宇 ‖ 凯歌动地时代新潮奏乐章

★立壮志为中华民族永争光彩 ‖ 树雄心把世界水平再写新篇

五、校庆、厂庆、路庆对联

1.校庆常用对联

★ 教坛千古业 ‖ 桃李一园春

★ 桃李满天下 ‖ 梓楠遍五洲

★ 讯传连四海 ‖ 校庆汇三江

★ 育文明学子 ‖ 建和谐校园

★ 掇菁撷华毓灵秀 ‖ 含英咀华育英才

★ 岁岁雕琢擎宇柱 ‖ 年年孕育栋梁材

★ 桃李云集贺华诞 ‖ 师生共聚话今昔

★ 园丁辛苦一堂秀 ‖ 桃李成材四海春

★ 园中桃李年年艳 ‖ 国厦栋梁节节高

★ 团结奋进志存高远 ‖ 严谨治学开拓创新

★ 忆往昔同窗书生意气 ‖ 看今朝欢聚各路英豪

★ 丹桂传香喜奉八方嘉宾 ‖ 秋菊溢金笑迎四海校友

★ 看今日育李栽桃结硕果 ‖ 待明朝生光拔萃尽英才

★ 豪杰挺生敢教梓楠成大栋 ‖ 英才乐育欣期学子步青云

★ 济济名师同谋教育千秋业 ‖ 莘莘学子共建杏坛万世功

★ 蓝柱白栏彩旗作响闹校庆 ‖ 曲径墨石绿树弯腰迎嘉宾

★ 携手共进兰桂树下话昔日 ‖ 把酒言欢母校怀中庆今朝

★ 枝繁花馨校内漫步睹新貌 ‖ 魂牵梦萦师前絮语诉旧情

★师生同庆恭贺华诞誓夺桂冠 ‖ 高朋满座共忆流年同创辉煌

★春风化雨乐育英才桃李满天下 ‖ 学子成才情牵母校栋梁遍神州

★桃红李白盼朵朵鲜花结丰硕果 ‖ 根深叶茂看棵棵杏树成栋梁材

★昔日璀璨万千校友共谈辉煌史 ‖ 金风送爽莘莘学子共叙母校情

★忆往昔岁月菁菁校园桃李并荣结硕果 ‖ 瞻灿烂前程莘莘学子鲲鹏展翅绘宏图

2.厂庆、路庆对联

★车载十年庆 ‖ 路伸万里程（路庆）

★千车连万户 ‖ 一线贯九州（路庆）

★树立品牌形象 ‖ 弘扬创新精神（厂庆）

★百年大计开新举 ‖ 万里长征振虎风（厂庆）

★翻天覆地山河壮 ‖ 革故鼎新日月明（厂庆）

★改革春风催劲羽 ‖ 振兴喜庆鼓鹏程（厂庆）

★公司业绩喜进步 ‖ 企业功成庆周年（厂庆）

★千里路朝行夕至 ‖ 万方情北汇南融（路庆）

★青山万里春光好 ‖ 盛厂千军气势雄（厂庆）

★通衢别辟不毛地 ‖ 大道偏钟边远城（路庆）

★忆昔坎坷兴业路 ‖ 抚今昌盛换新天（厂庆）

★复蹈旧辙并非复旧 ‖ 创开新路才是创新（路庆）

★万里路程如同经纬 ‖ 九州脉络格外分明（路庆）

★玉带系青山千回百转 ‖ 铁轨穿险涧六顺八达（路庆）

★路穿万水千山畅通无阻 ‖ 车过十州百县缩地有方（路庆）

★和谐庆典台台机器创佳绩 ‖ 竞技厂赛个个零件争标兵（厂庆）

★树雄心创大业与江山共秀 ‖ 立壮志写春秋共日月同辉（厂庆）

★群星闪耀缀世间万物鹏程添锦绣 ‖ 众光璀璨暖天下人心伟业更辉煌

（厂庆）

★不怕苦即捷足可先劲敌强手抛于后 ‖ 能齐心则万难无惧丰功伟业在眼前（厂庆）

★泛商海同甘苦竞逐群雄一路豪情向天唱 ‖ 展宏图攀高峰抟击长空七彩人生铸辉煌（厂庆）

第八章

丧祭挽联

　　挽联属专用联，是集体或个人哀悼逝者、治丧祭祀而写的对联。挽联一般表达对逝去之人的敬意与怀念，也是对在世之人的一种慰勉。选用或创作挽联，要有针对性，体现出一定的时代性，并注意各地风俗的差异，以免造成误会。

一、通用挽联

1.男女通用挽联

★ 前世典范 ‖ 后人楷模

★ 音容在目 ‖ 浩气凌空

★ 风木有遗恨 ‖ 瞻依无尽时

★ 户寂凄风冷 ‖ 楼空苦雨寒

★ 寿终德望在 ‖ 身去音容存

★ 痛心伤永逝 ‖ 挥泪忆深情

★ 雨洒天流泪 ‖ 风号地哭声

★ 悲声难挽流云住 ‖ 哭音相随野鹤飞

★ 等闲暂别犹惊梦 ‖ 此后何缘再晤言

★ 蝶化竟成辞世梦 ‖ 鹤鸣犹作步虚声

★ 仿佛音容犹如梦 ‖ 依稀笑语痛伤心

★ 风凄暝色愁杨柳 ‖ 月吊宵声哭杜鹃

★ 鹤驾已随云影杳 ‖ 鹃声犹带月光寒

★ 魂归九天悲夜月 ‖ 芳流百代忆春风

★ 鹃啼五夜凄风冷 ‖ 鹤唳三更苦雨寒

★ 朗月清风怀旧宇 ‖ 残山剩水读遗诗

★ 流水夕阳千古恨 ‖ 春风落日万人思

★ 六亲吊奠三杯酒 ‖ 一室哀号四月天

★情深风木终天恸 ‖ 泪点寒梅触景思

★三径寒松含露泣 ‖ 半窗残竹带风号

★夕阳流水千古恨 ‖ 春露秋霜百年愁

★月阶静夜蛩声切 ‖ 竹院秋声鹤梦凉

★云覆巫山人不见 ‖ 月明仙岭鹤归来

★白云居空悠然而尽 ‖ 黄叶满地凄其以悲

★海阔天空忽悲西去 ‖ 乌啼月落犹望南归

★风惨云凄对青灯而自苦 ‖ 山颓木坏痛绛帐之空悬

★时事伤心风号鹤唳人何处 ‖ 哀情惨目月落乌啼霜满天

★烟雨凄迷万里春花沾血泪 ‖ 音容寂寞千条流水放悲声

★月照寒风空谷深山徒泣泪 ‖ 霜凝宿草素车白马更伤情

2.男性通用挽联

★此日骑鲸去 ‖ 何年化鹤来

★寿终德永在 ‖ 人去范长存

★天不留耆旧 ‖ 人皆惜老成

★庾公楼月冷 ‖ 处士里星沉

★杜梁悲落月 ‖ 鲁殿圮灵光

★碧水青山认作主 ‖ 落花啼鸟总伤神

★称觞沿忆登堂事 ‖ 挂剑难为过墓情

★椿影已随残月去 ‖ 桂香犹逐好风来

★大雅云亡梁木坏 ‖ 老成凋谢泰山颓

★扶桑此日骑鲸去 ‖ 华表何年化鹤来

★公去大名留史册 ‖ 我来何处别音容

★剑空宝匣龙应化 ‖ 云锁丹心凤不来

★龙隐海天云万里 ‖ 鹤归华表月三更

★ 墨云香冷来禽馆 ‖ 薤露寒生赋鹏文

★ 骑鲸去后行云黯 ‖ 化鹤归来霁月寒

★ 人间未遂青云志 ‖ 天上先成白玉楼

★ 一朝风烛红霞敛 ‖ 万古仪型碧草埋

★ 英灵已作蓬莱客 ‖ 德范犹薰故乡人

★ 英灵永垂宇宙内 ‖ 美德长存天地间

★ 蒲剑斩邪魔高千丈 ‖ 榴花照眼血染双行

★ 为人正直毕生无愧 ‖ 办事公道浩气长存

★ 功勋盖世为举家同悼 ‖ 精神不殒与事业长存

★ 敦厚可风实为前辈表率 ‖ 和谦共仰堪作后人典型

★ 挂剑若为情黄菊花开人去后 ‖ 思君在何处白杨秋净月明时

3.女性通用挽联

★ 女星沉宝婺 ‖ 仙驾返瑶池

★ 宝婺光沉天上宿 ‖ 莲花香观佛前身

★ 慈竹临风空有影 ‖ 晚萱经雨不留芳

★ 翠色和云笼夜月 ‖ 玉容带雨泣春风

★ 风吹蕙帐萱花落 ‖ 月冷吴江杜宇悲

★ 花落萱帏春去早 ‖ 光寒婺宿夜来沉

★ 花落胭脂春去早 ‖ 魂销锦帐梦来惊

★ 荆花树上知春冷 ‖ 萱草堂中不乐年

★ 母仪足式辉彤管 ‖ 婺宿云沉寂绣帏

★ 绮阁当风空有影 ‖ 晚萱经雨不留芳

★ 绮阁风凄伤鹤唳 ‖ 瑶阶月冷泣鹃啼

★ 西地驾已归王母 ‖ 南国辉空仰婺星

★ 西竺莲翻云影淡 ‖ 北堂萱萎月光寒

★女宗靡依痛深戚里 ‖ 母范何恃泪滴慈帏

★绮阁风寒伤心鹤唳 ‖ 兰阶月冷泣血萱花

★彤管芬扬久钦懿范 ‖ 绣帏香冷空仰徽音

★绣阁花残悲随鹤唳 ‖ 妆台月冷梦觉鹃啼

★鹤驭返瑶池慈容缥缈 ‖ 天星沉宝婺阃范流传

★阃范咸钦一夕瑶池返驾 ‖ 坤仪足式千秋彤管流芳

★杜宇伤春泣残血泪悲花老 ‖ 慈乌失母啼破哀声夜光寒

★青鸟传来王母归时环佩冷 ‖ 玉箫声断秦娥去后凤楼空

★泣杖子凄其中夜慈乌三鼓月 ‖ 断机人远去北堂萱草五更霜

★陟怙痛前年方祝萱帏长白发 ‖ 辞尘当此日忽悲荻水隔黄泉

★相夫挽鹿课子丸熊淑德早标彤史范 ‖ 佛座拈花慈闱摧竹仙踪空溯白云乡

二、亲属挽联

1.祖父母、曾祖父母挽联

★含饴厚德无忘马 ‖ 终养私情有愧乌（挽祖母）

★声声唤祖祖不应 ‖ 点点忆旧旧难新（挽祖父）

★严君早逝心犹痛 ‖ 大父旋亡泪更枯（挽祖父）

★祖母仙游千载去 ‖ 诸孙泪洒几时干（挽祖母）

★自昔裕良谋家声克振 ‖ 于今成大隐世泽绵长（挽祖父）

★酒进灵筵于此一滴一泪 ‖ 香焚朝夕惟期如生如存（挽祖父）

★声咽丧帏肠断秋风鹤唳 ‖ 泣残蕙帐血枯夜月乌啼（挽曾祖母）

★慈竹风摧鹤唳一时悲属纩 ‖ 西山日落鸠扶只影恨含饴（挽祖母）

★风起云飞室内犹浮诫子语 ‖ 月明日黯堂前似闻弄孙声（挽祖父母）

★寂寞乾坤邈笑一公何所在 ‖ 凄迷风雨哀哉两字弗堪闻（挽祖父）

★寿越九旬惟冀期颐双甲子 ‖ 堂罗四代忽悲彩服众麻衣（挽曾祖母）

★乌养未终区区怕读陈情表 ‖ 鸾骖顿杳茕茕尤作痛心人（挽祖母）

★陈祖德宝田种玉共仰谋贻燕翼 ‖ 诵先芬宗磐抚石何从虑竭乌私（挽曾祖父）

★萱帏喜长春视外孙如孙慈恩未报 ‖ 莲台已仙去随老母哭母痛泪难干（挽外祖母）

★继体赖先人有子有孙四代凄然推嫡嗣 ‖ 藐孤当大事我祖我父九原可否见慈颜（挽曾祖父，父祖均已逝）

★酷暑痛伤心八秩余年首妣已先乘鹤去 ‖ 新秋垂泪眼一堂五代群孙于此效鹃啼（挽曾祖母）

★泣杖何人恨落木风凄未报私情遂乌鸟 ‖ 含饴如昨痛重闱日冷何堪仙驭渺翔鸾（挽祖母）

2.父母、岳父母挽联

★流芳百世 ‖ 遗爱千秋（挽母）

★严颜已逝 ‖ 风木与悲（挽父）

★半子无依何所赖 ‖ 东床有泪几时干（挽岳父/岳母）

★宝婺云迷妆阁冷 ‖ 萱花霜萎绣帏寒（挽母）

★长记慈惠传后世 ‖ 永留典范在人间（挽母）

★慈母一去杳无影 ‖ 怜儿千声呼不回（挽母）

★慈竹当风空有影 ‖ 晚萱经雨不留香（挽母）

★慈竹影寒甥馆月 ‖ 昙花香杳佛堂云（挽岳母）

★多感嘉宾来祭奠 ‖ 深悲严父去难留（挽父）

★峰顶大人嗟已矣 ‖ 膝前半子痛何如（挽岳父）

★扶来竹杖兼桐杖 ‖ 送去前丧又后丧（挽父母）

★隔世欲留慈母影 ‖ 三餐嚼碎儿女心（挽母）

★叩碎儿头难挽母 ‖ 哭干眼泪怎平愁（挽母）

★莫报春晖伤寸草 ‖ 空余血泪泣萱花（挽母）

★凄凉甥馆慈云黯 ‖ 缥缈仙乡夜月寒（挽岳母）

★世上痛无救母药 ‖ 灵前哭煞断肠人（挽母）

★思亲心切儿流泪 ‖ 怀父情深子断肠（挽父）

★泰岳无云滋玉润 ‖ 东床有泪滴冰清（挽岳父）

★未盗仙桃调味口 ‖ 空悲黄土覆慈容（挽母）

★屋内儿哭慈父逝 ‖ 门前吊客履霜来（挽父）

★ 严父跨鹤随春逝 ‖ 孤子摧肝动地哀（挽父）

★ 杳杳双亲无复见 ‖ 哀哀两字不堪闻（挽父母）

★ 忆慈颜心伤五内 ‖ 抚遗物泪流双行（挽母）

★ 只见三秋多苦雨 ‖ 谁知九月别严亲（挽父）

★ 终天唯有思亲泪 ‖ 寸草痛无益母灵（挽母）

★ 竹杖泪和桐杖泪 ‖ 岵山愁对屺山愁（挽父母）

★ 自入婿乡蒙厚爱 ‖ 何堪甥馆杳慈云（挽岳母）

★ 看月瞻云慈容在目 ‖ 期劳戒逸母训铭怀（挽母）

★ 陈辞祭酒表赤子孝意 ‖ 洒泪讴歌悼严父英灵（挽父）

★ 声咽丧帏肠断秋风鹤唳 ‖ 泣残萱帐血枯夜月鹃啼（挽母）

★ 半子情深叨预鲤庭诗礼训 ‖ 三山迹杳忍教鹤驾海天秋（挽岳父）

★ 慈母东来绕膝慕深萱草碧 ‖ 彩云西去献觞悲断菊花黄（挽母）

★ 德范堪饮惟冀泰山常荫婿 ‖ 鹤龄方祝孰期冰鉴顿捐尘（挽岳父）

★ 公不少留风采伤心分半子 ‖ 吾将安仰音容回声隔黄泉（挽岳父）

★ 酒进晨昏怎教儿一滴一泪 ‖ 香焚朝夕惟祝母如生如存（挽母）

★ 莲蕊生香有子心中无限苦 ‖ 萱花遽谢出人意外不胜悲（挽岳母）

★ 梦断北堂春雨萱花千古恨 ‖ 机悬东壁秋风桐叶一天愁（挽母）

★ 情切一堂红泪相看都是血 ‖ 哀生诸子斑斓忽变尽为麻（挽父）

★ 忆半子昔日乘龙床东有幸 ‖ 痛岳母今朝驾鹤堂北无依（挽岳母）

★ 半子荷深恩玉镜台前承色笑 ‖ 一朝悲怛化璇闺堂上失慈晖（挽岳父）

★ 常若音容在一天雨雪凋椿树 ‖ 永怀风木悲满目云山惨棘人（挽父）

★ 获选昔乘龙欣喜床东夸祖腹 ‖ 游仙今驾鹤凄凉堂北拜遗容（挽岳母）

★ 凉月写凄清环砌秋声听倍惨 ‖ 慈云归缥缈空庭落月恨何如（挽母）

3.伯叔姑舅姨等长辈挽联

★ 勤劳品质侄永记 ‖ 俭朴家风代相传（挽伯母 / 婶母）

236

★深恩赐我犹如父 ‖ 泽惠施人宛若仙（挽伯父／叔父）

★遥望竹林空堕泪 ‖ 徒思马诚有遗书（挽叔父）

★一生俭朴留典范 ‖ 半世勤劳传嘉风（挽伯母／婶母）

★竹林风月谁相赏 ‖ 兰桂庭阶我更悲（挽伯父）

★恩深犹子萝茑寄哀断 ‖ 情仰先姑门楣仰慈荫（挽姑母）

★仰伯父归西方安享极乐 ‖ 佑后人于东土长发其祥（挽伯父）

★齿德兼尊荫茂乔松托萝茑 ‖ 音容顿杳声凄禽笛黯门楣（挽姑父）

★勤俭持家半世最怜叔母苦 ‖ 报酬无地六亲都为比儿悲（挽婶母）

★痛伯母寿后稀龄遽伤驾鹤 ‖ 叹侄辈情深服重空效啼鹃（挽伯母）

★遗侄蒙恩继业兴门承叔志 ‖ 如儿饮泪铭心刻骨振家声（挽叔父）

★宅相无成明月清风思渭水 ‖ 乔阴莫仰残山剩泽哭西州（挽舅父）

★族人瞻马首幸得识途避凶险 ‖ 家堂执牛耳难忘臧否涵恩威（挽伯父）

★母安归乎忍看肖子贤孙日涕泪 ‖ 余忝甥也不辞凄风苦雨夜招魂（挽舅母）

★想当年画虎诚严玉树交亲叨厚爱 ‖ 痛此日乘鸾去渺竹林挥泪有余悲（挽伯父）

★一家雍睦成风平日竹林游屡承名训 ‖ 二竖膏肓为崇霎时蒿里曲曷馨哀词（挽叔父）

★公去何方问碧落黄泉两处茫茫皆不见 ‖ 甥来悼舅燃清香赤烛三魂渺渺实难寻（挽舅父）

★忽贯少微星小草无知奚所瞻依成宅相 ‖ 敢从诸子后素衣分列也应卓立侍灵帏（挽舅父）

★叔父早魂飞梅岭云寒未知何年还鹤驭 ‖ 比儿常泪湿枫江月冷怕逢薄暮听乌啼（挽叔父）

★懿训昔难忘霜萎灵萱自顾庸愚惭宅相 ‖ 慈容今顿杳风嘘小草未曾报

答到春晖（挽舅母）

★恩谊略同甥舅与吾母姊妹相亲顿失慈容劳想象 ‖ 往来无间邢谭惟小子童蒙承教缅怀懿训寄悲哀（挽姨母）

★小子有何知惟父母是依童年即谒高门早识邢谭通雅谊 ‖ 亲情原最厚痛音容顿杳今日来凭灵榇不堪萝茑失乔阴（挽姨父）

4.挽夫、挽妻对联

★窗竹鸣秋雨 ‖ 床琴断夜弦（挽妻）

★春风闲楚管 ‖ 明月断秦箫（挽妻）

★落花春已去 ‖ 残月夜难圆（挽妻）

★宝琴无声弦柱断 ‖ 瑶台有月镜奁空（挽妻）

★碧水青山谁做主 ‖ 落花遗孀总伤情（挽夫）

★今宵杵捣蓝桥去 ‖ 何日笙吹白鹤来（挽夫）

★鲲鹏云断声千里 ‖ 杜鹃声哀月一轮（挽夫）

★裂肺撕肝小寻老 ‖ 捶胸跺足妻哭郎（挽夫）

★梦游蝴蝶飞双影 ‖ 血泪杜鹃泣孤身（挽妻）

★鸾飞镜里悲孤影 ‖ 凤立钗头叹只身（挽夫）

★每思田园共笑语 ‖ 难禁空房悲泪流（挽夫）

★南极无辉寒北斗 ‖ 西风失望痛东人（挽妻）

★生前记得三冬暖 ‖ 亡后思量六月寒（挽夫）

★云深竹径樽犹在 ‖ 雪压芝田梦不回（挽妻）

★夫妻恩今世未全来世再 ‖ 儿女债两人共负一人担（挽夫）

★负我多情空抱鸳鸯偕老愿 ‖ 祝卿再世重寻鹣鲽未完盟（挽妻）

★郎果多情楼上冀迎萧史凤 ‖ 妻真薄命冢前愿作舍人鸳（挽夫）

★天何无情怎能教我丧良侣 ‖ 人各有寿不忍听儿啼亲娘（挽妻）

★天禄才郎长夜不醒蝴蝶梦 ‖ 伤心少妇深宵悲听子规啼（挽夫）

★花为春寒泣永夜不醒蝴蝶梦 ‖ 鸟因肠断哀中宵长听于归啼（挽夫）

★尚忍言哉但看举室长号汝何可死 ‖ 而今已矣只为一肩重任我且偷生（挽妻）

★生立奇功死留典范九泉瞑目君无憾 ‖ 上侍高堂下抚子女一家重担我来挑（挽夫）

★只望儿女成人生活日美你我同享快乐 ‖ 不料人愿难遂好景不长夫妻从此永别（挽妻/挽夫）

★念此生何以酬君看白发翁姑只合背人弹泪 ‖ 论全福似应先我对婴婉儿女愈教终古伤心（挽夫）

5.平辈与晚辈亲属挽联

★雁阵霜寒悲折翼 ‖ 鸰原露冷痛孤翔（挽兄弟）

★玉树栽来欣擢秀 ‖ 琼枝萎去动悲怀（挽兄弟）

★儿女亲事今世如意 ‖ 两家结缘再生相逢（挽亲家）

★痛子情深尚有尔母 ‖ 藐躬德薄累及吾儿（挽儿子）

★少者殁长者存数诚难测 ‖ 天之涯地之角情不可终（挽侄子）

★出谋划策弟妹胸中主心骨 ‖ 顶门立户家族大庭承重梁（挽兄）

★魂归来兮夜月楼台花萼影 ‖ 行不得也楚天风雨鹧鸪声（挽兄）

★痛切焚须绮闻风寒琴韵断 ‖ 才同咏絮瑶台月冷镜奁空（挽姊妹）

★训弟课儿一生辛苦今犹在 ‖ 持身涉世十分忠厚古来稀（挽兄）

★云气初呵诗题桐叶庭前绿 ‖ 天台永别泪染桃花洞口红（挽女婿）

★贞静幽娴姊妹行中唯独冠 ‖ 凄凉寂寞杜鹃声里黯伤神（挽堂姊妹）

★别室具铜盘期尔从容光素业 ‖ 中庭催玉树愁余迟暮哭穷途（挽侄子）

★弄玉结仙缘神女应归天上有 ‖ 掌珠遭物忌奇珍未许世间留（挽女儿/侄女）

★汝性太聪明曾向阿兄吟柳絮 ‖ 我甥俱幼弱忍看若辈衣芦花（挽姊妹）

★搔首望长天夜月飘残丹桂子 ‖ 伤心挥老泪和风吹折玉兰芽（挽孙）

★同气遽分途原隔秋风魂不返 ‖ 异时谁共被池塘春草梦难通（挽弟）

★云路仰天高谁使雁行分只影 ‖ 风亭悲月冷忍教荆树萎连枝（挽兄弟）

★手足情笃几度生死未曾离左右 ‖ 肺腑言箴从来荣辱不计守炎凉（挽兄）

★顾我女婴方欣得所丧厥天莫非命 ‖ 卓尔宅相转瞬成童卜其后必克昌（挽姐夫）

★乐事叙家庭成咏雪诗当年才调吾犹让 ‖ 悲怀深手足登大雷岸此后音书谁与言（挽姊妹）

★嫂来归我甫数龄回首当年相依真似母 ‖ 病不起今只几月伤心至此何以慰吾兄（挽嫂）

★是学富才优抱负非凡宅相魏舒深属望 ‖ 讵天违人愿修文遽赴呕心李贺不昌年（挽外甥）

★谊重睦姻久叩榇芘儿女亲事今世如意 ‖ 痛深属纩空奠椒浆两家结缘再生相逢（挽亲家）

★谁人无爱子心堂构休言舐犊私情难自已 ‖ 世上多拂逆事门庭变故骑鲸不返更何堪（挽儿子）

★生女本无悲纵非赋茗清才差喜乘龙谐伉俪 ‖ 招魂渺何处道是拈花微笑傥教控鹤作神仙（挽女儿）

三、师友悼挽联

1.恩师、教师挽联

★学生失师表 ‖ 老成有典型

★一生倾心血 ‖ 万里传芳名

★当年幸立程门雪 ‖ 此日空怀马帐风（挽恩师）

★眉间爽气无由见 ‖ 座右清言不再闻（挽恩师）

★面命只今无一语 ‖ 心丧未可短三年（挽恩师）

★培育桃李曾尽瘁 ‖ 光辉竹帛永流芳

★全校同教伤益友 ‖ 满庭桃李哭良师

★热血一腔化春雨 ‖ 壮志千秋泣鬼神

★为国育才曾尽瘁 ‖ 一生事业永留芳

★想见仪容空有影 ‖ 欲间教诲杳无声（挽恩师）

★坛上罔闻呼小子 ‖ 雪中空立见先生（挽恩师）

★欲见严容何处觅 ‖ 唯思良训弗能闻（挽恩师）

★欲见音容云万里 ‖ 梦听教诲月三更（挽恩师）

★执卷寻师空有愿 ‖ 亲聆赐教更无期（挽恩师）

★烛光莹莹照百代 ‖ 桃李娇娇遍九州

★德高学富名归梓里 ‖ 桃哭李悲我失良师

★教育深恩终身感戴 ‖ 浩然正气万古长存（挽恩师）

★惟大学问功高心愈下 ‖ 是真淡泊身没志益明

★真不幸满地苗株伤化雨 ‖ 最难堪一门桃李哭春风

★躬耕一生桃园杏坛不言悔 ‖ 蝶梦双飞黄泉碧落永相随

★明月照寒窗细检遗文长拭泪 ‖ 子规啼午夜重怀旧事倍伤神（挽恩师）

★桃李悼良师从今不复闻教诲 ‖ 教工伤益友忆昔徒嗟失音容

★先生虽逝去文章遗世功千古 ‖ 桃李正芬芳教诲铭心传百年（挽恩师）

★一生献丹诚南山松柏长苍翠 ‖ 九天无遗憾故园桃李已芳菲

2.友人丧祭挽联

★海内存知己 ‖ 云间渺嗣音

★海内存知已 ‖ 云间渺德音

★痛英年早逝 ‖ 哭良友难得

★哭君今天离去 ‖ 盼友再世重逢

★九泉有泪流知己 ‖ 万户同声哭好人

★老泪无多哭知己 ‖ 苍天何遽丧斯人

★睦邻精神今犹在 ‖ 勤劳品质永留存（挽邻居）

★平生风义兼师友 ‖ 来世因缘结弟兄

★千里吊君唯有泪 ‖ 十年知己不因文

★犹似昨日共笑语 ‖ 恍惚今时汝尚存

★睦邻美德永留遗范 ‖ 家室新风昭及后人（挽邻居）

★契合似金兰情怀旧雨 ‖ 飘零悲玉树泪洒凄风

★怀旧踌躇不觉相知成白首 ‖ 感时寂寞何期此别向黄泉

★廿载契何如犹觉兰言在耳 ‖ 三秋悲永诀哪堪楚些招魂

★我辈读书正希望鹏程万里 ‖ 他山攻玉忽惊闻鹤唳九皋（挽同学）

★管子天下才公论当年青史在 ‖ 鲍叔知我者故交此日白头稀

★无缘话永诀知音来时泪泣血 ‖ 有期解相思苍鸟啼处梦传神

★象应少微星彩落萧辰悲夜月 ‖ 名登耆旧传芳流梓里忆春风（挽老乡／邻居）

★学术各门庭与子平生无唱和 ‖ 交情同骨肉俾予后死独伤悲（纪晓岚挽朱筠）

★能诗能酒能文章仙岛遽邀名士去 ‖ 亦和亦介亦豪爽清风时怅故人遥

★无比怀念昔日同窗心系校园多趣事 ‖ 万分悲伤今朝学友魂归天堂少知音（挽同学）

★好梦渺难寻白雪阳春绝调竟成广陵散 ‖ 知音能有几高山流水伤心永断伯牙琴

★追往昔仙君与吾结笔砚之好寒窗共度 ‖ 抚今日挚友向汝表手足之情悲泪独流（挽同学）

四、其他挽联

1.军界和英烈挽联

★成仁取义 ‖ 为国捐躯（挽英烈）

★出生入死 ‖ 虽死犹生

★精神永在 ‖ 浩气长存

★千秋忠烈 ‖ 百世遗芳（挽英烈）

★忠魂不泯 ‖ 浩气长存

★碧血染风采 ‖ 青史留英名（挽英烈）

★丹心昭日月 ‖ 正气壮河山

★ 芳名垂青史 ‖ 勋业昭国光

★ 光辉齐日月 ‖ 身影耀河山

★ 铁肩担道义 ‖ 热血荐轩辕

★ 英名垂千古 ‖ 丹心照汗青（挽英烈）

★ 忧国身先殉 ‖ 游仙梦不回

★ 正气留千古 ‖ 丹心照万年

★ 中天悬明月 ‖ 前军落大星

★ 英雄万民尊敬 ‖ 烈士百世流芳（挽英烈）

★ 出生入死当年事 ‖ 春去秋来此时心

★ 春风已解千层雪 ‖ 后辈难忘先烈恩（挽英烈）

★ 功业常齐天地永 ‖ 红旗自有后人擎

★ 继往开来追壮志 ‖ 光前裕后慰英灵（挽英烈）

★ 每思祖国金汤固 ‖ 常忆英雄铁甲寒

★ 南征北战功不朽 ‖ 春去秋来名永留

★ 生前忠节凌霜雪 ‖ 死后高风荡青天

★ 伟绩丰功铭记册 ‖ 英华丽影刻雕碑

★ 未酬壮志身先死 ‖ 留取丹心照汗青

★ 先烈精神千秋颂 ‖ 英雄浩气万古存（挽英烈）

★ 一心为公似火热 ‖ 九泉含笑众山青

★ 已将丰功垂青史 ‖ 犹存大节励后人

★ 英灵已作蓬莱客 ‖ 德范犹薰后来人

★ 英雄功绩昭百世 ‖ 烈士芳名耿千秋（挽英烈）

★ 祖国山河埋忠骨 ‖ 神州儿女颂英雄（挽英烈）

★ 忠魂一缕萦萦依故土 ‖ 正气无量浩浩满中华

★ 捐躯献身浩气长留寰宇 ‖ 舍生取义英灵含笑苍穹（挽英烈）

★ 劲松难枯苍翠拂风枝更绿 ‖ 英魂未朽赤胆拨乱心越坚（横批：精魂

不朽）（挽英烈）

★山川含泪同志忽失老战友 ‖ 风云变色祖国又少一英才

★忠魂不泯热血一腔化春雨 ‖ 大义凛然壮志千秋泣鬼神（挽英烈）

★守土共存亡先鞭作我三军气 ‖ 挥戈思勇决信史传兹百世名

★天上大星沉万里云山同惨淡 ‖ 人间寒雨迸三军箫鼓共悲哀

2.政界、文艺界、医疗界等职业挽联

★学界泰斗 ‖ 人生楷模（挽文艺界）

★丹心照日月 ‖ 刚正炳千秋（挽政界）

★殁可祭于社 ‖ 天将丧斯文（挽文艺界）

★正气留千古 ‖ 丹心照万年（挽政界）

★赤心光昭日月 ‖ 清名终古长留（挽政界）

★耿耿丹心垂宇宙 ‖ 巍巍功业泣山河（挽政界）

★朗月清风怀旧宇 ‖ 残山剩水读遗诗（挽文艺界）

★墨云香冷来禽馆 ‖ 蕙露寒生赋鹏文（挽文艺界）

★伟绩丰功垂青史 ‖ 高风亮节励后人（挽政界）

★幸有高文垂宇宙 ‖ 未酬壮志在中华（挽文艺界）

★志壮情豪诚可敬 ‖ 赤诚坦白留美名（挽政界）

★著作等身身不死 ‖ 子孙维业业长存（挽文艺界）

★慈心待人人尽怀念 ‖ 良方济世世留芳名（挽医疗界）

★学富雕龙文修天上 ‖ 才雄倚马星殒人间（挽文艺界）

★奋斗为人民精神不死 ‖ 光荣留青史百世流芳（挽政界）

★风风雨雨为人民终生奋斗 ‖ 山山水水留足迹风范长存（挽政界）

★惊变埋玉洛水神悲生死恨 ‖ 还巢失凤游园遥想牡丹亭（挽文艺界）

★战地奋行一丛暖火直驱疫 ‖ 英魂遽去十亿亲人好痛心（挽新冠抗疫医护人员）

★雄笔卷苍茫丹青都带风云气 ‖ 双溪流日夜猿鹤犹闻呜咽声（挽文艺界）

★毕生真正贴心群众德高望重泽乡里 ‖ 晚年清静喜爱诗书叶绿花红娱门庭（挽政界）

★其仁宽也爱国利民敬业乐群流芳百世 ‖ 斯惠广矣行医制药救死扶伤造福四方（横批：浩气长存）（挽医疗界）

第九章

励志述怀对联

人生就像一趟旅行，沿途有数不尽的坎坷泥泞，也有看不完的春花秋月。当我们懈怠、消沉甚至绝望的时候，一句简单的话语，一副短小的对联，也许就能激活生命中的正能量，使我们怀着更大的决心和信心去面对挑战，追求更加卓越的人生。

一、励志通用对联

1.立志言志联

★春风化雨 ‖ 壮志凌云

★境由心造 ‖ 事在人为

★立凌云志 ‖ 做栋梁材

★事亲为大 ‖ 养志宜先

★鱼翔浅底 ‖ 鹰击长空

★不受苦中苦 ‖ 难为人上人

★吃得苦中苦 ‖ 方为人上人

★海阔凭鱼跃 ‖ 天高任鸟飞

★骐骥思千里 ‖ 鹪鹩老一枝

★弃燕雀小志 ‖ 作鸿鹄高翔

★心高言路窄 ‖ 志远恨天低

★壮心欲填海 ‖ 苦胆为忧天

★愿为河山添锦 ‖ 敢与日月争辉

★百川归海推波涌 ‖ 万里扬帆逐浪行

★驰骋直奔千里远 ‖ 翱翔必指九天高

★寸心一点容碧海 ‖ 奇躯七尺擎苍天

★豪情耻落他人后 ‖ 壮志敢为天下先

★莫猎青蚨迷正路 ‖ 应追黄鹄贯长空

★ 三尺短剑朝抒志 ‖ 万里长风夜怒号

★ 无为总感南溟远 ‖ 有志方得桂冠荣

★ 无心赏月中丹桂 ‖ 有志攀山上险峰

★ 燕雀安知鸿鹄志 ‖ 鲲鹏反笑鸳鸠言

★ 养成正气留河岳 ‖ 振起雄心贯长虹

★ 鱼跃碧海赞海阔 ‖ 鸟飞蓝天颂天高

★ 展翅雄鹰腾万里 ‖ 扬蹄骏马跃千程

★ 自强不息怀壮志 ‖ 厚德载物携梦行

★ 登高一呼山鸣谷应 ‖ 举目四顾海阔天空

★ 攀高峰才可观壮景 ‖ 掘深井方能得甘泉

★ 鱼恋水水阔凭鱼跃 ‖ 鸟爱天天高任鸟飞

★ 追日月星辰鹏程万里 ‖ 奔东西南北志在八方

★ 乘风踏浪我欲搏击沧海 ‖ 飞鞭催马吾将痛饮黄龙

★ 跃马扬鞭智明勇嘉敢搏虎 ‖ 擎苍引弓心广志高当擎云

★ 放怀宇宙摘斗摩天目空今古 ‖ 纵情四海搏龙缚蛟笑尽英雄

★ 高峰不惧志攀登可穷千里目 ‖ 瀚海任游身搏击敢上九层天

★ 有志者事竟成破釜沉舟百二秦关终属楚 ‖ 苦心人天不负卧薪尝胆三千越甲可吞吴

2.为学勉学对联

★ 奋进千程少 ‖ 闲聊半句多

★ 为学如掘井 ‖ 求知贵有恒

★ 欲养鲲鹏志 ‖ 先收鸿鹄心

★ 自觉丹心壮 ‖ 岂忧白发斑

★ 春色常昭志士 ‖ 才华乐奉勤人

★ 立志当怀虎胆 ‖ 求知莫畏羊肠

★ 闲逸磨损意志 ‖ 勤奋陶冶情操

★智慧源于勤奋 ‖ 天才出自平凡

★读书莫待他年悔 ‖ 立志宜从此日思

★读书勤似衔泥燕 ‖ 治学诚如酿蜜蜂

★花香满座客对酒 ‖ 灯影隔帘人读书

★苦经学海不知苦 ‖ 勤上书山自恪勤

★懒惰厌学难成器 ‖ 勤奋博学出状元

★士要成功须定力 ‖ 学无止境在虚心

★书到用时方恨少 ‖ 事非经过不知难

★书山有路勤为径 ‖ 学海无涯苦作舟

★虚心竹有低头叶 ‖ 傲骨梅无仰面花

★虚心自古称君子 ‖ 有节无华傲达人

★悬梁刺股磨心志 ‖ 凿壁映雪苦俊才

★学未成才勤可补 ‖ 人如有志苦何妨

★愿乘风破万里浪 ‖ 甘面壁读十年书

★阅成大海心方阔 ‖ 攀得奇峰眼自高

★志远可行千里路 ‖ 勤奋能读万卷书

★学海无涯千舟竞渡 ‖ 书山有路万众争攀

★灯影映书山山凿勤径 ‖ 桨声翻学海海载苦舟

★学贵有恒且莫半途而废 ‖ 才须积累休忘一篑之功

★学如逆水行舟不进则退 ‖ 心似平原野马易放难收

★富不读书纵有银钱身何贵 ‖ 贫而好学虽无功名志自高

★书山高峻顽强自有通天路 ‖ 学海遥深勤奋能寻探宝门

★树理想眼前常展鹏程万里 ‖ 勤学习胸中自有虎贲千峰

★学海无涯苦海有边艰辛之后得甜蜜 ‖ 人生有岸毅力无穷风雨过处见彩虹

★学习如春起之苗不见其增日有所长 ‖ 辍学如磨刀之石不见其损年有所亏

3.珍惜光阴对联

★白日莫闲过 ‖ 青春不再来

★花有重开日 ‖ 人无再少年（横批：岁月无情）

★少壮不努力 ‖ 老大徒伤悲

★志士惜日短 ‖ 愁人知夜长

★燕雀应思壮志 ‖ 梅兰珍重年华

★不惜寸阴于今日 ‖ 必留遗憾于明朝

★登临莫负佳山水 ‖ 搏击应当好岁华

★读书常戒自欺处 ‖ 勤者不可有闲时

★光阴似箭催人老 ‖ 日月如梭趱少年

★黑发不知勤学早 ‖ 白首方悔读书迟

★久病始知求药晚 ‖ 衰年方悔读书迟

★苦学只嫌时日短 ‖ 成才全靠志气长

★莫待明年花更好 ‖ 当惜今朝春尚浓

★莫让韶光付逝水 ‖ 宜将烈火燃青春

★莫嫌分秒来去少 ‖ 应知点滴得失多

★少年不经勤学苦 ‖ 老来方悔读书迟

★时不待我休偷懒 ‖ 艺要惊人莫舍勤

★时如流水去无返 ‖ 人似骄阳落有期（横批：寸时寸金）

★术业宜从勤学起 ‖ 韶华不为少年留

★为学应须毕生力 ‖ 攀登贵在少年时

★无情白发催寒暑 ‖ 有志热血化春华

★勿重钱财过似水 ‖ 应惜日月去如梭

★须使青春闲有度 ‖ 莫教白首碌无为

★应惜青春铸伟业 ‖ 莫叹白发悔余生

★年年过年年年不虚度 ‖ 岁岁别岁岁岁不蹉跎

★ 天下断无易处之境遇 ‖ 人间哪有空闲的光阴

★ 盛年不重来一日晨难再 ‖ 及时当勉励岁月不待人

★ 惊涛拍岸万里行乘风破浪 ‖ 时不我待惜光阴快马加鞭

★ 莫负韶光立雪程门锥刺股 ‖ 常修厚德题名雁塔志凌云

★ 物力艰难须知吃饭穿衣谈何容易 ‖ 光阴迅速即使读书行善能有几多

4.不畏艰险对联

★ 用心进取 ‖ 勇敢拼搏

★ 剑锋出磨砺 ‖ 梅馥发苦寒

★ 江山开眼界 ‖ 风雪炼精神

★ 倚天磨长剑 ‖ 碧血炼丹心

★ 少时饱经磨砺 ‖ 老来不畏风霜

★ 常抛毅志入苦海 ‖ 每锁心性在清贫

★ 当怀破空凌云志 ‖ 须磨安邦济世才

★ 风雨前程砺意志 ‖ 苦乐同享铸辉煌

★ 过如新竹芟难尽 ‖ 志在高山磨不平

★ 恒心架起通天路 ‖ 勇气摧开智慧门

★ 几番磨砺方成器 ‖ 十载耕耘自见功

★ 惊涛击岸滔天浪 ‖ 乾坤吞月惊雷声

★ 坎坷百年多风景 ‖ 仰天一笑是河山

★ 历劫方显钢骨硬 ‖ 经霜更知秋水明

★ 立身应怀凌云志 ‖ 做人须磨济世才

★ 凛冽风霜知劲草 ‖ 艰难岁月识英雄

★ 能受天磨真铁汉 ‖ 不遭人忌是庸才

★ 劈开青山浪为斧 ‖ 削平岩石风作刀

★ 山穷水尽疑无路 ‖ 柳暗花明又一村

★真儒须怀安邦志 ‖ 志士应磨济世才

★志存胸中跃红日 ‖ 乐在天涯战恶风

★自古雄才多磨难 ‖ 从来纨袴少伟男

★志在八方何惧山高路远 ‖ 龙游四海哪怕浪急风狂

★学海无涯飞舟最爱迎激浪 ‖ 书山有路骏马更须快策鞭

★莫当盆里小花只留斗室吐芳艳 ‖ 应学山中松树傲对寒风显逸姿

二、学业事业联

1.学生、校园、教室励志联

★厚德载物 ‖ 自强不息

★求实进取 ‖ 团结拼搏

★摒弃侥幸之念 ‖ 必取百炼成钢（迎大考通用）

★窗寒常忧家国事 ‖ 室陋时读经世书

★今岁豪情停足看 ‖ 明朝壮志奋翩飞

★青春有志须勤奋 ‖ 学业启门报苦辛

★同班同学同长同努力 ‖ 共时共代共达共未来

★下笔千言凝湘水十里 ‖ 出门一笑待桂子三秋（迎大考通用）

★以轻松心情走进考场 ‖ 带胜利喜悦返回家门（迎大考通用）

★今日寒窗苦读必定有我 ‖ 明朝独占鳌头舍我其谁（迎大考通用）

★努力拼搏今朝汗洒书本 ‖ 冲刺飞跃明日笑映容颜（迎大考通用）

★三年磨一剑青锋今朝试 ‖ 四海怀雄心壮志明日酬（迎大考通用）

★为自我为将来谁言辛苦 ‖ 比学业比收获莫做逃兵

★一天两天三天天天向上 ‖ 一步二步三步步步高升

★风声雨声读书声声声入耳 ‖ 家事国事天下事事事关心

★进考室百倍努力一丝不苟 ‖ 写答题千般注意十分用心（迎大考通用）

★若有恒何必三更眠五更起 ‖ 最无益莫过一日曝十日寒

★读万卷好书兴邦看有为赤子 ‖ 修一身美德建业付无悔青春

★考场竞风流笔落千钧成大器 ‖ 书山攀绝顶胸藏万卷步青云（迎大考通用）

★书海泛舟阔步前行风光无限 ‖ 高山景行三省吾身无逸连绵

★意志坚韧不留项羽东城之憾 ‖ 青春无悔欲学志士豪气冲天

★摘星高远志挑战艰难志高远 ‖ 应考平常心发挥极致心平常（迎大考通用）

★轻舒笔底风云天生我才必有用 ‖ 细写卷面春秋心想何事不能成（迎大考通用）

★熟能生巧卖油翁成就惊人技艺 ‖ 勤学苦练读书人一跃跳过龙门

★效孙敬悬梁苦读成就饱学之士 ‖ 学车胤囊萤映雪博闻天下学识

★学贵有恒一鼓作气信心百倍迎大考 ‖ 自强不息二日拼搏敢凭实力上青云（迎大考通用）

★览前贤思己任铁杵磨针只求前程似锦 ‖ 念亲情感师恩悬梁刺股但愿无愧我心

★学海泛轻舟智慧是源滋德润才皆有悟 ‖ 考场竞风流诚信为本走笔运筹需凝神（迎大考通用）

★卧虎藏龙地豪气干云秣马厉兵锋芒尽露 ‖ 披星戴月时书香盈耳含英咀华学业必成

2.迎中考励志对联

★百日冲刺战中考 ‖ 一鼓作气创辉煌

★一腔热血备中考 ‖ 满腹经纶方成功

★争雄顶峰勤砺剑 ‖ 笑傲中考勇夺魁

★九载寒苦今朝昂首 ‖ 百日拼搏六月当狂

★九年寒窗盼前程似锦 ‖ 百日苦战誓金榜题名

★庆元旦牢记备战中考 ‖ 送祝福不忘感谢恩师（横批：笑傲中考）

★一心一意搞好中考复习 ‖ 奋战百日报答父母深恩

★冬夏苦读壮志凌云迎中考 ‖ 春秋勤奋豪情冲天拼人生

★九年磨剑白刃生寒涔汗泪 ‖ 今昔纵毫冰心着意写春秋

★九载寒窗小试身手抖素质 ‖ 一支稚笔初展才华赞江山

★拼九年寒窗挑灯苦读不懈怠 ‖ 携双亲期盼背水勇战定夺魁

★学时须励志几番磨琢终成器 ‖ 考场但平心九年耕耘自见功

★抢时间抓基础勤演练定有收获 ‖ 树自信誓拼搏考重点报答双亲

★滴水穿石战中考如歌岁月应无悔 ‖ 乘风破浪展雄才折桂蟾宫当有时
（横批：意气风发）

★明朝金榜题名成八斗奇才傲天下 ‖ 九年寒窗苦读效三皇五帝逐群雄

★九载复寒苦六月赴沙场学子昂首 ‖ 百日再拼搏一战定功成少年当狂

★九载求学纵苦三伏三九无悔无怨 ‖ 一朝成就再忆全心全力有苦有甜
（横批：众志成城）

★破釜沉舟吃苦三月当圆升学好梦 ‖ 卧薪尝胆奋战百日瞄准重点高中

★九年苦读一朝决胜负换来眉开眼笑 ‖ 数载艰辛六月定乾坤赢得似锦
前程

★万卷诗书真世界此中一试方知英才有预 ‖ 九年翰墨好时光笔底三思
自悟良玉须琢

3.迎高考励志对联

★进理想高校 ‖ 铸辉煌人生

★卧薪尝胆苦 ‖ 金榜题名甜

★百日冲刺战高考 ‖ 一鼓作气创辉煌

★花香鸟语春天事 ‖ 北大清华少年心

★努力拼搏考名校 ‖ 刻苦奋斗创辉煌

★破浪扬帆迎高考 ‖ 蓦然回首笑人生

★潜心复习战高考 ‖ 信心满溢跃龙门

★十年寒窗无人问 ‖ 一朝成名天下知

★百日誓师青春似火 ‖ 蟾宫折桂壮志冲云

★十年寒窗盼前程似锦 ‖ 百日苦战誓金榜题名

★春去春来长风破浪迎高考 ‖ 花开花落腊梅傲雪盼新春（横批：金榜题名）

★破浪乘风竞驶飞舟穿学海 ‖ 扬鞭催马相期折桂步青云

★挑灯苦读如歌岁月应无悔 ‖ 背水勇战天骄夺魁定有时

★北辰大鹏展翅看我六月考场 ‖ 清水华木绿阴见证十年寒窗

★怀揣名校美梦迎接新年号角 ‖ 彰显青春活力挥洒苦涩汗滴（横批：自强不息）

★九万里云程登梯得路兹门入 ‖ 十二年夙梦彰榜题名此地圆

★定位准管理实过程优高考必胜 ‖ 信心足学习勤方法好大功定成

★感亲恩三年滴水穿石永不言弃 ‖ 报师情六月蟾宫折桂志在必得（横批：苦尽甘来）

★今日考场争魁志存高远扬文字 ‖ 他年社会折桂德尚诚信闯海天

★六十同窗同甘共苦拼搏从此刻 ‖ 十二春秋风雨兼程成败在今年

★吾辈苦读为前程轻拾百年锦绣 ‖ 大鹏梳羽待高飞俯瞰万里河山

★滴水穿石战高考如歌岁月应无悔 ‖ 乘风破浪展雄才折桂蟾宫当有时

★逢盛世郡园朴实沧海横流尽本色 ‖ 迎高考书生沉毅妙笔生花皆文章

★烈火熊炉炼真金如歌岁月应无悔 ‖ 雄关漫道展宏才折桂蟾宫当有时

★勇攀书山甘洒汗水放飞心中梦想 ‖ 泛游学海竞逐群雄一朝金榜题名

★春秋冬夏勤学苦练看谁人蟾宫折桂 ‖ 德智体美博学多才有我辈九天摘星

★十二载学海遨游彼岸在望勤奋作桨 ‖ 九万里鹏程正举关山飞渡勇毅为帆

4.为事业奋斗励志联

★精心成大业 ‖ 着力启宏图

★凭良心兴业 ‖ 靠本事立身

★白首壮志驯大海 ‖ 青春浩气走千山

★多任事方成大器 ‖ 善读书不做庸才

★奋斗中青春永驻 ‖ 求索里乐趣无穷

★古树开花色更艳 ‖ 老骥伏枥志更坚

★欢欣常在悠闲外 ‖ 幸福永存奋斗中

★静向书山寻哲理 ‖ 巧从事物悟玄机

★立品读书当胜日 ‖ 成长创业趁华年

★老骥伏枥千里志 ‖ 短锥处囊半寸锋

★披襟日共鸡声起 ‖ 舞剑心随斗柄旋

★拼将才智谋邦盛 ‖ 莫让年华付水流

★乾坤有主强中取 ‖ 江湖无路剑底出

★勤学勤劳勤思考 ‖ 敢作敢为敢当先

★穷而有志思壮举 ‖ 学不自满求创新

★人在征途阔步走 ‖ 鹰怀远志抟云飞

★事业终归勤学者 ‖ 功夫不负苦心人

★ 书读千家尤恨少 ‖ 事专一处不贪多

★ 学海泛舟勤荡漾 ‖ 艺空展翅奋凌云

★ 宜将楷模作镜鉴 ‖ 莫让年华如水流

★ 自古风流归志士 ‖ 从来事业属良贤

★ 奋志求成励精图治 ‖ 与时俱进开拓创新

★ 好业绩凭辛勤换取 ‖ 高水平从苦练得来

★ 力求有功方能无过 ‖ 必先去旧然后立新

★ 天下兴亡肩头重任 ‖ 胸中韬略笔底风云

★ 勤奋学习知识天天长 ‖ 努力工作幸福年年增

★ 成才勤为本多少贤能凭自励 ‖ 创业志当先万千奇迹出壮怀

★ 树雄心创大业为江山添秀色 ‖ 立壮志写春秋与日月争光辉

★ 求真务实厚德载物与时俱进谋求发展 ‖ 恪尽职守自强不息随世推移敢为人先

★ 吃苦是良图做苦事用苦心费苦劲苦境终成乐境 ‖ 偷闲非良策说闲话做闲事好闲游闲人就是废人

第十章

修身治家立世联

　　古代儒家讲究"修身、齐家、治国、平天下"，也就是说，先修养品性，才能管理家庭，才能治理国家，才能使天下太平。古人读书大多是为了治国、平天下，现代人虽然不再如此，但在任何时代，修身治家立世的智慧都是必不可少的。

一、修德立身联

1.品德修养联

★藏器学海 ‖ 崇德效山

★笃礼崇义 ‖ 抱淑守真

★光明正大 ‖ 朴诚坚贞

★宁作玉碎 ‖ 不为瓦全

★行仁义事 ‖ 读圣贤书

★忠信难克 ‖ 坚贞不移

★道德为原本 ‖ 知识极诚明

★事业由凡始 ‖ 道德在躬行

★威不屈豪志 ‖ 富难淫正心

★修身如执玉 ‖ 种德胜遗金

★养浩然正气 ‖ 极风云壮观

★职业无高下 ‖ 品流有尊卑

★职业无贵贱 ‖ 人品有高低

★行止无愧天地 ‖ 褒贬自有春秋

★有理尽管胆大 ‖ 无私何妨心雄

★正正堂堂行事 ‖ 清清白白做人

★常容心里存公理 ‖ 莫用世间造孽钱

★持身勿使白璧玷 ‖ 立志直与青云齐

★处世一修心性志 ‖ 人生三立德言身

★达不忘本思忧患 ‖ 济世扶危怜苍生

★当仁不让仁人让 ‖ 见义勇为义士为

★德高言语多滋味 ‖ 品端举止溢馨香

★根深不怕风摇动 ‖ 树正何愁月影斜

★和气开心增福寿 ‖ 雅思美德配乾坤

★居心中正明如镜 ‖ 接物宽和蔼若春

★恪守操行扬正气 ‖ 诚传道德播清风

★立身处世诚为本 ‖ 养性修心德为先

★人有正气无愧事 ‖ 胸无私心有高风

★心怀仁厚养吾性 ‖ 崇仰先圣德为尊

★束身如圭澄怀似镜 ‖ 种德类树养心若鱼

★有德有操可仪可象 ‖ 克文克敏乃惠乃时

★一片忠诚是长寿之本 ‖ 满怀善良乃快乐之源

★以慧眼看人无物不照 ‖ 拿良心做事随处皆春

★不生事不怕事自然无事 ‖ 能爱人能恶人方是正人

★岂能为富不仁见利忘义 ‖ 宜是爱财有道取信无欺

★做个好人心正身安魂梦稳 ‖ 行些善事天知地鉴鬼神钦（横批：德行至上）

2.谦虚自省联

★己过勿惮改 ‖ 未然当先思

★君子求诸己 ‖ 小人求诸人

★梅花铁为骨 ‖ 绿竹虚作心

★升高必自下 ‖ 谨始唯其终

★虚心成大器 ‖ 劲节见奇才

★竹因虚受益 ‖ 松以静延年

★戒骄风清日朗 ‖ 除躁海阔天空

★劲节虚心竹翠 ‖ 耐寒傲骨梅馨

★静坐常思己过 ‖ 闲谈莫论人非

★谦者众善之甚 ‖ 傲者众恶之魁

★卧下野莫忧怨 ‖ 居高位不骄矜

★当如曾子日三省 ‖ 更为张公加半思

★读能明达耕能富 ‖ 成自谦虚败自骄

★反观自己难全是 ‖ 细论人家未尽非

★静坐常思自己过 ‖ 闲谈莫论他人非

★利人时出平常语 ‖ 修己常存改过心

★日食三餐须三省 ‖ 身经一事求一得

★世本无先觉之验 ‖ 人贵有自知之明

★水惟善下能成海 ‖ 山不争高自极天

★闻过知非须改过 ‖ 见贤思齐贵超贤

★无易事则无难事 ‖ 有虚心方有实心

★习勤不止能祛欲 ‖ 闻过则喜自得师

★贤者所怀虚若谷 ‖ 圣人之气静于兰

★行不得反求诸己 ‖ 躬自厚薄责于人

★学浅自知能事少 ‖ 礼疏常觉慢人多

★且静坐抚良心今日所为何事 ‖ 莫乱行从正道前途自遇好人

二、心性修养联

1.克己恭俭联

★抱素怀朴 ‖ 安性约身

★束身圭璧 ‖ 凛节冰霜

★砺勤以养志 ‖ 持简而修身

★谦心皆乐事 ‖ 容膝即安居

★欲中失心性 ‖ 酒后无道德

★知命真君子 ‖ 安贫古达人

★只须分中取 ‖ 不可缘外求

★小酌令人兴奋 ‖ 狂饮使人发疯

★安贫乐道戒淫奢 ‖ 洁身自爱不染尘

★不因财色毁心志 ‖ 应须清寒磨悟根

★除去私欲终身乐 ‖ 洗去杂念浑身轻

★淡饭粗茶有真味 ‖ 明窗净几是安居

★寡欲清心能益寿 ‖ 素餐淡食可延年

★酒常知节狂言少 ‖ 心不能清乱梦多

★怒发冲冠须九忍 ‖ 临头大事必三思

★人明法度知分寸 ‖ 物无规矩难方圆

★省吃俭用长流水 ‖ 挥霍浪费瓦上霜

★无求便是安心法 ‖ 不饱真为祛病方

★淫逸能废卧龙器 ‖ 骄奢可夺帝王心

★欲除烦恼须无我 ‖ 想求康乐莫贪心

★欲无后悔须律己 ‖ 各有前程莫妒人

★食莫多贪能饱便罢 ‖ 酒防狂饮不醉方佳

★苟有恒无须订章罚款 ‖ 最无益莫过嗜酒吸烟

★书未成名叹尔今生空伏案 ‖ 酒能丧命劝君来世莫贪杯

★为人莫恋欢娱欢娱即是烦恼 ‖ 处世休辞劳苦劳苦乃得安康

★你眉头着什么急但能守分安贫便将得和气一团常向众人开笑口 ‖ 我肚皮这般样大总不愁吃忧穿只讲个包罗万象自然百事放宽心

2.宁静心灵联

★静以养性 ‖ 俭以树德

★此身是他物 ‖ 我心本自然

★涵养须用静 ‖ 进学在致知

★静里思三益 ‖ 闲居守四箴

★宁静而致远 ‖ 淡泊以清心

★无欲而名立 ‖ 理得则心安

★心净知白雪 ‖ 意淡识青松

★心静少烦恼 ‖ 语杂多是非

★至人无异趣 ‖ 静者得长生

★除净私欲终世乐 ‖ 洗尽俗念满身轻

★度是春风常长物 ‖ 心如清水不沾尘

★苦海有浪随欲起 ‖ 清心无痕共岸生

★墨能修心宜常品 ‖ 诗可养神须时嚼

★气清更觉山川近 ‖ 意远方知宇宙宽

★万事尽从忙里错 ‖ 一心须向静中安

★望远能知风浪小 ‖ 凌空始觉海波平

★物我两忘知亘古 ‖ 天人归一识大同

★心静如水清见底 ‖ 意闲似风淡无痕

★心静自觉眼中景 ‖ 意空方悟法外天

★心收静里寻真乐 ‖ 眼放长空得大观

★心无俗虑精神爽 ‖ 室有清淡智慧开

★胸有宏图乾坤大 ‖ 心无私念天地宽

★意闲闲意意自在 ‖ 心静静心心自观

★渔樵以外清景少 ‖ 松竹之间风骨多

3.看淡得失联

★失意休馁 ‖ 得势莫狂

★知足常乐 ‖ 无欺自安

★多言即少味 ‖ 无欲斯有为

★乖逆而心顺 ‖ 荣辱以自安

★名利淡如水 ‖ 事业重如山

★乾坤容我静 ‖ 名利任人忙

★失意休气馁 ‖ 得势莫猖狂

★知足苦亦乐 ‖ 无欲凡已仙

★俯仰无愧天地 ‖ 褒贬自有春秋

★心中事须注重 ‖ 身外物莫强求

★养心莫若寡欲 ‖ 至乐无如读书

★沧桑人生从容对 ‖ 坎坷世事恬淡为

★得失一笑任之乎 ‖ 成败静观随其然

★寡欲无欺身常健 ‖ 消愁去忧心自清

★缄口不语是非事 ‖ 冷眼静观名利人

★经多实践思方壮 ‖ 看破浮名意自平

★能知足者常知乐 ‖ 到不求时便不忧

★人怀淡泊失意少 ‖ 心期过望无奈多

★人生犹似西山日 ‖ 富贵终如草上霜（横批：但念无常）

★是非自古因欲起 ‖ 苦乐从来随心生

★事到盛时须警省 ‖ 境当逆处要从容

★事因知足心常乐 ‖ 人到无求品自高

★消忧去恼身长健 ‖ 寡欲无欺心自安

★心无所累行必果 ‖ 事多牵挂飞难高

★意淡名利喜风雨 ‖ 心怀山川忘红尘

★欲念一起深似海 ‖ 心性稍纵溃如潮

★喻义自无非理事 ‖ 爱名常葆不贪心

★自静其心延寿命 ‖ 无求于物长精神

★好大喜功终为怨府 ‖ 贪多务得哪有闲时

★广厦万间夜眠仅需六尺 ‖ 家财万贯日食不过三餐

★宠辱不惊看庭前花开花落 ‖ 去留无意望天上云卷云舒

★宠辱不惊看庭前花开花落去留无意 ‖ 沉浮莫叹知天上云卷云舒聚散任风

4.心胸豁达联

★宽宏大量 ‖ 远瞩高瞻

★一襟和气 ‖ 万斛宽胸

★有容乃大 ‖ 无欲则刚

★恩怨挥手断 ‖ 是非随心平

★海量由船荡 ‖ 宽怀任马驰

★忍中乾坤大 ‖ 笑里学问多

★心宽忘地窄 ‖ 野旷觉天低

★有容德乃大 ‖ 无私心自安

★大着肚皮容物 ‖ 立定脚跟做人

★院大不如志大 ‖ 房宽难胜心宽

★责人之心责己 ‖ 恕己之心恕人

★仇心未灭江湖在 ‖ 剑气欲老风雨腥

★大器量天空海阔 ‖ 真聪明岳峙渊深

★洞悉世事胸襟阔 ‖ 阅尽人情眼界宽

★将心比心误会少 ‖ 以牙还牙怨恨多

★旷心将江海齐远 ‖ 宏量与宇宙同宽

★人情历尽心胸阔 ‖ 世事经多眼界高

★人遇误解休怨恨 ‖ 事逢得意莫轻狂

★忍一言风平浪静 ‖ 退半步海阔天空

★退一步天高地阔 ‖ 让三分心平气和

★勿凭刀剑断恩怨 ‖ 须持仁义折仇心

★胸阔千愁似粟粒 ‖ 心轻万事如鸿毛

★海纳百川有容乃大 ‖ 壁立千仞无欲则刚

★大肚能容容天下难容之事 ‖ 开口常笑笑天下可笑之人（横批：肚大口笑）

267

三、治家之道联

1.勤俭治家联

★宽以济猛 ‖ 俭能养廉

★持家须勤俭 ‖ 学习贵有恒

★勤俭黄金本 ‖ 诗书丹桂根

★一生勤为本 ‖ 万代诚作基

★观寝兴于早晚 ‖ 识家世之隆衰

★善始善终守道 ‖ 克勤克俭持家

★创业艰辛须勤俭 ‖ 求知深广要谦虚

★创业维艰崇节俭 ‖ 守成不易戒奢华

★俭为天下治家宝 ‖ 勤是人间创业方

★克勤克俭兴家业 ‖ 正己正人教子孙

★浪费犹如河决口 ‖ 节约好比燕衔泥

★千勤天下无难事 ‖ 百忍堂中有太和

★勤俭承先人懿范 ‖ 耕读立后辈良图

★勤俭人家先致富 ‖ 书香子弟早成才

★勤劳俭朴心灵美 ‖ 礼让谦诚品德高

★勤劳节俭兴家计 ‖ 礼让谦恭处世经

★勤劳门第春风暖 ‖ 俭朴人家美景长

★天地间勤俭最贵 ‖ 家庭中教爱为先

★ 兴家不易须勤俭 ‖ 立业非难靠谨严

★ 兴家法宝勤与俭 ‖ 处世良方忍而谦

★ 处事无奇唯忠唯恕 ‖ 治家有道克俭克勤

★ 道德一经首重在俭 ‖ 损益诸义无大于谦

★ 敬胜怠吉怠胜敬灭 ‖ 俭入奢易奢入俭难

★ 民生在勤勤则不匮 ‖ 善虑以动动维厥时

★ 摇钱树出自勤劳者 ‖ 聚宝盆归于节俭家

★ 祖考贻谋惟勤与俭 ‖ 天伦乐事既翕且耽

★ 勤劳节俭乃治家上策 ‖ 礼貌谦让为处世良规

2.团结和睦联

★ 和谦为贵 ‖ 勤俭是珍

★ 和善家风贵 ‖ 苦寒品格高

★ 仁爱三春暖 ‖ 家和万事兴

★ 人靠勤劳致富 ‖ 家因和睦生财

★ 入则孝顺父母 ‖ 出则和睦乡邻

★ 万事唯求和气 ‖ 一家共乐春风

★ 子孙贤族乃大 ‖ 兄弟睦家之肥

★ 天地间诗书最贵 ‖ 家庭内和睦为先

★ 夫妻协力山成玉 ‖ 婆媳同心土变金

★ 福星高照勤俭地 ‖ 喜气常留和睦家

★ 和睦家庭春光好 ‖ 恩爱夫妻幸福多

★ 和睦家庭婆媳好 ‖ 勤劳门第子孙贤

★ 和睦人家春常在 ‖ 勤劳门第富有余

★ 家和人兴百福至 ‖ 儿孙绕膝花满堂

★ 家庭和睦歌声溢 ‖ 琴瑟同谐乐事多

★居家和睦无难事 ‖ 邻里同心共揽春

★举家肃穆天化乐 ‖ 同室龃龉外侮乘

★宽以待人和邻里 ‖ 严于律己振家风

★谦让包容纷争少 ‖ 相濡以沫恩爱多

★勤劳父子家长富 ‖ 和睦夫妻爱永甜

★勤劳门第春常在 ‖ 和睦人家福自来

★忍而和齐家善策 ‖ 勤与俭创业良图

★天地万情和至贵 ‖ 古今百善孝为先

★兄弟合力山成玉 ‖ 父子同心土变金

★兄弟和其中自乐 ‖ 子孙贤此外何求

★有无不争家之乐 ‖ 上下相亲国乃康

★争端悉泯多因让 ‖ 和气流行自致祥

★父慈子孝一团和气 ‖ 夫唱妇随两口同心

★康乐合亲皆大欢喜 ‖ 富贵寿考长宜子孙

★相亲相爱家庭和睦 ‖ 互谅互帮邻里温馨

★家和万事兴互敬常从微处见 ‖ 邻睦千秋好相谐总自乐中来

3.严教守正联

★书香门第 ‖ 勤俭人家

★上正下亦正 ‖ 源清水自清

★爱子先当训子 ‖ 起家应念保家

★老老实实做事 ‖ 堂堂正正做人

★认认真真行事 ‖ 堂堂正正做人

★不可骄奢溺子女 ‖ 须以忠孝传儿孙

★成事成名成伟业 ‖ 立人立德立家风

★传家有道诚作本 ‖ 处事无奇信为基

★传家有道唯存厚 ‖ 处世无奇但率真

★传家有训凭厚道 ‖ 处世无奇靠诚心

★德勤孝义传家宝 ‖ 和善信诚处世风

★读书识礼家风好 ‖ 知耻明荣胸臆宽

★节俭勤劳兴业本 ‖ 骄奢淫逸败家根

★教子教孙须教义 ‖ 积善积德胜积钱

★教子课孙定我分 ‖ 读书为善做人家

★敬爱师长并父老 ‖ 睦及兄弟与旁邻

★课子课孙先课己 ‖ 成仙成佛且成人

★礼义传家为教道 ‖ 诗书养性继遗风（横批：诗礼传家）

★谦恭信和待邻里 ‖ 勤慎俭朴教家人

★勤能补拙熟生巧 ‖ 万卷诗书万里金

★唯诚唯信行世事 ‖ 克俭克勤践家风

★修德不矜官位重 ‖ 克家惟在子孙贤

★雍容合度百为礼 ‖ 姑息存心不是恩

★正气在胸人坦荡 ‖ 清风盈门家安康

★忠厚平和传世远 ‖ 仁忠礼义继风长

★忠孝仁和承祖训 ‖ 诗书礼乐构家风

★相见以诚相率以敬 ‖ 毋蔽于溺毋苛于微

★心术不可得罪于天地 ‖ 言行要留好样于儿孙

★治家常秉松风竹影梅韵 ‖ 为官永葆神清品正心廉

四、立世为人联

1.交友处世联

★不攻人短 ‖ 莫矜己长

★交天下士 ‖ 读古人书

★临事勿躁 ‖ 待人宜诚

★莫笑人短 ‖ 勿恃己长

★淑身涉世 ‖ 谨行慎言

★一言九鼎 ‖ 只字千钧

★病贫知朋友 ‖ 乱离识爱情

★待人胜待己 ‖ 推腹更推心

★朋友千个少 ‖ 冤家一个多

★让人非我弱 ‖ 守己任他强

★人无信不立 ‖ 天有日方明

★守道不封己 ‖ 择交如求师

★岁寒知松柏 ‖ 患难见交情

★抑人是自抑 ‖ 扬人其自扬

★处事当克己短 ‖ 交友应学人长

★交以诚接以礼 ‖ 近者悦远者来

★言必信行必果 ‖ 色思温貌思恭

★赤诚招来飞鸿落 ‖ 深情激得玉石开

★唇齿相依关世运　‖　戚欣与共胜天伦

★观人不可以貌取　‖　处事岂能随心为

★光明磊落江湖走　‖　刚柔并济思后行

★好书如酒益心性　‖　良友似镜正言行

★宽厚待人添福寿　‖　包涵处世享天伦

★慎交朋友情义重　‖　诚信守诺待人真

★世事洞明莫玩世　‖　人情练达应助人

★勿分良莠滥交友　‖　须择内容慎读书

★效梅傲霜休傲友　‖　学竹虚心莫虚情

★以文交友知天下　‖　讲理服人照古今（横批：明辨是非）

★鹦鹉前头休多语　‖　小人身边须慎行

★遇事虚怀观一是　‖　待人和气听群言

★知己似酒常宜醉　‖　良友如书时须读

★公开公正公平处事　‖　诚信诚心诚意待人

★寒时拥炭交真朋友　‖　暑日饮冰读好文章

★片言九鼎源于智慧　‖　一诺千金始自信诚

★罔谈彼短我亦有短　‖　靡恃己长人孰无长

★话虽未到口边三思更好　‖　事纵放行心下再慎何妨

★交不可滥谨防良莠难辨　‖　酒勿过量慎止乐极生悲

★知事晓事不多事太平无事　‖　忍人让人不欺人方可为人

★气忌躁言忌浮才忌满学忌浅　‖　胆欲大心欲细智欲圆行欲方

2.人世感悟与警世联

★防微杜渐　‖　遗大投艰

★戒奢以俭　‖　居安思危

★若无远虑　‖　必有近忧

★ 甜以思苦 ‖ 乐不忘忧

★ 把酒知今是 ‖ 观书悟昨非

★ 三思终有益 ‖ 百忍永无忧

★ 升高必自下 ‖ 谨始慎其终

★ 顺境当思逆境 ‖ 丰年在想荒年

★ 饱时莫忘饥时苦 ‖ 有衣须记无衣寒

★ 长江后浪推前浪 ‖ 世上今人胜古人

★ 车至山前必有路 ‖ 水到桥头自然直

★ 穿绸常思养蚕户 ‖ 吃水不忘挖井人

★ 但得回头便是岸 ‖ 何须到此悟前非

★ 官迷心窍能作恶 ‖ 钱遮眼睛会发昏

★ 居安思危介节见 ‖ 积疑得悟清光来

★ 马临悬崖收缰晚 ‖ 船到江心补漏迟

★ 你哄你我不哄你 ‖ 人亏人天岂亏人

★ 曲曲折折人生路 ‖ 勾勾叉叉世间情

★ 世风洞析惊龌龊 ‖ 人性看破思淡泊

★ 顺境当怀逆境志 ‖ 得意须记失意时

★ 一步不慎功尽弃 ‖ 半语未妥祸即生

★ 逆境顺境知进知退 ‖ 天道人道忌满忌盈

★ 诌语尤甘忠言最苦 ‖ 下城极易攀登甚艰

★ 卑躬屈膝始终为牛马 ‖ 趋炎附势永远是蝇蚊

★ 不仁不智孰之而已矣 ‖ 谁毁谁誉逝者如斯夫

★ 读书期间怨恨读书苦 ‖ 就业时候忧患就业难

★ 恨之入骨常常投鼠忌器 ‖ 喜上眉梢往往得鱼忘筌

★ 行随自由不必邯郸学步 ‖ 美自天然何苦东施效颦

★ 有也过无也过得过且过 ‖ 穷亦愁富亦愁没愁更愁

★ 蝼蚁之穴能毁掉千里之坝 ‖ 针尖之窟可透过斗大之风

★ 人生曲折如几组有向线段 ‖ 命运沉浮似一个不定方程

★ 人世间关系纷繁阡陌交往 ‖ 天底下形势紧迫纵横驰骋

★ 为人正直哪怕人前道短长 ‖ 做事磊落何忧背后说是非

★ 雪逞风威白占田园能几日 ‖ 云从雨势黑漫大地没多时

★ 应当努力获取不要守株待兔 ‖ 切忌盲目探索否则画蛇添足

★ 做事应当心智不能俯首帖耳 ‖ 为人要有志气切莫屈膝卑躬

★ 量体裁衣是什么菩萨上什么色 ‖ 看风使舵在哪样山头唱哪样歌

第十一章

实用横批集萃

　　不少人认为，没有横批的对联是不完整、不规范的。这其实是一种误解。事实上，对联不仅可以没有横批，而且大部分的对联是没有横批的，有横批的对联仅是门联和楹联。这一点，我们在第一章中有过专门的阐述。门联的横批贴在门框的上方；楹联的横批贴在庭柱上方的横梁上。文学作品中的对联基本上没有横批，题赠联、挽联（不宜楹间贴挂的）等也可以没有横批。

　　如果需要给没有横批的对联加上横批，也不是不可以，只要加上的横批能与原对联相得益彰，而不是加上之后显得"文不对题"或画蛇添足就好。具体的要求和注意事项，可以参看第一章中的相关内容。

　　本章对横批作了分类，为了避免重复，在其中一类中已经出现的横批尽量不再收录到其他类中。不过，横批与对联，极少有一一对应的关系。比如"户纳千祥""吉祥如意""门盈五福""三星拱户"这类横批，无论是春联、节日联还是庆贺庆典联，大部分是可以通用的。所以，如果在第一目标类别中找不到合适的横批，不妨到相关性较强的其他类别中去查找和选择。

一、春联和节日联常用横批

1.通用横批

处处春，八节安康，百福骈臻，百家有福，百事大吉，长春不老，春安夏泰，春风得意，春风惠我，春风送暖，春光明媚，春光永驻，春和景丽，春回大地，春来喜气，春满乾坤，春满人间，春日载阳，春色满园，春色宜人，春舒锦绣，春添快乐，春意盎然，春意盈门，春盈四海，大地回春，大地皆春，大展宏图，丹凤朝阳，东风解冻，二气雍和，凤翥龙骧，福积泰来，福禄双星，福如东海，福寿即来，福寿双全，福喜盈门，恭贺春节，恭贺元旦，恭贺××，好事连连，好运连连，合家幸福，和睦家庭，和气致祥，阖家安康，阖家幸福，红红火火，户纳千祥，欢度新春，欢度元旦，欢度国庆，欢度××，欢乐祥瑞，惠风和畅，吉斗临空，吉庆有余，吉祥如意，家和万事兴，家庭幸福，快乐年年，康乐所在，兰芳春日，六合同春，六六大顺，龙飞凤舞，龙凤呈祥，龙马精神，龙腾虎跃，满面春风，满院春色，美满幸福，门盈五福，门臻百福，纳福迎祥，年年如意，鹏程万里，七星高照，庆云兆日，日新月异，日月增辉，瑞霭迎门，三春放彩，三星拱户，三阳开泰，三元及第，时和岁好，十全十美，四海增辉，四季呈祥，四季平安，四时吉庆，四时如意，四时为柄，岁纳祯祥，岁岁安康，岁岁平安，天开长乐，天开景运，天与长春，万里春光，万事亨通，万事如意，万事胜意，万事遂心，万象呈祥，万象更新，万象皆春，五福临门，五福生根，五世其昌，五星高照，五夜春来，物华天宝，喜气临门，喜气盈门，喜笑颜开，喜迎新春，喜迎元旦，喜迎××，祥云北至，祥云捧日，向阳门第，笑口常开，新春吉庆，新春伊始，新岁献瑞，欣欣向荣，幸福安康，一尘不染，一帆风顺，一家瑞气，一门余庆，一元复始，意气风发，月满春盈，跃马争春，云蒸霞蔚，蒸蒸日上，诸事如意，诸事顺利，诸事顺心，子夜灯红，紫气东来。

2.工、农界横批

爱厂如家，八方秀色，宝山霞蔚，保质保量，保质保优，爆竹辞旧，采煤光荣，产销对路，春回华夏，春明花艳，春色满园，多劳多得，芳草迎春，飞雪迎春，丰稔年华，风调雨顺，封山育林，奋争上游，福地洞天，红梅报春，护林防火，花漫九州，鸡鸭成群，艰苦奋斗，景泰春和，腊梅报喜，腊梅迎春，柳绿春浓，六畜兴旺，绿柳芳春，满院生辉，梅传春信，梅传喜讯，梅开五福，煤海云蒸，民富年丰，年逢大有，年年有余，鸟语花香，牛肥马壮，勤俭持家，勤劳门第，人间仙境，人杰地灵，人寿年丰，瑞雪报春，雪兆丰年，山清水秀，生机盎然，事业兴隆，岁岁有余，桃符迎新，万紫千红，文化园林，文明生产，五谷丰登，物美价廉，喜庆丰年，喜鹊登枝，香飘四季，意气风发，莺歌燕舞，质优高产，竹报佳音，增产增收，自力更生。

3.政界、军界横批

爱我中华，安定团结，安居乐业，百业兴旺，保家卫国，保护资源，保驾护航，便民利国，步步高升，惩腐肃贪，春到万家，大展宏图，地利人和，恩泽千秋，繁荣昌盛，繁荣富强，繁荣经济，飞黄腾达，奋发图强，服务人民，革命家庭，公仆之家，官运亨通，光荣人家，国安家庆，国富民强，国泰民安，河清海晏，鸿鹄得志，虎跃龙腾，继往开来，艰苦创业，见义勇为，建功立业，建设祖国，江山不老，江山多娇，江山如画，晋爵延龄，经济繁荣，举国欢腾，巨龙奋起，军民同心，克己奉公，克勤克俭，利国利民，两袖清风，六事修治，民生在勤，民族复兴，普天同庆，勤政为民，清正廉明，求实进取，全面发展，群贤毕至，人才辈出，人定胜天，人民奋发，人民功臣，人民伟大，人强马壮，人心思治，山河一新，山河壮丽，深化改革，神州永春，实事求是，率先垂范，四海欢腾，四海皆春，四海升平，四海同春，四柱擎天，太平有象，天福华民，团结奋斗，团结奋进，万众同欢，万众一心，心系人民，心系庶民，一尘不染，一派正气，一身正气，一往无前，一心一德，拥军爱民，拥政爱民，鱼水情深，与民造福，与时俱进，造福人民，振兴中华，政策英明，政通人和，壮志凌云，祖国昌盛，祖国长春，祖国繁荣，祖国万岁。

4.文教、科技、医疗界横批

百花竞秀，百年树人，柏翠梅香，藏龙卧虎，春满校园，丹心育苗，革故鼎新，华佗再世，积德人家，健康无价，敬业爱岗，救死扶伤，教书育人，教子有方，康平岁月，科技腾飞，科技兴国，科技之家，科教兴农，科学致富，苦战攻关，礼义人家，妙手回春，民众安康，培桃育李，品格高尚，人定胜天，人杰地灵，人民安康，人文荟萃，师生团结，诗书门第，十年生聚，淑气临门，松风竹韵，桃李满天下，桃李争春，桃李争艳，腾飞事业，为国争光，文苑争芳，闻鸡起舞，希望大成，一代风流，一室清辉，一堂春色，一心耕耘，医者仁心，艺坛溢彩，因材施教，预防为主，钟灵毓秀，众志成城，仲景重生，竹报三多，尊师重教。

5.商界横批

八方来财，八路进宝，百货泰祺，薄利多销，财阜得意，财源广进，财源滚滚，财源茂盛，财源似水，财运亨通，诚信经营，诚信经商，诚信为本，多财满家，发家致富，丰财聚宝，福旺财旺，服务周到，顾客盈门，顾客至上，和气生财，货财殖焉，花开富贵，家和业旺，接财接福，开拓市场，开门迎财，开业大吉，客邸延禧，客源似水，利路亨通，买卖公平，满市春色，年年保险，年年大发，年年进宝，勤劳致富，荣华富贵，商德昭世，生财有道，生意兴隆，事业有成，四方来财，童叟无欺，文明经商，文明商城，万商云集，物美价廉，新张骏业，信誉第一，信誉通神，业崇财裕，招财进宝，珠光宝气，珠辉玉丽，朱门绣户。

二、婚联常用横批

爱河永浴，爱情永笃，白首齐眉，白头到老，白头偕老，百年好合，百年嘉偶，百年偕老，比翼双飞，冰心洁意，彩蝶恋花，常伦念笃，赤绳永结，春暖璇闺，丹桂生香，地久天长，东床袒腹，二南之美，恩爱百年，二人同心，凤凰来仪，凤麟起舞，凤祉麟祥，凤翥鸾翔，奉迓金莲，夫妻情长，福缘鸳鸯，关睢乐事，桂馥兰芬，桂馨兰芳，海盟山誓，海誓山盟，合卺之喜，鸿案齐眉，互敬互爱，户拱三星，花好月圆，吉日良辰，吉庆祺祥，吉庆新婚，佳偶百年，佳偶天成，金声玉振，金石之盟，金屋同春，金玉良缘，九九同心，举案齐眉，君子好逑，奎璧联辉，兰馨一室，蓝田种玉，郎才女貌，礼开奠雁，莲结同心，莲开并蒂，良辰美景，梁孟高风，鳞凤呈祥，麟吐玉书，龙凤呈祥，龙腾凤翔，鸾凤和鸣，梅柳迎春，美满婚姻，美梦连连，鸟乐同林，蓬门始开，乾坤交泰，七巧良缘，秦晋之好，秦晋之联，琴剑知音，琴瑟永偕，琴瑟友之，青梅竹马，情长意重，情深似海，情同连理，情同如水，情投意合，情真意切，情重鸳鸯，雀屏中目，鹊桥欢渡，人月共圆，日月同辉，如鼓琴瑟，瑞霭蓝田，瑞木交柯，山盟海誓，芍结双花，笙磬同谐，诗题红叶，四喜同来，天长地久，天作之合，同道永春，同偕白首，万年好合，文定厥祥，西阁画眉，喜成连理，喜结连理，喜结秦晋，喜气生辉，喜鹊登枝，喜事迭来，喜浴门庐，相敬如宾，相亲相爱，箫彻秦楼，新婚嘉礼，心心相印，幸福绵长，幸福美满，幸福无疆，燕尔新婚，一门同贺，一门同庆，一世良缘，仪隆化育，银河双渡，应赋桃夭，莺歌燕舞，永结同心，永偕伉俪，永浴爱河，有凤来仪，鱼尚比目，玉树琼枝，鸳鸯比翼，鸳鸯对舞，鸳鸯佳偶，缘定三生，月明金屋，云天比翼，之子于归，志同道合，忠诚友爱，珠联璧合，壮志同酬，紫燕双飞。

三、乔迁和居室横批

诚笃，丰裕，恒昌，鸿霖，凝瑞，瑞轩，泰瑞，熙瑞，祥和，臻荣，福瑞吉，和致祥，景毓秀，祺福祥，安居乐业，彩绵画栋，呈瑞焕彩，春满华堂，春色满园，德必有邻，德占仁里，栋宇辉煌，栋宇聿新，福临吉地，福禄满堂，华门安居，华堂焕彩，华堂生辉，华堂映日，华屋载恩，画栋雕梁，画栋连云，吉庆人家，金玉满堂，景色如画，兰馨墨香，梅韵书香，美轮美奂，鸟语花香，平安福地，千祥云集，乔木莺迁，乔迁新居，庆吉居安，人间佳境，入室大吉，入住平安，瑞气嘉风，瑞气云集，四季平安，天宝呈祥，喜满新居，祥光满室，祥云绕屋，新居大吉，新居焕彩，雅韵逸风，燕贺新居，莺迁仁里，云浮紫阁，宅院福地，择处得仁，紫气东来，紫气盈庭。

四、寿联常用横批

1.男女通用

百福呈祥，春秋不老，儿孙满堂，福禄长寿，福寿安康，福寿连绵，福寿无边，海屋添筹，合家同贺，河山并寿，洪福齐天，后福无疆，康健长寿，康乐宜年，康强逢吉，人老心红，寿比南山，寿延千秋，四世同堂，天龄永享，喜气满堂，子孙奋发，子孙满堂。

2.男寿横批

苍松长青，长庚朗耀，呈辉南极，椿树长荣，椿树留荫，椿庭日永，大椿不老，庚星耀彩，共颂期颐，古柏长春，鹤算筹添，甲第增辉，鸠杖熙春，榴花献瑞，眉寿未艾，南极寿翁，南极寿星，南极腾辉，南极星辉，人中真瑞，松姿柏态，寿比松龄，寿考康强，天锡纯嘏，旺辉南极，霞焕椿庭，星辉南极，以介眉寿。

3.女寿横批

宝婺生光，宝婺腾辉，春云霭瑞，辉腾福婺，金萱焕彩，蟠桃献寿，荣耀萱花，筋晋椒樽，婺焕弧南，婺宿腾辉，禧延萱阁，西池庆筵，星辉宝婺，秀添慈竹，萱草长荣，萱花芬芳，萱茂华堂，萱荣堂北，萱室凝瑞，萱堂日永，萱庭日丽，璇阁大喜，瑶池春水，永葆青春。

4.双寿横批

白首齐眉，柏翠松青，苍松翠柏，椿萱并茂，福海寿山，福寿双栖，庚婺双辉，庚婺同明，河山并寿，鹤算同添，鹤舞交柯，极婺联辉，耄耋齐眉，乃福乃寿，南山献颂，盘献双桃，蓬壶同永，齐眉百岁，日月双辉，日月同辉，双星放彩，寿域同登，天上双星，松柏长春，朱颜鹤发。

五、挽联常用横批

1.男女通用

百世流芳，悲恸早逝，德及梓里，德泽儿孙，典型宛在，福寿全归，功德永昭，俭朴家风，九泉含笑，举世同悲，美德遗风，留芳桑梓，名留后世，千古流芳，勤劳一生，神赴仙岛，神赴仙界，神赴香山，硕德长存，天人同悲，痛失知音，往生净域，五夜风凄，遗爱千秋，遗爱永珍，遗训长昭，音容宛在，永垂不朽，永垂千古。

2.挽男横批

齿德兼隆，齿德兼尊，赤日西沉，椿难傲雪，椿庭日黯，大雅云亡，德高望重，德厚堪师，德泽铭心，风摧椿萎，风凋祖竹，峰坠丈人，父魂何之，高风亮节，光仪万斛，浩气长存，鹤归华表，化鹤归真，驾返蓬莱，跨鹤仙游，老翁成仙，名远德高，南极星沉，骑鲸西归，神伤棠棣，寿终正寝，严训难忘，燕贻恩深，遗志永昭，英魂常在，驭鹤仙乡，云掩大椿，帐望高风，哲人其萎，哲人永垂，正直流芳，忠厚留思。

3.挽女横批

宝婺沉光，宝婺星沉，慈爱难忘，慈颜难再，慈颜宛在，慈颜已逝，慈云西沉，慈云西游，慈竹风凄，慈竹霜摧，风荡慈云，凤落长空，含饴难再，光寒宿婺，壸范长存，驾返瑶池，巾帼英雄，兰摧玉折，母仪不再，母仪千古，女史流芳，绮阁风凄，泣血萱花，寿终内寝，淑德常昭，淑德

285

可风，淑德一生，淑慎温恭，霜陨帷堂，痛冷高堂，王母召归，婺星忽暗，婺星云迷，心伤泰水，绣帷香散，萱堂风冷，萱堂月冷，懿德长存，懿德永存，懿德永昭，懿范常留，懿范犹存，瑶池赴宴，瑶池月落，瑶阶月冷，月仰慈颜。

第十二章

古今妙趣联和对联趣事

对联有着悠久的历史，为社会各阶层人士喜闻乐见，上至帝王达官，下至平民百姓，大多喜欢对对子，因而各种对联可谓琳琅满目，美不胜收。其中有一类非常有趣和巧妙，称为趣联或巧对，它们背后也有着数不清的趣事。

一、苏东坡与王安石的嵌名联之斗

在丰富多彩的联苑中，有一种对联叫嵌名联，也就是将人名、地名或其他事物名称嵌入联内的有关部位，使上下联相互对应。这种对联构思巧妙，形态各异，读来别有意趣。嵌名联在婚联及题赠联中运用较多，嵌法也因情况而多种多样。

我们来看苏东坡与王安石的一副有趣的嵌名联。

位列"唐宋八大家"的苏轼（号东坡）与他的老师王安石，都是北宋才华横溢的诗人和散文家，但两人政见不同，因此素不和睦，常常明争暗斗。

相传有一天，在一条街巷之中，两人狭路相逢。王安石看到旁边有座房屋年久失修，根基已动，一面墙向东倾斜，有点坍塌之意。于是，他吟出上联："此墙东坡斜矣"。

此上联巧妙嵌入苏轼的号，语带双关地表达了王安石对苏轼的提醒和警告，寓意是：你的政治前途已经不妙了。

苏东坡早就对王安石把持朝政心怀不满，于是毫不犹豫对出了下句："是基安石过也"。接着仰天大笑。此下联也巧妙嵌入了对方的名，寓意是：我的危险都是你造成的。

谁知此语一出，即招来大祸，王安石对他的怨恨更深，没过几天，苏轼便被贬官。

当然，这次嵌名联之斗只是一个小小的导火索，苏东坡一生颠沛流离，虽然源于党争，也与当权者嫉贤妒能有关，但并不排除有苏东坡自身性格的原因。

苏东坡心直口快，喜欢搞恶作剧，对人言语也常常很刻薄。他与宋神宗钦仰的佛印禅师交往甚密，有一次，二人泛舟江上，东坡见河边有一狗正在啃骨头，遂曰："狗啃河上（和尚）骨。"脸上颇有得意之色。佛印明白东坡在戏谑自己，随手把题有东坡诗词的扇子，扔到河里说："水流东坡诗（尸）。"

苏东坡很幽默，但他的幽默往往也很伤人。开自己的玩笑叫自嘲，开别人的玩笑，搞不好就会被别人认为是嘲笑，但是苏东坡不避讳，难免得罪了一些本不该得罪的人。

他还喜欢给别人起外号。比如他给王安石的外号是野狐禅，给司马光的外号是司马牛。他还经常戏弄朝中大臣，甚至敢把皇帝噎得说不出话来。

元丰元年，苏轼因"乌台诗案"受到诬陷，被逮捕入狱，择期问斩，除了他弟弟苏辙外，竟无人为其辩护。他得罪人已经到了什么程度，由此可见一斑。

可是苏东坡就是管不住自己的嘴，这正是率性文人的可爱之处，无奈官场的潜规则不是按照"明月几时有"出牌的。他有着旷世才华，却在朝时间不长，不是被外放，就是被贬谪，着实令人叹息。

二、吊唁张之洞的特殊挽联

清末名臣张之洞，是洋务派的代表人物，因提出"中学为体，西学为用"而为后世人敬仰。其籍贯是直隶南皮（今属河北），因而被世人称为张南皮。

相传张之洞晚年有两个侍姬，一个叫远山，另一个叫近水，都是由侍婢而擢升。她们出身贫寒，被张之洞收房后，平步青云，享尽了人间荣华富贵，因此二人对张之洞感恩不尽，将他看作救星，对他曲意侍奉。而且，即使有客造访，这两个侍姬也不避讳，所以见者颇多。

张之洞有两个得意门生，一个叫梁鼎芬，号星海；另一个叫樊增祥，号云门。二人都有才华，但时运不济，长期不得出头。后来受张之洞的赏识与庇佑，梁鼎芬官至按察使，后任溥仪的老师；樊增祥官至布政使，后署理两江总督。这引来了同僚的"羡慕嫉妒恨"。二人非常感激张之洞的知遇之恩，将他视为再生父母。

宣统元年（1909）八月，张之洞去世。远山、近水两个侍姬的境遇从此一落千丈，正房夫人竭尽所能羞辱她们，二人凄凄惶惶，终日以泪洗面。那梁鼎芬和樊增祥听到恩师去世的消息，悲伤不已。

在张之洞的吊唁灵堂之上，大家低声悲叹。唯有两位侍女与两位门生，想到张之洞在世时对自己的好处，以及今后各自的出路，忍不住放声大哭起来。当时，有好事者就四人的心情匿名为张之洞写了一副挽联：

上联：魂兮归来乎星海云门同怅惘

下联：死者长已矣远山近水各凄凉

上联中的"星海""云门"分别是梁鼎芬和樊增祥的号，而下联中的"远山""近水"则指那两个侍姬。

这副对联，严格来说其实算不上给张之洞的挽联，更多的用意是讽刺那四人的一副嵌名联。

事实上，嵌名联极少用于挽联。据说孙中山曾为秋瑾题嵌名挽联："悲哉秋之为气；惨矣瑾其所怀"。不过，也有学者指出这并非孙中山所作。

为什么挽联极少嵌名呢？我们知道，国人有一个传统，对尊者、长者、亲者、贤者，忌讳直呼其名，对死者，当然就更不应该直呼其名了。

所以，写嵌名挽联还是谨慎为好。

三、一副把贪官送进监狱的对联

据史料记载，光绪十七年（1891），全州知州柳筬上任之后，横征暴敛，鱼肉乡民，怨声载道。恩、建、长、万、宜、升六乡读书人自发联络，共同具名，积极向上级府衙举报。无奈人微言轻，再加上当时的知府被柳筱贿赂，不仅不予查办，反将为首告官的几名秀才革掉了功名。

民愤难平，士子们众志成城，发誓一定要将柳筱绳之以法。

光绪辛亥端午节，桂林府衙在漓江举行盛大的端午划龙舟比赛，广西巡抚应邀前来观光指导。这一天，漓江两岸丽日高照，万人攒动。广西巡抚正在观礼台上兴致勃勃地观赛，只见一艘龙舟在通过观礼台时，突然打出一副墨汁未干的对联。上联是："木牛何地寻来不与六乡合卯"；下联是："竹马几时牵去免教百姓捐钱"。

一开始，大家还不以为意。但仔细一想，观礼台上开始议论纷纷。

原来这是一副拆字对联。上联的第一字"木"字与联尾最后一字"卯"字，合起来即是"柳"字。同样道理，下联的第一字"竹"字与联尾的最后一字"钱"字，合起来就是"筱"字。通过拆字，该联将柳筱的姓名斩头截足，画出一副贪官嘴脸，真是笔法绝妙。

"不合卯"是全州方言，即不合"卯榫"，"格格不入"之意。

后来，广西巡抚下令桂林府衙立即查办，柳筱因贪污腐败罪被关进了大牢。

拆字联是对联的一种。拆字，也称析字、离合，是将汉字的字形各部分拆开，使之成为另几个字（或形），并赋予各字（或形）以新的意义，读起来妙趣横生，因而广为流传。

这样的对联非常多，比如：

★鸿是江边鸟 ‖ 蚕为天下虫

★少水沙即现 ‖ 是土堤方成

★闲看门中木 ‖ 思间心上田

★一明分日月 ‖ 五岳各丘山

★冻雨洒窗东二点西三点 ‖ 切瓜分客横七刀竖八刀

★四口围犬终成器口多犬少 ‖ 二人抬木迈步来人短木长

有的拆字联，在一联中可以同时拆很多字。

相传在一次游山玩水的时候，乾隆皇帝出了一上联，问纪晓岚下联该如何作解。上联是："白水泉边女子好，少女真妙"。

纪晓岚一时不解，但是当他看到泉边几位女子在水边玩耍，并往头上插花就明白了圣意，他灵机一动，对出下联："山石岩下古木枯，此木为柴"。

这一副对联中就拆了6个字：白和水组成泉，女和子为好，少女俩字合起来正好是妙；纪晓岚也同样用了这种方法，把岩字拆为山、石，枯字拆为木、古，柴字拆为此、木。真令人叹服。

四、针砭人情冷暖的讽刺联

在对联的百花园中，幽默犀利的讽刺联堪称一枝带刺的玫瑰。借助讽刺联，可以酣畅淋漓地嬉笑怒骂，或委婉含蓄地批评规劝，故常常有引人注目的效果。

人的一生有低谷和顶峰。很多人对不同地位的人会采取不同的态度。因为人都有追逐名利、趋炎附势的一面。从古至今，都是如此。

据说，清朝时有位浙江籍穷书生，幼时家徒四壁，一贫如洗。亲朋好友怕他来赊借，个个见到他都躲得远远的，到后来就基本上没什么来往了。书生发恨吃野菜苦读诗书。功夫不负有心人，进京赶考，他金榜题名，荣归故里。那些消失许久的亲友们都提着礼物来祝贺，就是八竿子打不着的人也来凑热闹。想起从前受到的嫌弃，书生百感交集，便挥手写下对联贴在门上：

上联：去岁饥荒，五六七月间，柴米尽焦枯，贫无一寸铁，赊不得，

欠不得，虽有近戚远亲，谁肯雪中送炭

下联：今朝科举，一二三场内，文章皆合式，中了五经魁，名也香，姓也香，不拘张三李四，都来锦上添花

不过，有学者指出，这副对联并非清朝书生原创，而是模仿北宋宰相吕蒙正的对联，稍加改动而得。

吕蒙正在幼时过得极其艰难，长期在贫困线上挣扎。有一年除夕，家中不仅无法添置年货，连粮食都没有了，向各个亲友与邻居赊借，但人心凉薄，没有谁愿意赊借。饥寒交加的吕蒙正听着窗外一阵阵热闹的鞭炮声，悲愤交加，在门前贴了一副奇怪的对联：

上联：二三四五

下联：六七八九

横批：南北

此联的含义在于：缺一（衣）少十（食），没有东西。

短短一副对联，不仅囊括了吕蒙正当时所处的窘境，而且包含对世态炎凉的控诉和自嘲。

自嘲过后还得继续生活，吕蒙正在那段艰难的日子里，从来都没有放弃自己的理想与

努力，最终在太平兴国二年（977）考中状元。

金榜题名后，那些以前对他冷眼旁观的亲朋邻居们都带着财帛礼品前来巴结贺喜。吕蒙正看着这些忽然笑容可掬的人，心中五味杂陈，于是写下一副对联：

上联：旧岁饥荒，柴米无依靠，走出十字街头，赊不得，借不得，许多内亲外戚袖手旁观，无人雪中送炭

下联：今科侥幸，吃穿有指望，夺取五经魁首，姓亦扬，名亦扬，不论张三李四登门庆贺，尽来锦上添花

今昔不同的遭际对比起来，可谓是两重天。而对于以前尝过他们白眼冷遇的作者来说，这番情景是何等的讽刺，又是何等的悲凉。

像这种讽刺对联还有不少，大家可以找来读一读。

俗话说："三十年河东，三十年河西。"现在贫困潦倒的人，谁敢保证若干年后不会时来运转呢？锦上添花，富贵者不屑一顾；而雪中送炭却可以使受救助者感恩铭记。所以做人一定要把眼光放长远些，不要太急功近利。

五、由以貌取人引发的趣联

古人云："人不可貌相，海水不可斗量。"此语意在劝告人们，不要看见一个人容貌丑，就对他有偏见，从而否定他的一切。但是，生活中许多人注重的是外表，对内在并不重视。就连被誉为千古一帝的乾隆皇帝，也曾以貌取人，差点错失人才。

有一个江西萍乡人，名叫刘凤诰，因小时候患过眼疾，没钱医治，导致一只眼失明。乾隆五十四年，刘凤诰在科举考试中文采出众，观点独特，

获得了殿试的资格。当乾隆看到刘凤诰时，见他瞎了一只眼睛，心生犹豫，有心不录取他，但又说不出口，因为容貌难看不录取，怎么能服众呢？

乾隆眉头一皱，想让他知难而退，于是就出了一个刁钻的上联："独眼岂可登金榜"，让他对出下联。刘凤诰不慌不忙，挥笔写出下联："半月依旧照乾坤"，对仗极为工整，意境远超上联，甚至让乾隆自愧不如。

作为一国之君的乾隆，自诩十全老人，怎能就此认输？他心有不甘地继续出上联："东启明，西长庚，南箕北斗，谁是摘星汉？"难度比上一副对联更大。刘凤诰自信地给出下联："春牡丹，夏芍药，秋菊冬梅，臣本探花郎。"乾隆看完哈哈大笑，被刘凤诰的文采征服，钦点他为探花。

不仅是颜值，就是穿着打扮，也会引起大部分人的不同心理。"人敬衣服，马敬鞍"说的就是这种现象。

据说，有一次郑板桥到镇江的金山游玩，来到一座寺庙，想拜见一下庙里的方丈。方丈不认识郑板桥，看到他衣衫破旧，就不冷不热地说了句"坐"，然后又顺手指了指茶几上的茶杯说"茶"。

郑板桥发现禅房里挂了不少名家字画，就仔细欣赏一一点评。这令方丈心生诧异，心想这个人可能大有来头。于是，就双手合十问道："请问先生何方人士？"郑板桥随口回答："扬州府兴化人士。"

"这位莫非就是大名鼎鼎的郑板桥？"方丈心想，于是马上请郑板桥入大殿，摆下椅子说："请坐！"又吩咐小和尚："敬茶！"

方丈说完，又向郑板桥身前凑了凑问道："请问先生尊姓大名？"郑板桥回答："兴化郑板桥。"

方丈连忙起身施礼："哎呀！您就是大名鼎鼎的郑板桥先生！"说着，热情地请郑板桥进入一间静雅的客厅，恭敬地说："请上座！"又重新吩咐小和尚："敬香茶！"

郑板桥见这个方丈十分势利，坐了一会儿就告辞了。方丈见挽留不住郑板桥，就请他题字留念。郑板桥回想方丈对待自己的态度一变再变，就挥笔写成这样一副对联："坐请坐请上座；茶敬茶敬香茶"。

郑板桥巧借对方言语，不加任何补充，就生动地刻画出了方丈前倨而后恭的一副势利嘴脸，不愧为大才子。

事实证明，通过相貌、穿着打扮，可以在一定程度上了解一个人，但不能完全彻底地了解一个人，更不能据此肯定或否定一个人。如果把外在因素绝对化，就会流于片面，以偏概全，陷入"一叶障目，不见泰山"的误区。

另外，我们在与人初次见面时，需要注意自己的装束和仪表，毕竟，人们都喜欢和有层次的人打交道，这是人的共性，尽管古人劝诫了几千年，但至今仍然没有多大改观。

六、把慈禧气得说不出话来的对联

中国两千多年的封建社会，虽然一直是男权所主导，但也出现了几位登上权力巅峰的女子，今天我们就不说别人，直接说一个大多数人都非常熟悉的慈禧吧。

慈禧太后统治中国长达48年，干了许多祸国殃民的坏事。1894年是农历甲午年，慈禧要过60岁生日。为了庆祝六十大寿，她不顾江山社稷的安危，耗资3000万两白银，为自己办盛大的宴会，并修建颐和园。当时国库空虚，慈禧不顾众人的反对，居然挪用了海军军费。就在这一年，日本发动了"甲午战争"。最终，北洋水师全军覆没，清政府与日本签订了丧权辱国的《马关条约》，进行了割地赔款。

当时有人偷偷在城门上贴了一副对联：

上联：万寿无疆普天同庆

下联：三军败绩割地求和

继而社会上又传出一副对联：

上联：台湾省已归日本

下联：颐和园又搭天棚

慈禧在过七十大寿的时候，日俄两国为了争抢地盘，在中国的东北大打出手。腐败的清政府，居然表示"中立"。而慈禧不顾国土沦丧和东北同胞的死活，安坐在宝座上，得意扬扬地接受大臣们祝寿，还下旨让军机大臣和全体朝廷官员"听戏三日"。结果，辽东半岛、大连、旅顺都落入了日本之手。

为此，当时一家报社刊登了一副对联，表达对慈禧奢侈生活的不满。

上联：今日到南苑，明日到北海，何日再到古长安，叹黎民膏血全枯，只为一人歌庆有

下联：五十割琉球，六十割台湾，而今又割东三省，痛赤县邦圻益蹙，每逢万寿祝疆无

此联笔锋犀利，气势磅礴。上联写慈禧不顾人民死活、穷奢极欲的事实。慈禧在京城内外大兴土木，修复南苑、南北海等，建造颐和园。八国联军侵占北京，她仓皇出逃西安，第二年"回銮"，竟下令为她修道路、筑行宫，供她吃喝玩乐。慈禧在"庆有"，黎民膏血将"全枯"。下联写慈禧使国家的疆土日渐被列强瓜分的事实。慈禧每过一次生日，都给国家带来一次丧权失地的灾难。她五十岁日本吞并琉球；六十岁日寇又侵占台湾；现在的七十岁生日，东北又被日寇占领，慈禧若真会"万寿"，国家疆域终成"无"。

据说这是革命家章炳麟（号太炎）所作，也有人认为作者是近代报界先驱林白水。这副对联还有一个版本：

上联：今日幸颐和，明日幸海子，几忘曾幸古长安，亿万民膏血轻抛，只顾一人歌庆有

下联：五旬割云南，六旬割台湾，此时又割东三省，数千里版图尽弃，每逢万寿祝疆无

慈禧听说后，气得连话都说不出来了。很快，此对联就在京城流传开来，百姓无不为其拍案叫绝。

慈禧太后死后，葬礼崇隆，死后"徽号"全称为"慈禧端佑康颐昭豫庄诚寿恭钦献崇熙"皇太后。联想到西太后垂帘听政20余年（实际掌权48年），割地赔款，国势衰微，有人就满腔怨愤地作了一联：

上联：垂帘廿余年年年割地

下联：尊号十六字字字欺天

这副对联的用语精当凝练，对仗很是讲究，痛快淋漓，人们传诵一时，清廷也无可奈何。

七、骂贪官污吏不带脏字的对联

在古代，百姓是不敢直接骂官员的，不然很可能就被治罪了，所以人们就借助对联这样一种高级、隐晦的文学形式来表达心中的不满。比起用粗鄙不堪的辱骂，以对联这种文雅的方式来讽刺、鞭挞，效果自然非同一般。

宋代有个州官叫田登，欺压百姓，蛮不讲理，因自己名有个"登"，就讳言"登"字，竟连一切同音字均不许说，否则就抓进大牢。有一年正月十五元宵灯节，田登下令全城贴出告示："本州依例放火三日。"本来叫"放灯"，他偏要写成"放火"。有人因而编撰一副对联："只准州官放火；不许百姓点灯。"此联从此成为一句成语流传至今，成为对这类酷吏的写照。

清光绪年间，连年灾荒，民不聊生。当时，安徽合肥人李鸿章长期任直隶总督兼北洋大臣，权倾一时，实如宰相。江苏常熟人翁同龢任户部尚书，此职古称大司农。民间有人作一联："宰相合肥天下瘦；司农常熟世间荒"。以前只有当了大官，才能以其家乡的名字称呼。所以李鸿章被称为"李合肥"，翁同龢被称为"翁常熟"。此联将二人官职、籍贯和"政绩"嵌入联内，讽刺他们只顾自己的"肥""熟"而不管世间的瘦、荒。

某任湖北黄州府知府，曾为城外的放龟亭（相传为苏东坡在黄州时所建）题有一副对联：

上联：昔日黄州如何，今日黄州如何，请君且自领略

下联：这是赤壁亦可，那是赤壁亦可，何必苦为分明

这副对联，上联写黄州的古今变化；下联说的是武昌西赤矶山与黄州西北赤鼻矶，哪个为赤壁之战故址的争论。

从对联本身的内容、形式上来讲，写得的确不错，显得知府大人胸襟开阔、博古通今、颇有见地。但是，他却是一个爱财如命，贪婪成性，断案不辨是非的贪官。于是，有名士愤愤不平，将这副对联作了改动：

上联：原告送钱若干，被告送钱若干，请君且自领略

下联：这边有理亦可，那边有理亦可，何必苦为分明

改写后的对联，辛辣地讽刺了知府不管是非曲直和百姓疾苦的本性，揭露了他贪庸、糊涂的真面目。

在旧中国，到处可见为地方官吏歌功颂德的所谓"德政碑"。民国三十六年，四川温江崇庆一带大旱，百姓农田颗粒无收。当时新任县长叶春杰，勾结商号，牟取暴利，并枪杀无辜。后来，天降暴雨，淹没农田二十万亩，淹死民众千余人。叶春杰又趁火打劫，鲸吞赈济黄谷三千多石。对此，老百姓敢怒不敢言。忽然有一天，在崇庆与温江两县交界处的养马场，竖起一块引人注目的"劣政碑"。碑上刻有三个醒目的大字："劣政碑"，右上方刻了三个小方块：□□□，暗示应该填写上"叶春杰"三字。

左右配以对联："早去三朝天有眼；迟走几日地无皮"。横批："民之继母"。崇庆解放后，叶春杰被捕，在天庆寺旁被正法。

类似骂贪官污吏的对联还有很多很多，毕竟，旧社会是人治而不是法治，而人治带有很大的随意性和主观性，在这种情况下，清官可谓九牛一毛。而在健全的民主、法制社会，人们可以用法律来保护自己，就不需要再用对联暗讽官员宣泄情绪了。

八、令人拍案叫绝的数字联

枯燥乏味的数字，经文人之手，嵌入对联之中，可以组成构思新奇和令人叫绝的数字联。我们在欣赏这些对联时，既能感受到数学的魅力，又可以提高文学修养，别有一番趣味。

比如，我们前文提到的吕蒙正所创作的对联"二三四五，六七八九"，就是一副巧嵌数字又兼用隐字法的趣联。

蒲松龄也用隐字法写过一副数字联。

相传有一个贪官，建造了一座功德牌坊，要请当时鼎鼎有名的蒲松龄来题一副对联。其人姓王，在家中排行第八，为人阴险狡诈，横行霸道，乡人们暗地里都叫他王八，于是蒲松龄就写了如下这副对联：

上联：一二三四五六七

下联：孝悌忠信礼义廉

那人看了，非常喜欢，就刻在了功德牌坊大门口。有人仔细一琢磨，发现了端倪，原来上联少了一个八，就是忘记了"八"，"忘八"谐音"王八"，暗骂他为王八；下联礼义廉耻，少了一个"耻"，说他无耻。

不要小看了数字联，那些数字看起来简单，但是要恰如其分地嵌入对联中，难度还是相当大的，有的数字联几百年才有人对出。

据传明嘉靖年间，江西吉水县有一个年轻才俊，叫罗洪先。他 22 岁就考中了举人，仅仅过了三年，就成为嘉靖八年的状元，被任命为翰林院修撰。可是当时的明世宗嘉靖非常迷恋修道长生，朝野上下腐败而混乱，罗洪先非常看不惯这种风气，几年后就辞职回家了。回家的途中经过一段水道，需要乘船渡过，同船还有几位饱学之士，大家为了打发旅途的无聊时光，就吟诗作对取乐。

这时船夫插了一句话："罗状元，我这里有一个上联，一直难以想到下联，不知能否请教一下？"罗洪先想：一个普通的船夫，能出什么妙联？于是让船夫尽管说。船夫满怀诚意地说出上联：

一孤舟，二客商，三四五六水手，扯起七八叶风篷，下九江，还有十里

这是数字串起来的上联，把数字从一到十都说了一遍，非常巧妙。

听了船夫出的上联后，罗洪先傻眼了，同船的文人墨客你看看我，我看看你，也不知所措，直到下船时大家都没对出下联来。

当朝状元，竟然没有对出一个船夫的上联。罗洪先很不甘心，之后一有时间就思考怎么对，但是直到去世也没有成功。

直到四百年后，广东佛山市有个叫李戎翎的老装修工，给出了下联：

十里远，九里香，八七六五号轮，虽走四三年旧道，只二日，胜似一年

能对上这绝对，并非李戎翎凭空想出来的。他本是个对联爱好者，有空就喜欢读点儿唐诗宋词，写几副对联自娱自乐。有一天他无意间在一本书中看到了这半句"绝对"，冥思苦想很多天也没能对出合适的下联，后来就慢慢淡忘了此事。

1959 年 6 月，李戎翎因为装修的需要，他托朋友到十里外的农村找一段叫"九里香"的木材，那个人乘坐 8765 号拖轮，仅用了两天时间就找到

了"九里香"并运回了佛山。朋友告诉李戎翎,"九里香"木材非常难得,三四年前他帮人找这种木材,弄到手整整花了一年时间,没想到这次只用两天就找到了。

听了朋友的话后,李戎翎突然来了灵感,他把寻找木材的事情与四百年前的"绝对"联系起来,终于对出了下联。

九、唇枪来舌剑去的斗嘴趣联

这世上有很多人像是天生喜欢抬杠似的,不分场合就开怼,想让对方出丑,以显示自己高人一等,这就免不了有一番唇枪舌剑了。由此,历史上也出现了很多斗嘴的趣联。

众所周知,诸葛亮之妻黄月英,生得黝黑,不怎么好看。据传,一日诸葛亮在东吴与周瑜、鲁肃三人共饮,席间周瑜想戏弄诸葛亮一番,于是就说:"我这里有一副上联,请孔明兄赐教下联。"诸葛亮爽快地答应了。

周瑜说出上联:"有目也是瞅,无目也是丑;去掉瞅边目,加女便成妞。隆中女子生得丑,百里难挑一个妞"。(注:古汉语"瞅"的写法为:左偏旁为"目",右边为"丑")

诸葛亮微微一笑,对道:"公瑾听好,我的下联是:'有木也是桥,无木也是乔;去掉桥边木,加女便成娇。江东美女数二乔,难保铜雀不锁娇'。"

二乔指东吴的两个美女大乔小乔,小乔是周瑜的妻子。

周瑜听了,差点气个半死,诸葛亮还是胜了一筹。

在对联高手榜中,明代文学家解缙可以说是名列前茅的。他出身于书香世家,从小就有神童之称,五岁读诗过目不忘,七岁便能作文,十二岁的时候已经将四书五经融会贯通了。

一次，告老还乡的李尚书不信解缙有此高才，便请了几个权臣显贵，派人叫解缙前来应对，有意当众奚落他一番。

解缙刚入席，一权贵见解缙身穿绿袄，便出一上联："井里蛤蟆穿绿袄"。解缙见那人身穿红袄，灵机一动说出下联："锅中螃蟹着红袍"。那权贵听了暗想：这小子好厉害，我把他比作活蛤蟆，他却把我比作死螃蟹。但又无理发泄，只好喝闷酒。

又一高官不服，出了一个上联："二猿断木深山中，小猴子也敢对锯"。上联很巧妙地把事情拟人化，"对锯"与"对句"谐音，暗指解缙年少如同小猴子，怎么敢与我们这些元老对对子呢？出完上联，那人还阴阳怪气地笑了。解缙不甘示弱，稍加思索，便给出了下联："一马陷足污泥内，老畜生怎能出蹄"。下联同样把事情拟人化，"出蹄"与"出题"谐音。可谓完美的回击。

李尚书欲压服解缙，用手往天上一指，自命不凡地说："天作棋盘星作子，谁人敢下？"解缙听罢，用脚在地上一顿，说："地作琵琶路作弦，哪个能弹！"口气比他还大。尚书奈何不得，只好闭口不再说话。

锦衣卫头目纪纲想挖苦解缙个子矮小，又怕只说出上联被解缙的下联反击，就干脆说了一副完整的对联："塘里水鸭，嘴扁脚短叫呷呷；洞中乌龟，颈长壳硬矮趴趴。"

聪明的解缙哪能不知道是在说他自己呢？于是就回应道："墙上芦苇，头重脚轻根底浅；山间竹笋，嘴尖皮厚腹中空"。这是在暗示纪纲狗仗人势，其实根本没有什么真才实学，只是靠着溜须拍马才坐到了今天的位置。

解缙真有当年诸葛亮舌战群儒之风。所以说啊，不要惹急了厉害的文人，文人在一起本该可以好好相处的，可总有些人自以为是，想贬低别人表现一下自己的才能，结果往往搬起石头砸了自己的脚。

十、巧妙堆趣的叠字联

中国对联内容丰富，形式多样，其中不乏趣味无穷的叠字格对联，特别引人注目。叠字也叫"重言"，是指由两个相同的字组成的词语。在创作对联时，把叠字运用于联语创作的方法，就是叠字联。

民国时期的爱国学者黄文中，是一代楹联大家，他曾为西湖景观题写了多副名联，其中一副叠字联非常出名。上联是："水水山山处处明明秀秀"，下联是："晴晴雨雨时时好好奇奇"。

上联从空间落墨，写西湖常景，山明水秀，无处不美；下联取义苏轼的"水光潋滟晴方好，山色空蒙雨亦奇"，从时间着笔，评西湖变化，晴好雨奇，无时不佳，确实可称为情景并茂、表里皆美的叠字佳对，于沪杭间广为流传。

叠字联将同一个字接连叠用，其势似穿珠成串，在节奏上可产生明显的音律效果，读起来朗朗上口，听起来节奏感强。请看苏州网师园的一副叠字联：

上联：风风雨雨，暖暖寒寒，处处寻寻觅觅

下联：莺莺燕燕，花花叶叶，卿卿暮暮朝朝

上联化用李清照词《声声慢》，使联语独具特色。全联从纵和横的角度描写了该园山重水复、鸟语花香的美景和游客流连忘返、恋人们卿卿我我的境况。全联读来声韵铿锵，语句含义丰富深长。

在对联创作中，叠字法的运用很广泛，叠字联也相当常见。我们再看几副。

★松叶竹叶叶叶翠 ‖ 秋声雁声声声寒

★翠翠红红处处莺莺燕燕 ‖ 花花草草年年暮暮朝朝

★月月月明八月月明明分外 ‖ 山山山秀巫山山秀秀十分

★上上下下男男女女老老少少都添一岁 ‖ 家家户户说说笑笑欢欢喜喜均过新年

在叠字联中，还有一种特殊的格式，就是一个字连续叠用三次或三次以上，如：

上联：佛脚清泉，飘飘飘飘，飘下两条玉带

下联：源头活水，冒冒冒冒，冒出一串珍珠

这是济南趵突泉的对联，上联4个"飘"字，下联4个"冒"字，将泉水喷涌、流动的情态描绘得如在目前，给人以动感。

有的叠字联是巧用多音字创作的，比如山海关孟姜女庙上挂着这样一副对联："海水朝朝朝朝朝朝朝落，浮云长长长长长长长消"。

初看此联，似乎让人摸不着头脑，不知该怎么读。其实只要我们明白了通假字一字多音、一字多义的特点，再配合合理的断句，就能读出很多不同的读法。

上联中的"朝"字，一指早晨，读"zhāo"；一指海水涨落，读"cháo"，通"潮"。下联中的"长"字，一指经常，读"cháng"；一指浮云消长，读"zhǎng"，通"涨"。

这副巧联流传很广，现在已有十多种不同的读法。

还有的叠字联更为特殊，从头到位都是一个字。据传，一家豆芽铺子门前挂着一副对联，上联是："长长长长长长长"，下联是："长长长长长长长"，横批是："长长长长"。

撰联者利用"长"字的两种读音、几种解释（cháng，长度、经常；zhǎng，生长），巧妙地写成此联。这副对联表达了店家希望豆芽常长，生长不止，越长越长，越来越长。字面上显得十分别致，又表达了店家的美好愿望。

十一、妙趣天成的复字联和回文联

在对联中，分别有一个或数个同样的字相继重叠出现，为叠字联；而将一个或几个字按照某种规律重复使用多次，称为复字联。

明太祖朱元璋不但是一个出色的封建帝王，也是一个出口成章的文人，他的对联尤其写得好。他用复字联形式为金陵秦淮河题过一副对联："佳山佳水佳风佳月，千秋佳地；痴声痴色痴梦痴情，几辈痴人"。

清代吴敬梓为勉励自己在学术上自强不息，题写了这样一联："读书好，耕田好，学好便好；创业难，守业难，知难不难"。

南京燕子矶有一副对联："松声，竹声，钟磬声，声声自在；山色，水色，烟霞色，色色皆空。"上联连用五个"声"字，下联连用五个"色"字，表现了燕子矶的幽静与辽阔。"声声自在"写出了自然界的和谐与完美。"色色皆空"则反映出作者超脱尘世的遐想。

可以看出，采用复字形式，能有效地突出某种感情，在声律上也能形成一种有节奏的音乐美。

回文联也有重复的字眼，但是回文联有它独有的特点，就是既可顺读，也可倒读。不仅它的意思不变，而且颇具趣味。比如：

★ 水连天天连水 ‖ 楼望海海望楼

★ 处处飞花飞处处 ‖ 潺潺碧水碧潺潺

★ 斗鸡山上山鸡斗 ‖ 龙隐洞中洞隐龙

★ 海上飞燕飞上海 ‖ 江内行船行内江

★ 脸映桃红桃映脸 ‖ 风摇柳绿柳摇风

★ 贵阳晴天少天晴阳贵 ‖ 黄山落叶松叶落山黄

可以看出，这类对联的上下联正读、倒读同为一联，字、义完全相同。

有些对联既是叠字联，同时也是回文联。比如我们前面提到的"水水山山处处明明秀秀，晴晴雨雨时时好好奇奇"这副对联，就可以倒读。

还有一副很有名的回文联，据说与乾隆和纪晓岚这对君臣有关："客上天然居，居然天上客；人过大佛寺，寺佛大过人"。

原本这是两副对联，第一副是乾隆想到的，意思是：客人上"天然居"饭馆去吃饭，没想到在那里居然像天上来客一般悠游快活。乾隆甚是得意，于是就把它整体当成一个上联，来征集下联，要求下联后段五字，必须是前段五字的颠倒，还必须语意通顺，句子完整，平仄协调。

最后，还是纪晓岚想到了下联，就是："人过大佛寺，寺佛大过人"。意思是说：人们路过大佛寺这座庙，庙里的佛像大得超过了人。这个对联十分工整，当时乾隆和众臣拍手称绝，无不佩服。

十二、意料之外情理之中的添字联

添字联，顾名思义就是在原有对联的前面或后面添字，或使意涵更丰富，或改变意义，赋予新的功能。这种变体联在内容和意境上与原联有极大反差，往往既在意料之外，又在情理之中，可以说情趣无限。因为有情趣，所以有故事。

东晋时期的大书法家王羲之，在书法史上享有极高的评价，被后人称为"书圣"。

在当时，对联还没有完善，不过也已经初露端倪，过年时很多人家都要贴春联。相传，有一年腊月，王羲之从山东老家迁移到浙江绍兴，乔迁之喜又值新年之庆，他不禁挥毫写就一副门联："春风春雨春色，新年新景新家"，让家人贴于门口。不料因他的字被称为"天下第一行书"，很多人出高价也很难买到，所以此联刚一贴出，就被人趁夜揭走了。

家人告诉王羲之后，他并没有生气，又提笔写了一副，让家人再贴出去。这副写的是："莺啼北里千山绿，燕语南邻万户欢"。谁知天亮一看，又被人揭走了。

眼看即将除夕，王羲之既不愿得罪左邻右舍，又不想再浪费笔墨了，于是灵机一动，计上心来。他饱蘸浓墨，又写了一副。写完后，让家人张贴于门上。这上联是简单的四个字"福无双至"，下联同样是四个字"祸不单行"。这一回果然没人再揭，大过年的，这样的对联多晦气！

初一黎明，王羲之亲手将春联的上下联的后面又分别补了一截贴上。此时已有不少人围观，大家一看，对联变成了"福无双至今朝至，祸不单行昨夜行。"众人看了，齐声喝彩，拍掌称妙。

此联对仗工整，构思巧妙，语言充满悬念和戏剧性，极具艺术效果。

无独有偶，明代文学家解缙也写过不少添字联。

解缙自幼好学，出口成章。有一年临近过年，他在后门贴了一副春联："门对千竿竹，家藏万卷书"。对面的员外看了，很不高兴，心想：只有像我这样的人家，才配贴这副对联，就命仆人把竹子砍了。不一会儿，家人来报，解缙的春联改成了："门对千竿竹短，家藏万卷书长。"非常符合事实。员外听罢，非常恼火，令人把竹子连根挖出，不料解家的春联又改为："门对千竿竹短无，家藏万卷书长有。"

后来解缙做了官，有一次去一个乡绅家收税。乡绅的女儿听说解缙要来，想要为难他，于是在门口贴了一副对联："闲人免进，盗者休来"，看他如何化解。解缙到了乡绅家门口，看到门上的对联，微微一笑，在上下对联后面各添了三个字。对联变成了："闲人免进贤人进，盗者休来道者来"。围观百姓一看，啧啧称妙。乡绅一家也不敢为难解缙了，赶紧将他请进了屋。

汉语言可谓博大精深，有时只加一个字，前后对联意思就有巨大的差别。

从前有个年轻人，平日吃喝玩乐，游手好闲，不久便把他父亲留下的遗产都花光了，临近年关，连柴米都没有了。除夕夜，这位穷困潦倒的年轻人写了一副对联粉饰自己："行节俭事，过淡泊年"。一位知他底细的邻居，在对联的联首各加上一字，成了："早行节俭事，免过淡泊年"。好心的邻居又送去一些年货。这个年轻人看着年货，读罢添字联，受到了很大的震动与教育，下定决心，从此不再乱花钱了。

添字联所添的字数能不能超过原对联的字数呢？这并没有限制，请看下面这个例子。

清朝时山东莱阳有一个县官，贪婪无比，对百姓敲骨吸髓，作风恶劣，当地百姓对他极其痛恨。但就是这样一个贪官，在表面上却还要装模作样，过春节时自撰一联贴在门上：

上联：爱民若子

下联：执法如山

后来，不知哪位民间高手，某天趁着月黑风高，偷偷在原联的底下各加了几个字，就变成这个样子：

上联：爱民若子，金子银子皆吾子也

下联：执法如山，钱山靠山其为山乎

这副添字联，撕掉了贪官"廉明清正"的假面具，揭露了贪官污吏的狰狞面目，当地百姓无不拍手称快。

主要参考文献

[1] 何永年 . 楹联诗词曲基本知识［M］. 北京：清华大学出版社，2015.

[2] 刘大杰 . 中国文学发展史［M］. 北京：商务印书馆，2015.

[3] 柳诒徵 . 中国文化史［M］. 北京：北京师范大学出版社，2016.

[4] 宋彩霞，孙英 . 楹联文化概论［M］. 北京：高等教育出版社，2016.

[5] 朱庆文 . 楹联十讲［M］. 杭州：西泠出版社，2016.

[6] 张允杰 . 对联知识一本通［M］. 天津：天津人民出版社，2017.

[7] 李涌河 . 对联问道［M］. 北京：现代出版社，2017.

[8] 顾易，张中之 . 字说对联［M］. 广州：广东人民出版社，2018.

[9] 郑振铎 . 中国文学常识［M］. 成都：天地出版社，2019.

[10] 冯慧娟 . 奇趣楹联［M］. 沈阳：辽宁美术出版社，2019.

[11] 余德泉 . 对联书写格式大观［M］. 郑州：河南美术出版社，2019.

[12] 吴润仪 . 楹联知识手册［M］. 北京：商务印书馆，2020.